HERMANN BAUER

Schnitzlerlust

AUF LUST FOLGT TOD Zunächst sieht alles nach einem erotischen Abenteuer aus, als fünf ehemalige Schüler des Floridsdorfer Gymnasiums zusammen mit einer flüchtigen Bekannten von früher ihrem Ehealltag entfliehen und in einer stillgelegten Pension ein Sexwochenende mit Partnertausch verbringen – ganz im Sinne eines schnitzlerschen Liebesreigens. Dann wird diese Bekannte, Klara Gassner, nachts im Garten der Pension mit einem Stein erschlagen. War es jemand aus der Gruppe oder eine Bezugsperson von außerhalb? Die Zahl der Verdächtigen ist groß, angefangen von dem trinkfreudigen Lebemann Emmerich Holub über die in ihrer Ehe frustrierte Sophie Kuril bis zum ehemaligen Leiter der Pension, Sebastian Fink. Gleichzeitig erhält die Schülerin Elisabeth Dorfer, die in einer Hommage des Floridsdorfer Gymnasiums an Arthur Schnitzler das Fräulein Else spielen soll, obszöne und bedrohliche Briefe. Leopold muss in beiden Fällen sein Bestes geben, um die Täter zu finden und Schlimmeres zu verhindern.

Hermann Bauer wurde 1954 in Wien geboren. 1961 kam er nach Floridsdorf. Während seiner Zeit am Floridsdorfer Gymnasium begann er, sich für Billard, Tarock und das nahe gelegene Kaffeehaus, das Café Fichtl, zu interessieren, dessen Stammgast er lange bis zu einer Neuübernahme samt Umbau blieb. Er unterrichtet an der BHAK Wien 10. 1993 heiratete er seine Frau Andrea, der zuliebe er seinen Heimatbezirk verließ. Er ist Mitglied des Theaterensembles seiner Schule und wirkte dort bereits in 13 Aufführungen mit. 2008 erschien mit Fernwehträume *sein erster Kriminalroman, dem fünf weitere Krimis um das fiktive Floridsdorfer Café Heller und dessen neugierigen Oberkellner Leopold folgten.*

Bisherige Veröffentlichungen im Gmeiner-Verlag:
Lenauwahn (2013)
Nestroy-Jux (2012)
Philosophenpunsch (2011)
Verschwörungsmelange (2010)
Karambolage (2009)
Fernwehträume (2008)

HERMANN BAUER

Schnitzlerlust

Ein Wiener Kaffeehauskrimi

GMEINER *Original*

Besuchen Sie uns im Internet:
www.gmeiner-verlag.de

Im Ehnried 5, 88605 Meßkirch
Telefon 07575/2095-0
info@gmeiner-verlag.de

1. Auflage 2014

Lektorat: Claudia Senghaas, Kirchardt
Umschlaggestaltung: U.O.R.G. Lutz Eberle, Stuttgart
unter Verwendung eines Fotos von: © Altair de Bruin – Fotolia.com
Druck: GGP Media GmbH, Pößneck
Printed in Germany
ISBN 978-3-8392-1586-9

*Personen und Handlung sind frei erfunden.
Ähnlichkeiten mit lebenden oder toten Personen
sind rein zufällig und nicht beabsichtigt.*

KAPITEL 1

»Wenn Treue nicht ein Gegengeschenk ist, dann ist sie die törichteste aller Verschwendungen.« (Schnitzler: Buch der Sprüche und Bedenken)

»Und? Klappt alles wie besprochen?«, erkundigte sich der groß gewachsene Mann mit dem kleinen Schnurrbart und den an den Schläfen schon leicht angegrauten Haaren. Dabei wischte er kurz mit einer Serviette über den Kaffeefleck auf seinem Mund.

»Aber natürlich, 100-prozentig«, beeilte sich Waldemar ›Waldi‹ Waldbauer, neben Leopold zweiter Oberkellner im traditionsreichen Floridsdorfer Café Heller, zu versichern. »Das Haus wird zwar nicht mehr offiziell als Pension geführt, aber das hat nichts zu bedeuten. Mein Freund Sebastian, dem es gehört, möchte sich das bloß einfach nicht mehr antun. Die ganze Arbeit nur für die Steuer, dann auch noch eine Kontrolle nach der anderen – Sie verstehen sicher, was ich meine. Sie können ruhig mit Ihren Freunden für ein paar Tage dort absteigen.«

»Wir brauchen nichts weiter als ein Badezimmer mit Dusche und warmem Wasser und frischgemachte Betten«, beruhigte ihn der angegraute Blonde.

»Das ist alles dort«, beteuerte Waldbauer. »Soviel ich weiß, gibt es in jedem Zimmer ein Bad mit Toilette und Dusche, auch einen Fernsehapparat – nichts Großartiges, alte Bildschirme, aber einige Sender kann man schon empfangen. Dann ist da noch eine Küche, wo man sich etwas zu essen machen kann, mit einem kleinen Aufenthaltsraum. Und Sebastian hat versprochen, genug fürs Frühstück in den Kühlschrank zu geben.«

»Na, dann ist ja alles in Ordnung.« Der Mann rieb sich die Hände. »Und der Preis?«

Waldbauer zögerte ein wenig. »Sie wissen ja, es muss alles extra hergerichtet und in Schuss gebracht werden. Sebastian hat gemeint, 50 Euro pro Person und Nacht …«

Der Blonde suchte nach seiner Brieftasche. »Überhaupt kein Problem. Macht bei je zwei Nächten für sechs Personen also genau 600 Euro. Das Haus ist etwas abgelegen, sagst du?«

»Man kann es gut mit dem Auto von der Brünner Straße oder mit der Straßenbahnlinie 31 erreichen, aber es handelt sich um eine ganz ruhige Wohngegend am Karl-Benz-Weg. Außerdem ist es ein schönes altes Haus mit dicken Mauern. Da sind Sie garantiert ungestört, Herr Emmerich.«

Emmerich blätterte sechs 100 Euro-Scheine auf den Tisch. »Bitte schön«, sagte er. »Da ist das Geld.« Er legte noch einmal 100 Euro dazu. Gleichzeitig äugte er misstrauisch in Richtung Theke, wo Frau Heller aufgetaucht war und einen kurzen Kontrollblick durch das Lokal warf. »Die sind für dich«, bemerkte er eine Spur leiser. »Aber eines ist wichtig, und darauf muss ich mich verlassen können: Diskretion! Verstehst du, Waldi? Absolute Diskretion! Unser kleines Wochenende im Haus von deinem Freund geht niemanden etwas an.«

Waldi Waldbauer deutete eine Verbeugung an. »Selbstverständlich«, bekräftigte er, während er rasch das Geld einsteckte. »Ich werde schweigen wie ein Grab, das gehört doch zu meinem Beruf. Aber eine Kleinigkeit wäre da noch, bitte schön. Mein Freund hat gemeint, wenn irgendwas ist … wenn was passiert … Bitte verstehen Sie mich jetzt nicht falsch … Unter welchem Namen läuft denn das Ganze?«

Emmerich stand auf und nahm Waldi Waldbauer väterlich an der Schulter. »Was soll schon passieren?«, fragte er. »Ich habe dir jetzt alles bezahlt, eine nette Provision für dich mit eingeschlossen. Wir haben nicht vor, die ganze Bude kurz und klein zu schlagen. Wir wollen bloß unsere Ruhe. Da reicht es doch, dass du mich kennst, und dass ich der Herr Emmerich bin. Außerdem bringe ich dir am Montag die Schlüssel zurück.«

Waldi nickte untertänig und ein wenig hilflos.

»Ich habe dich also nicht überzeugt?«, hakte Emmerich nach. »Schade! Dabei habe ich bei der ganzen Sache extra darauf geschaut, dass du auch etwas davon hast. Und um den Preis gefeilscht habe ich auch nicht, obwohl ich woanders sicher ein billigeres Quartier finden würde. Was machen wir denn da nur?«

»Es ist nur wegen Sebastian … Er hat gesagt, dass …«, stotterte Waldi.

»Schon gut, schon gut.« Emmerich kritzelte hastig etwas auf einen Zettel. »Da hast du eine Telefonnummer«, brummte er. »Aber bitte nur in Ausnahmefällen anrufen, hörst du? Wir wollen nicht gestört werden.« Er blickte mahnend hinüber. Waldi steckte den Zettel ein und nickte abermals.

»Jetzt hast du alles, was du brauchst«, bemerkte Emmerich und zwinkerte Waldi dabei zu. »Die Schlüssel hole ich mir dann am Donnerstag, wie abgemacht. Und noch einmal: Die Sache ist streng vertraulich und erfordert äußerste Diskretion. Zu niemandem ein Wort, auf keinen Fall zu deinem lieben Kollegen Leopold. Wie neugierig der ist, brauche ich dir wohl nicht zu verraten, das weißt du ja selber. Ich wäre sehr enttäuscht von dir, wenn er etwas in Erfahrung bringen würde.«

»Da brauchen Sie überhaupt keine Angst zu haben«, beteuerte Waldi. »Ich werd doch dem Leopold nichts erzählen, da können Sie sich ganz auf mich verlassen.« Dann kassierte er von seinem Gast 6,60 Euro für ein kleines Bier und ein Schinkenbrot mit Gurkerln und Mayonnaise. Schließlich verabschiedete er sich mit einem beinahe schon vertraulichen »Also bis Donnerstag, Herr Emmerich.«

»Was haben S' denn jetzt so lang mit dem g'sprochen?«, wollte Frau Heller wissen, kaum dass der Gast gegangen war.

»Nichts Besonderes«, antwortete Waldi beiläufig.

»Mich wundert, dass der Herr in letzter Zeit wieder öfters kommt«, teilte ihm Frau Heller mit. »Er war jahrelang bei uns abgängig. Bei dem müssen S' aufpassen, dass er Sie nicht übers Ohr haut. Früher war er nämlich ein ganz schöner Filou.«

»Mich haut schon keiner übers Ohr«, gab Waldi im Brustton der Überzeugung von sich. Er wusste über den Gast zwar nicht mehr, als dass er Emmerich hieß und eine Zeit lang regelmäßig im Heller verkehrt hatte. Dazu kam jetzt noch der Zettel mit der Telefonnummer, das war alles. Aber was sollte schon passieren? Da wünschte jemand ein paar ruhige Zimmer für sich und seine Freunde am Wochenende, und er, Waldemar Waldbauer, kannte jemanden, der einen solchen Wunsch erfüllen konnte.

Nein, nein, man durfte gar nicht lang nachdenken und sich beirren lassen. Das bereitete nur Kopfzerbrechen.

Draußen stand der Frühling in seiner schönsten Blüte, und die Sonne lachte durch die großen Fenster auf die Karten- und Billardtische. Da war gute Laune angesagt.

Und Hand aufs Herz: Wie oft schon hatte sich Leopold auf Geschäfte mit irgendeiner undurchsichtigen Kundschaft eingelassen. Da war es doch nur recht und billig, wenn auch Waldi einmal seine Beziehungen nutzen und sich ein kleines Taschengeld verdienen konnte. Für so etwas galt immer noch das schöne Wort Chancengleichheit. Also: Was sollte schon passieren?

KAPITEL 2

»Hätte ich es vor einer Stunde für möglich gehalten, dass ich in einem solchen Falle überhaupt mir jemals einfallen lassen würde, eine Bedingung zu stellen? Und nun tue ich es doch. Ja, Else, man ist eben nur ein Mann, und es ist nicht meine Schuld, dass Sie so schön sind, Else.« (Schnitzler: Fräulein Else)

Frau Pohanka, die Sekretärin am Floridsdorfer Gymnasium, betrat das Lehrerzimmer in der 10-Uhr-Pause mit einem säuerlichen Lächeln. Das bedeutete nichts Gutes, im Gegenteil: Es drohte Gefahr. Denn wenn es darum ging, der Lehrerschaft positive Nachrichten zu überbringen, trat Direktor Marksteiner gern selbst auf den Plan und sonnte sich unter den allseits zufriedenen Gesichtern. Galt es allerdings, in einem Gespräch ein spezifisches, einzelne Lehrer betreffendes pädagogisches Problem zu behandeln, dann schickte er zunächst einmal seine Vorzimmerdame in den Kampf.

Wer schon lang genug an der Schule war, erahnte mitunter einen Hauch von Mitleid in Frau Pohankas suchendem Blick. Für alle anderen blieb ihre Miene aber ein versteinertes und ausdrucksloses Rätsel. Es war ja auch nicht wesentlich, was sie persönlich empfand. Ihre Aufgabe bestand lediglich darin, die betreffenden Personen rasch und ohne größeres Aufsehen in die Direktion zu bringen. Diesmal hatte sie schon nach wenigen Augenblicken Frau Professor Margarethe Vollnhofer ausfindig gemacht und zu sich gerufen. Die andere Lehrkraft, um die es ging, Herr Professor Thomas Korber, stand glücklicherweise genau vor ihr. Sie brauchte nur den Zeigefinger ihrer rechten Hand zu krümmen und ihn herbeizuwinken wie einst die böse Hexe im Märchen ›Hänsel und Gretel‹.

Korber verstand sofort. Wenn es ihn und Margarethe Vollnhofer traf, konnte es sich nur um ihr gemeinsames Projekt handeln, wobei der Begriff ›gemeinsam‹ eigentlich nicht stimmte. Direktor Marksteiner hatte ihm seine als sittenstreng bekannte Kollegin Vollnhofer vorsichtshalber zur Seite gestellt, weil er um die moralischen Auswirkungen bei dieser Sache fürchtete.

Das Thema des Projekts war nämlich das literarische Schaffen des großen österreichischen Dramatikers und Novellisten des Fin de Siècle und beginnenden 20. Jahrhunderts, Arthur Schnitzler, der in seinen Werken auch die durch das Werk Siegmund Freuds nun erstmals bekannten seelischen Tiefen der Menschen ansprach. Die Schüler und Schülerinnen der Klasse 7A[1] sollten sich mit Teilen seines Schaffens auseinandersetzen und Ausschnitte daraus – etwa aus dem ›Reigen‹, ›Leutnant Gustl‹, ›Fräulein Else‹, ›Liebelei‹ oder der ›Traumnovelle‹ – künstlerisch bearbeiten. Dafür erhielten sie alle nötigen Freiheiten. Ende Mai waren schließlich szenische Aufführungen in der Schulbibliothek und im Café Heller geplant.

Marksteiner empfing seine beiden Lehrer mit einem mürrischen »Ah, da sind Sie ja«, und wies ihnen einen Platz ihm gegenüber an. »Bitte setzen Sie sich doch. Nun, wie läuft das Projekt?«

»Gut«, reagierte Korber beinahe zu schnell. Er warf

---

1 Die 7. Klasse Gymnasium entspricht in Österreich der 11. Schulstufe und wird von 16- bis 17jährigen Schülern und Schülerinnen besucht.

seiner Kollegin einen kurzen, Übereinstimmung suchenden Blick zu. Sie nickte nur stumm.

»Sie wissen, ich habe meine Einwilligung zu diesem durchaus interessanten und spannenden Versuch gegeben, obwohl ich Bedenken hatte«, fuhr Marksteiner fort. »Bedenken, Sitte und Anstand betreffend. Schnitzlers Texte sind ja, wenn ich das so sagen darf, einigermaßen frivol und erotisch. Er hatte schon zu seiner Zeit diesbezüglich Probleme mit den Behörden, sein ›Reigen‹, dessen kreisförmig angeordnete Szenen bloß eindeutige Dialoge vor und nach dem Geschlechtsverkehr darstellen, war ein Skandal. Und auch wenn wir mittlerweile im 21. Jahrhundert angelangt sind, beschäftigen Sie noch nicht ausgereifte Jugendliche damit, die das eine oder andere falsch verstehen können. Wir dürfen unsere Verantwortung nicht unterschätzen.«

»Da brauchen Sie sich keine Sorgen zu machen«, reagierte Korber wieder zu rasch. »Die Schüler werden ja von uns betreut. Sie haben die einzelnen Stellen sehr bewusst ausgewählt und diskutieren in den Gruppen ernsthaft darüber. Schon nächste Woche werden die ersten Überarbeitungen fertig sein.«

Marksteiner war inzwischen aufgestanden und ging mit auf dem Rücken verschränkten Händen in der Direktion auf und ab. Das tat er immer, wenn er nervös war. Seine große, Ehrfurcht gebietende Gestalt war dabei leicht gebückt, und er setzte seine Schritte langsam und präzise. »Wirklich nicht?«, forschte er. »Der Schüler Josef Kern aus der 7A ist in der Mathematikstunde mit *diesem* Buch erwischt worden.«

Plötzlich hielt Marksteiner ein abgegriffenes Taschenbuch in seiner rechten Hand. Korber konnte den Titel des Bändchens deutlich lesen: ›Josefine Mutzenbacher. Die Geschichte einer wienerischen Dirne, von ihr selbst erzählt.‹ Diesen Klassiker der österreichischen pornografischen Literatur kannte er nur zu gut.

Er erschrak, doch nur kurz. Was sollte der Unfug? Was konnte er dafür, dass den Kern Pepi die Lebensbeichte einer Wiener Prostituierten aus der Zeit um 1900 mehr interessierte als die Formeln und Gleichungen von Professor Mann? Mathematik war ein sehr trockenes Fach, da konnte man es dem Pepi nicht verdenken, dass er zeitweise Sehnsucht nach saftigeren Inhalten hatte. Mann war leider ein viel zu verständnisloser Lehrer, um dafür ein Einsehen zu haben.

»Was hat denn das mit uns zu tun?«, wollte Korber wissen.

»Ganz einfach«, erklärte Marksteiner. »Ich habe die Schwierigkeiten aufgrund der Freizügigkeit der Schnitzler'schen Dichtung kommen gesehen. Natürlich habe ich gespürt, dass Sie mich wegen meiner Einwände für einen altvaterischen Sonderling halten. Ich kann mich noch genau daran erinnern, was Sie damals ins Treffen geführt haben: Schnitzler gehöre zur klassischen österreichischen Literatur, seine Schriften hätten bereits an die 100 Jahre oder sogar mehr auf dem Buckel. Der Fokus Ihres Projekts liege ja auf dem Seelenleben der einzelnen Figuren, der Kritik Schnitzlers an den damaligen gesellschaftlichen Verhältnissen und der nach wie vor bestehenden Aktualität seiner Themen. Und einzelne pikante Textstellen würden auf aufgeklärte Schüler von heute keinen Eindruck mehr machen.«

»Das stimmt ja auch«, rechtfertigte Korber sich. Seine Kollegin Vollnhofer zog es vor, weiterhin zu schweigen.

»Gar nichts stimmt«, versetzte Marksteiner gereizt. »Den Beweis halte ich hier in der Hand! Für manche ist Schnitzler offenbar nur die Einstiegsdroge. Sie wollen jede Unanständigkeit detailliert beschrieben sehen. Sie führen sich das Geschlechtsleben im alten Wien während des Unterrichts drastisch vor Augen. Wo bleibt da die pädagogische Betreuung, um die ich Sie in diesem Fall besonders gebeten habe? Ich frage Sie: wo?«

»Ist es wirklich so, dass Sie mich und meinen Unterricht für die spätpubertären Anwandlungen eines einzigen Schülers verantwortlich machen?«, fragte Korber provokant. Nach wie vor sah er nicht ein, warum Marksteiner um diese kleine Undiszipliniertheit so großes Aufsehen machte. Ihm selbst hatte die Mutzenbacher einst während langweiliger Schulstunden auch willkommene Abwechslung gebracht. Erwischen hatte er sich halt nicht lassen wie der etwas ungeschickte Kern Pepi. Außerdem lag sogenannte ›erotische Literatur‹ im Augenblick überall im Trend. Bücher wie ›Shades of Grey‹, ›Feuchtgebiete‹ oder ›Nacktbadestrand‹ standen in den Bestsellerlisten ganz weit oben. Jeder blätterte da hinein, um mitreden zu können. Verglichen mit solchen sterilen Machwerken hob sich die Lebensbeichte der Josefine Mutzenbacher schon allein vom historischen Ambiente her wohltuend ab.

»Nein, natürlich nicht«, kam es jetzt in gemäßigterem Ton von Marksteiner. »Ich weiß schon, dass solche Dinge eben vorkommen. Aber es spricht sich schnell herum und bringt Ihnen und Ihrem Projekt keinen guten Ruf ein. Sie wissen, was ich meine!« Dieser dezente Hinweis von Marksteiner deutete an, dass Korber am Floridsdorfer Gymnasium bekannt für seine diversen Pantscherln, einmal sogar mit einer Schülerin, war. Um Margarethe Vollnhofers Mund spielte ein Lächeln. »Lesen Sie also diesem Josef Kern einmal vor der ganzen Klasse ordentlich die Leviten und sagen Sie ihm, dass sich seine Eltern das Buch bei mir abholen können, wenn er Wert darauf legt, es wieder zu bekommen«, forderte Marksteiner Korber auf. »Damit ist die Sache hoffentlich erledigt. Etwas anderes bereitet mir weitaus mehr Kopfzerbrechen.«

Mit diesem Satz war Marksteiner leise geworden. Gefährlich leise. »Das ›Fräulein Else‹ steht bei Ihnen auch auf dem Programm?«, erkundigte er sich.

›Fräulein Else‹, das war die berühmte Erzählung Arthur Schnitzlers über ein junges Mädchen, das seinen verschuldeten Vater, der auch Geld unterschlagen hat, retten und vor einer Inhaftierung bewahren möchte. Der einzig mögliche Geldgeber, Herr von Dorsday, fordert von ihr, ihn als Gegenleistung für sein Eingreifen in seinem Hotelzimmer aufzusuchen und sich ihm eine Viertelstunde lang nackt zu zeigen. Sie willigt ein. Im entscheidenden Augenblick erleidet sie jedoch einen Nervenzusammenbruch und bringt sich mit Schlaftabletten um. Das alles wird in einer für die damalige Zeit revolutionären Technik erzählt: dem inneren Monolog. Alle Gedanken, Gefühle und Gemütseindrücke Elses werden in einem großen Bewusstseinsstrom in der Ich-Form wiedergegeben.

Korber wusste nicht, was sein Direktor jetzt von ihm wollte, er ahnte nur, dass es wieder nichts Gutes war. »Ja«, ließ er ihn deshalb nur knapp und vorsichtig wissen. »Die Schülerin Elisabeth Dorfer wird das machen. Sie wird das Ende der Erzählung vortragen. Wir werden sehen, was sie sich dazu hat einfallen lassen.«

»Ausziehen wird sie sich ja wohl nicht, oder?« Marksteiner verzog seinen Mund zu einem verkrampften Grinsen.

»Das werden wir unter keinen Umständen zulassen«, mischte sich Margarethe Vollnhofer in das Gespräch ein.

Typisch, jetzt kommt er mit Klischees aus der untersten Schublade, dachte Korber. Da hielt Marksteiner in jener Hand, in der sich vorhin noch die Josefine Mutzenbacher befunden hatte, plötzlich ein Kuvert, aus dem er ein Stück Papier zog. »Da, lesen Sie«, forderte er Korber auf.

Korber überflog den auf einem Computer geschriebenen Text. Margarethe Vollnhofer las begierig mit:

»Liebe Elisabeth!

Oder soll ich dich gleich Else nennen? Ich kann den Augenblick kaum mehr erwarten – du weißt schon! Den Augenblick, in dem du nackt vor mir stehen wirst, meinem Blick schutzlos ausgeliefert. Den Augenblick, in dem ich alles an dir betrachten kann, deine Brüste, deine Schambehaarung und noch vieles mehr. Ich freue mich schon darauf, wenn dein Gesicht erröten wird und du aus Verlegenheit versuchen wirst, deine Augen von mir abzuwenden. Aber habe Vertrauen zu mir. Es kann dir nichts geschehen, denn ich werde bei dir sein. Schon bald ist es so weit.

Dein dir noch unbekannter Freund.«

Korber war perplex. »Diesen Brief hat man …«

»… an Elisabeth Dorfer geschickt, jawohl!«, beendete

Marksteiner den Satz. »Abgestempelt bei uns auf dem Postamt Floridsdorf. Na, was sagen Sie dazu?«

»Vielleicht ist es der dumme Streich eines Klassenkollegen«, mutmaßte Margarethe Vollnhofer.

»Das glaube ich nicht«, widersprach Korber. »Der Brief enthält keinen einzigen Fehler. Das wäre bei einem Schüler schon eine kleine Sensation. Und dann Stil und Wortwahl. Sieht ganz nach einem erwachsenen Absender aus. Ein Perverser?«

»Wie auch immer, wir müssen die Sache ernst nehmen, sehr ernst sogar«, erklärte Marksteiner. »Elisabeths Eltern waren gerade hier und möchten unter allen Umständen, dass sich ihre Tochter aus dem Projekt zurückzieht. Das hieße dann auch, dass sie bei den Aufführungen nicht mitmacht. Nur zu verständlich! Trotzdem wollte ich auch Sie um Ihre Meinung fragen.«

»Was sagt denn Elisabeth selbst dazu?«, wollte Korber wissen.

»Das entzieht sich leider meiner Kenntnis«, antwortete Marksteiner ausweichend. »Ich habe noch nicht persönlich mit dem Mädchen gesprochen. Die Eltern meinen, sie sei nach wie vor geschockt.«

Es war doch stets dasselbe. Aufgebrachte Eltern, ein besorgter Direktor – da kam logischerweise eine erst am Schluss zu Wort, nämlich die Betroffene selbst. Warum liefen die Dinge bloß so?

»Wir müssen sie entscheiden lassen«, legte sich Korber fest.

»Und wenn etwas passiert, was dann?«

»Passieren kann immer etwas, ob sie nun mitspielt oder nicht. Wenn es jemand auf sie abgesehen hat, wird er sich durch solche Maßnahmen nicht abschrecken lassen. Und wenn es nur ein Störenfried ist, der ihren Auftritt mit allen Mitteln verhindern möchte, tun wir genau das, was er will. Für Elisabeth wäre es der absolute Höhepunkt des Schuljahres. Ich bin mir ziemlich sicher, dass sie trotz allem nicht freiwillig darauf verzichten wird.«

»Sie würde sich ausgeschlossen fühlen. Wir können ihr nicht einfach mir nichts, dir nichts die Teilnahme verbieten, nur weil ein Verrückter diesen Brief geschrieben hat«, bekam Korber jetzt die unerwartete Unterstützung von Margarethe Vollnhofer. »Das wäre pädagogisch äußerst bedenklich.«

Bravo, die Kollegin zeigt ja doch menschliche Züge, befand Korber anerkennend. »Ist die Polizei verständigt worden?«, wollte er von Marksteiner wissen.

Marksteiner schüttelte den Kopf. »Der Brief ist gestern gekommen. Elisabeths Eltern wollten zuerst mit mir sprechen und wissen, ob irgendein Schüler als Absender infrage kommen könnte. Bis jetzt deutet nichts darauf hin. Sie haben also auch keine Erklärung dafür?«

»Nein! Darum würde ich gerne Inspektor Bollek bitten, sich um die Angelegenheit zu kümmern. Er könnte diskrete Nachforschungen anstellen. Sie kennen ihn ja bereits[2]«, überlegte Korber.

»Der Polizist, der damals einige Schüler wegen der Vorgänge am Jedleseer Friedhof befragt hat? Warum nicht«, zeigte sich Marksteiner einverstanden. »Wir bräuchten uns nichts vorzuwerfen, und vielleicht führt es uns auch auf eine heiße Spur. Reden Sie also mit ihm, ich bitte Sie darum.«

»Dürfte ich dazu vielleicht den Brief haben? Ist es das Original?«

---

2 Siehe den vorhergehenden Band ›Lenauwahn‹

»Wie bitte? Ja natürlich! Da, nehmen Sie!« Marksteiner überreichte Korber das Schriftstück. »Und sprechen Sie mit Elisabeth Dorfer. Ich möchte möglichst rasch Klarheit haben, wie es mit dem Projekt weitergeht. Wenn sie immer noch mitmachen möchte, von mir aus. Aber keine Überredungstricks, haben Sie mich verstanden?«

»Ja, Herr Direktor. Danke schön!« Ein entspanntes Lächeln spielte um Korbers Lippen, als er sich von Marksteiner verabschiedete. Mittlerweile kannte er seinen Chef genau. Zunächst wirkte er streng und übervorsichtig, letztendlich war er aber immer verständnisvoll und offen für die Wünsche und Maßnahmen seiner Lehrer. Er polterte, gab dann aber auch gerne nach, wie der Vater einer großen Familie.

Draußen auf dem Gang bedankte sich Korber bei seiner Kollegin. »Ich habe mich für die Schülerin deswegen eingesetzt, weil ich sie und ihren Eifer sehr schätze«, gab ihm Margarethe Vollnhofer zu verstehen. »Es hat absolut nichts damit zu tun, was ich von Ihnen und diesem fragwürdigen Projekt halte.«

*

»Natürlich musstest du mit dem Brief gleich zu deinem Inspektor Bollek laufen«, ärgerte Leopold sich. »An mich hast du dabei überhaupt nicht gedacht. Du traust mir wohl nicht zu, dass ich in dieser heiklen Geschichte Erfolg habe.«

Korber gönnte sich nach dem aufregenden Vormittag, den er mit einem Kurzbesuch bei seinem Freund im Polizeikommissariat abgeschlossen hatte, ein Bier an der Theke des Café Heller. Dabei sah er Leopold eher belustigt zu, wie der sich echauffierte, und blies kleine Rauchwölkchen aus seiner Zigarette in die Luft. »Es geht gar nicht darum, was ich dir zutraue«, erklärte er ihm. »Für mich zählt, dass du eine feste Beziehung eingegangen bist und deiner Freundin Erika versprochen hast, einen Großteil deiner spärlichen Freizeit mit ihr zu verbringen. Oder hast du es dir schon wieder anders überlegt?«

»Nein, natürlich nicht«, antwortete Leopold knapp. Dabei stellte er fein säuberlich eine Melange auf das kleine Silbertablett, gab ein Glas Wasser dazu und legte den Kaffeelöffel darauf. Er musste zugeben, dass Korber im Recht war. Er hatte jetzt eine Freundin, die ihn brauchte, und um die er sich kümmern musste. Da konnte er nicht mehr so wie früher kriminalistische Nachforschungen betreiben, wenn sich etwas Seltsames oder gar ein Verbrechen ereignete. Das würde nur seinem Glück schaden. Er wusste selbst nicht, warum er immer wieder darauf vergaß.

Ich bin glücklich, dachte er, während er die Melange nach hinten zu Frau Fürthaler trug. Ja, Leopold war in der Tat glücklich. Es gab jetzt jemanden, der ihn vom Kaffeehaus abholte oder auf ihn wartete, wenn er spät nach Hause kam. Es gab jemanden, der ihn liebevoll ›Schnucki‹ nannte. Es gab eine Frau, mit der er großen Spaß im Bett hatte, und mit der ihm auch sonst nie langweilig wurde. Diese Frau hieß Erika Haller. Ihr gehörte eine Papeterie, in die Leopold oft auf Besuch kam, wenn er mittags Dienstschluss hatte, und wo er die Kunden dann mit seinem Schmäh unterhielt. Erika kochte auch vorzüglich. Und manchmal, wenn er sie beinahe einen ganzen Tag nicht zu sehen bekam, ging sie ihm richtiggehend ab.

Leopold war mehr als glücklich. Nur dass er diesem

Glück Opfer bringen musste, ärgerte ihn. Es ärgerte ihn sogar sehr. Gerade jetzt beispielsweise hätte er gerne in Erfahrung gebracht, wer einer jungen Schülerin die frivolen Zeilen geschrieben hatte.

»Trotzdem sage ich dir, dass ich da eher was herausfinde als Bollek«, wandte er sich deshalb gleich wieder an Korber, als er an die Theke zurückkam.

»Mag sein. Es geht aber auch um das Gefühl des persönlichen Schutzes für das Mädchen. Den kannst du ihr nicht bieten. Hauptsache, sie macht weiterhin bei dem Projekt mit«, meldete Korber erleichtert.

»Freut mich außerordentlich«, gab Leopold beleidigt von sich.

»Sie war zwar immer noch ein bisschen durcheinander, als die Kollegin Vollnhofer und ich sie gefragt haben, aber sie scheint die richtige Einstellung zu haben: Jetzt erst recht, und das ist gut so!«

»Na bitte!«

»Quengle nicht! Denk lieber an deine Erika! Du solltest dich freuen, dass du noch eine wie sie gefunden hast. So selbstverständlich ist das in deinem Alter nämlich nicht.«

»Ich habe mich wohl verhört«, ätzte Leopold.

»Wieso verhört? Ich bin um einiges jünger als du, und bei mir hat es auch lange gedauert, bis sich die Liebe eingestellt hat«, gab Korber zu bedenken.

Er machte einen genüsslichen Schluck von seinem Bier und führte eine weitere Zigarette zum Mund. Dabei dachte er nach, ob er sich glücklich fühlte. Ja natürlich, Korber war in der Tat glücklich. Warum denn auch nicht? Sein Schnitzler-Projekt lief nun wieder nach Plan. Der Frühling tat ihm gut, er spürte ihn in jeder Faser seines Körpers und war voll Energie. Und schließlich war er, trotz aller Schwierigkeiten, schon länger mit seiner Geli zusammen, als er sich anfangs hätte träumen lassen. Er war sogar schon sehr lange mit ihr zusammen. Zu lange?

»Liebe schön und gut. In eine gemeinsame Wohnung zieht ihr ja weiterhin nicht«, schreckte ihn Leopold aus seinen Gedanken.

»Das ist eigentlich nur mehr eine Frage der Zeit. Man muss nichts überstürzen«, verteidigte Korber sich. »Es funktioniert ja vorläufig auch so.«

Bei diesem Satz gab es ihm einen leichten Stich. Er stimmte, aber leider stimmte er nicht ganz. Eigentlich handelte es sich um eine Kleinigkeit, um etwas, das schon einmal vorkommen durfte. Dennoch überschattete es seine gesamten Glücksüberlegungen. Am vorigen Sonntag war es gewesen. Er war mit Geli entlang des Marchfeldkanals spazieren gegangen, hatte den warmen Nachmittag genossen. Danach, in Korbers Wohnung, war es relativ rasch zum Liebesspiel gekommen. Plötzlich, mitten im Geschlechtsakt, hatte Korber dann gemerkt, wie seine Begierde nachließ. Er hatte Geli zum Höhepunkt gebracht, ohne dabei selbst große Lust zu verspüren. Es war eine sehr mühsame Prozedur gewesen. Natürlich fragte er sich, wie so etwas hatte passieren können. Die Antwort, die er fand, verblüffte ihn und war einleuchtend zugleich: Sie waren vielleicht tatsächlich schon zu lange miteinander liiert. Dass sie sich mittlerweile in- und auswendig kannten, zeitigte seine ersten fatalen Auswirkungen auf dem Gebiet der Sexualität.

»Über kurz oder lang kommst du ihr nicht aus«, hörte Korber in der Zwischenzeit Leopold laut nachdenken.

»So haben wir beide das gefunden, was unserem Leben einen Sinn gibt. Wir gehen einer hoffnungsvollen Zukunft entgegen.«

»Da bin ich mir nicht so sicher«, kam sofort Korbers Replik. »Ich liebe Geli zwar, und ich kann mir auch immer besser vorstellen, mit ihr zusammenzuleben. Davor habe ich überhaupt keine Angst mehr, das kannst du mir glauben. Eine Familie gründen, den Abend solide zu Hause verbringen, ein kleines Kind heranwachsen sehen – alles schöne Dinge, auf die ich mich freue.«

»Wo liegt denn dann diesmal das Problem?«, forschte Leopold, der die schwankende Gemütsverfassung seines Freundes bereits ausreichend kannte.

»Unsere Gesellschaft vertritt die unsinnige Auffassung, dass alles auf immer und ewig sein soll«, holte Korber aus. »Das heißt, man hat, sobald man gebunden ist, in der Liebe für die Zukunft überhaupt keine Aussichten mehr, außer natürlich es wird eine total verbockte Lebensgemeinschaft und man lässt sich deshalb scheiden. Aber das will ja keiner. Eine Beziehung auf Zeit, eine sogenannte Lebensabschnittspartnerschaft, würde einem da mehr Möglichkeiten eröffnen und unserer modernen Zeit eher entsprechen.«

»Wie viele Tage würde so ein Lebensabschnitt bei dir denn dauern?«, erkundigte sich Leopold eher belustigt.

»Mit dir kann man über so ein ernstes Thema einfach nicht normal reden, jetzt noch weniger als früher. Es geht einzig und allein darum, dass man nicht zum Gefangenen einer Beziehung wird. Wenn einem jemand anders gefällt und man sich ein bisschen mit diesem Menschen einlässt, heißt es gleich, man hat seinen Partner betrogen. Welch hässliches Wort!«

»Als was würdest du es denn bezeichnen?«

»Das ist jetzt unerheblich. Was mich stört, ist diese kleinbürgerliche Einstellung«, ereiferte Korber sich. »Selbst wenn man wirklich vorhat, für den Rest seines Lebens mit einem Menschen in Liebe zusammenzubleiben, hat doch jeder, ich betone *jeder*, egal welchen Geschlechts, das Bedürfnis nach ein wenig Abwechslung. Machen wir uns nichts vor! Irgendwann weiß etwa ein Mann zur Genüge, wie die Zunge der Partnerin schmeckt, wie sie mit ihrem Hintern wackelt, wie ihre Brüste aussehen, und was ihn zwischen ihren Beinen erwartet. Dass man da auch wieder einmal Sehnsucht nach etwas anderem bekommt, ist nur zu natürlich.«

»Weißt du, dass du ganz schön vulgär wirst?«, machte Leopold seinen Freund aufmerksam. »Ich glaube, das Bier wirkt schon.«

»Ach was, du willst es nur nicht wahrhaben. Jetzt bist du noch frisch verliebt. Warten wir einmal ab, wie du in ein oder zwei Jahren redest.«

»Und was würdest du sagen, wenn deine Geli ähnliche Gedanken hegt?«, fragte Leopold irritiert.

»Ich würde es verstehen«, erklärte Korber, als sei es die selbstverständlichste Sache der Welt. »Es kommt sicher der Moment, wo es sie nicht mehr sonderlich aufregt, was sie zu sehen bekommt, wenn sie mir die Hose aufknöpft. Dann wird sie sich von anderen Männern angezogen fühlen, weil sie vermutet, dass dort ein bisschen mehr vorhanden ist. Und ein knackiger Popo gefällt den Frauen auch ganz gut, habe ich mir sagen lassen.«

»Ja aber wenn sie dann wirklich zur Tat schreitet?«

Korber zuckte mit den Achseln. »Dann ist es einfach so. Obwohl ich denke, dass ich mir in dieser Hinsicht bei Geli keine allzu großen Sorgen zu machen brauche. Sie ist eher anhänglich und nicht auf große Abenteuer aus. Fast möchte ich sagen leider, weil ich dadurch natürlich ein schlechtes Gewissen habe, sollte ich einmal eine andere Frau ansprechen, die mir gefällt.«

Leopold betrachtete den kleinen Möchtegerncasanova ihm gegenüber genauer. Wenn er so an der Theke lehnte und die Augen verdrehte, während er das Bier in sich hineinrinnen ließ, konnte man sich gut vorstellen, was er gerade dachte. Und es waren sicher keine schönen Gedanken. Früher einmal, da hatte man Korbers Eskapaden noch einer gewissen Unbeholfenheit zuschreiben können. Aber jetzt hatte Leopold den Eindruck, dass er berechnend geworden war. Was er da beinahe revolutionär von freier Liebe hinausposaunte, war natürlich alles Blödsinn. Er dachte nach, wie er sich das holen konnte, was er wollte. Er überlegte im Detail, wie er zu einem genussvollen Seitensprung kommen konnte, ohne sich vor Geli dafür rechtfertigen zu müssen. Dabei fühlte er sich moralisch auch noch im Recht. Leopold sah in seinem Freund einen dieser dekadenten und geilen Typen aus den Dramen und Erzählungen Schnitzlers, die er jetzt mit seinen Schülern einstudierte.

Er selbst kannte solche Verlockungen nicht. Die einzige Untreue Erika gegenüber, nach der er sich sehnte, war es, wieder einmal einen Kriminalfall zu lösen, ohne auf sie Rücksicht nehmen zu müssen. Natürlich reizte ihn der anzügliche Brief an Elisabeth Dorfer, von dem er durch Korber erfahren hatte. Er bot sozusagen die Möglichkeit eines kleinen Trainings zwischendurch. Aber was würde seine Erika bloß dazu sagen?

Korber legte das Geld für sein Bier auf die Theke und

machte sich zum Gehen bereit. »Mach bitte in nächster Zeit keinen Unfug«, ermahnte Leopold ihn.

»Wo denkst du hin?«, erwiderte Korber. »Ich werde doch die Idylle meiner Beziehung zu Geli nicht aufs Spiel setzen. Außerdem kommt sie heute Abend mit zwei Arbeitskollegen zu einem Spieleabend. Du siehst also, es ist alles bestens. Aber lass mir doch die Möglichkeit, zumindest in Gedanken ein wenig fremdzugehen.«

»Ob du es glaubst oder nicht, das ist Gift«, beschwor Leopold ihn mit ernster Miene.

»Wer behauptet so etwas schon außer dir?«

»Die Statistik«, antwortete Leopold kühl. »Bei den Gedanken allein bleibt es ja nicht. Und von da an wird die Angelegenheit hochexplosiv. Denn Untreue, in welcher Form auch immer, ist nun einmal einer der häufigsten Gründe für ein kapitales Verbrechen!«

*

Korber hörte nur mehr mit halbem Ohr hin. Als er das Heller verließ, spürte er ein Verlangen nach Freiheit und Abwechslung. Er bog um die Ecke, als plötzlich ein weibliches Wesen vor ihm stand, das er von früher her kannte. »Ja Sophie! Das ist aber eine Überraschung«, rief er aus.

Sophie Kuril war zwar schon ein wenig über ihre besten Jahre hinaus, aber immer noch ungeheuer attraktiv. Ihr leicht gewelltes brünettes, von ein paar grauen Strähnen durchzogenes Haar umspielte locker ihre Stirn. Das Gesicht mit der schmalen Brille wirkte streng und ein wenig unsicher, doch wenn sie ihren Mund zu einem Lächeln verzog, änderte sich das sofort. Der mittelgroße, sportliche Körper steckte in einem eleganten schwarzen

Lederanzug. Sie hatte sich, wie es schien, ein wenig herausgemacht. Mit ihrer rechten Hand rollte sie eine kleine Reisetasche hinter sich her.

»Thomas, nein so etwas«, gab sie zurück. »Jetzt hätte ich beinahe gefragt, was du da machst, aber du unterrichtest ja hier am Gymnasium.«

Sophie Kuril und Thomas Korber waren einander im Vorjahr bei einem Englischseminar begegnet. Sie hatten sich sofort sympathisch gefunden, Telefonnummern und E-Mail-Adressen ausgetauscht und vereinbart, einander möglichst bald wieder zu treffen. Wie es bei solchen Gelegenheiten meist der Fall ist, wurde nichts daraus. Es blieb beim Wollen. Das eine oder andere Mal dachte man vielleicht daran, anzurufen oder kurz ein paar Zeilen zu schreiben, dann aber tat der Alltag sein Übriges, und die Sache geriet in Vergessenheit. Umso überraschter waren beide jetzt ob dieser zufälligen Begegnung.

»Und was tust du da?«, wollte Korber wissen.

»Ich unterrichte zwar nicht hier, aber ich bin da auch einmal zur Schule gegangen«, antwortete Sophie.

»Ach ja, das hätte ich beinahe vergessen«, erinnerte Korber sich. Dann hatte er eine Idee. »Möchtest du vielleicht sehen, wie die Schule jetzt ausschaut? Wir könnten beide einen kurzen Blick hineinwerfen«, schlug er vor.

»Ein andermal«, lehnte Sophie dankend ab. »Eigentlich war ich nur neugierig, ob es das Café Heller noch gibt. Da haben wir nämlich an manchen Vormittagen mehr Zeit verbracht als in der Schule. Wir haben ganz schön gestagelt damals.«

»Dann gehen wir doch hinein und trinken einen Kaffee!« Korber hatte nicht im Sinn, diese zufällige Begegnung gleich wieder enden zu lassen.

Sophie errötete leicht und schüttelte den Kopf. »Tut mir schrecklich leid, es geht nicht«, gestand sie. »Ich sollte eigentlich schon wieder ganz woanders sein. Ich wollte nur einen Sprung vorbeimachen und durch die Fenster gucken. Das habe ich jetzt ja gemacht.«

Korber bemerkte die Reisetasche. »Du fährst fort?«, fragte er.

»Im Gegenteil, ich komme quasi an«, antwortete sie vorsichtig. »Ich muss … Es ist wegen der Schule, verstehst du? Ich treffe mich mit ein paar Kollegen. Es wird ein richtiges Arbeitswochenende.«

Korber lächelte wissend. »Die neue zentrale Reifeprüfung, stimmt's? Die lässt uns ja überhaupt keine Ruhe. Andererseits: So dringend kann das nicht sein. Ein paar Minuten könntest du mir wenigstens schenken. Schließlich haben wir uns lange nicht gesehen.«

Wiederum schüttelte sie den Kopf, diesmal entschiedener. »Wir mailen uns, ja? Wie wir uns das damals vorgenommen haben. Dann habe ich sicher einmal Zeit für dich.«

Unbewusst hatten beide begonnen, in Richtung Bahnhof zu gehen. »Wo musst du überhaupt hin?«, erkundigte er sich.

Sophie war das alles offensichtlich gar nicht recht. Nur widerwillig erteilte sie Auskunft: »Ich fahre mit der Straßenbahnlinie 31 bis zur Haltestelle Hanreitergasse, dann biege ich in den Karl Benz-Weg hinein. Es sollte leicht zu finden sein. Ich hoffe es zumindest.«

Korber war gleich wieder Feuer und Flamme. »Das ist ja wunderbar«, freute er sich. »Es ist ganz in der Nähe meiner Wohnung, nur auf der anderen Seite der Brünner Straße. Gemeinsam finden wir es sicher.«

»Meinst du?« Sophie Kuril fühlte sich immer weniger wohl in ihrer Haut. Am liebsten wäre sie Korber rasch wieder losgeworden, aber der ließ sich jetzt nicht abschütteln, im Gegenteil: Je einsilbiger sie wurde, desto entschiedener machte er sich an sie heran. Auch in der Straßenbahn störte es ihn nicht, dass sie wortkarg blieb. Er wollte wissen, wohin sie ging. Gerade das zu verhindern, war offenbar ihre Absicht. Doch es nützte nichts. Als sie ausstiegen, heftete er sich an ihre Fersen.

»Hör mal, ich finde schon allein hin, ich brauche dich nicht dazu«, teilte sie ihm mit. »Was sollen meine Kollegen denken, wenn ich mit dir antanze?«

»Dass ich auch eine Art Kollege bin.«

»Nein! Du wirst jetzt gehen, verstehst du? Du hast hier nichts verloren«, wurde sie beinahe grob.

»Ich komme ja nur bis zum Eingang mit«, bettelte Korber.

»Das ist nicht möglich. Du würdest mir nur schaden. Vielleicht erkläre ich es dir später einmal. Du kannst mir, wie gesagt, nächste Woche eine Mail schreiben. Aber jetzt lass mich einfach allein, okay?«

Sophie warf ihm eine Kusshand zu und beschleunigte dann ihren Schritt, als hätte sie Angst, er würde ihr weiter nachlaufen. Etwas entfernt in der schmalen Gasse sah Korber ein Auto und Leute darum herum. Sophie winkte, die anderen winkten zurück. Offenbar war sie bei ihren Freunden und Kollegen angekommen. Die Tore zu dieser Welt blieben für Korber verschlossen.

Vielleicht war es besser so. Andererseits – wie oft brachte der Zufall eine liebe Bekannte ganz in seine Nähe? Er warf einen letzten sentimentalen Blick auf Sophie. Da fiel es ihm plötzlich ein: Das Haus, in das sie jetzt mit ihren Kollegen ging, war doch die ehemalige Pension Vogelsang, viele Jahre hindurch ein günstiges, wenn auch ein wenig abseits gelegenes Quartier für Wienbesucher aus den Bundesländern oder aus dem Ausland. Dann war die Zahl der Nächtigungen allmählich aber stetig gesunken. Niemand wusste so richtig, woran es lag: an der schlechten Anbindung zum Stadtzentrum, der nicht gerade überragenden Infrastruktur oder der Renovierungsbedürftigkeit des Hauses. Der Besitzer mit dem bezeichnenden Namen Sebastian Fink hatte die Pension jedenfalls kurzerhand geschlossen. Da das Haus nach wie vor ihm gehörte, vermutete Korber, dass er es hie und da für ein kleines Entgelt zur Verfügung stellte – unter der Hand natürlich. Jetzt eben dieser Gruppe um Sophie Kuril.

Er konnte sich nicht helfen, irgendetwas an der Sache kam ihm komisch vor. Sophie war so kurz angebunden und beinahe unfreundlich gewesen. Natürlich hatte er sich recht aufdringlich verhalten, dennoch kannte er sie anders, aufgeschlossener und mitteilsamer. Er hatte sogar damals bei dem Englischseminar den Eindruck gehabt, sie wären sich menschlich recht nahegekommen. Irgendetwas machte sie nervös, aber was? Das Arbeitswochenende wohl kaum. Oder doch?

Korber fasste den Beschluss, der Sache auf den Grund zu gehen. Und da sich Sophie für den Augenblick in seiner unmittelbaren Nachbarschaft befand, war er überzeugt, dass ihm das auch gelingen würde.

KAPITEL 3

»DER JUNGE HERR: Machen Sie keine solchen Geschichten, Marie ... Ich hab Sie schon anders auch gesehn. Wie ich neulich in der Nacht nach Haus gekommen bin und mir Wasser geholt hab; da ist die Tür zu Ihrem Zimmer offen gewesen ... na ...« (Schnitzler: Reigen)

Längst hatte sich die Schwüle des Abends nach innen übertragen. Die Musik aus dem CD-Player spielte so leise, dass man sich daneben ungezwungen unterhalten konnte, aber so laut, dass sie nicht ganz zum Hintergrundgeräusch verkümmerte. Der Raum war nur spärlich durch einen Kerzenleuchter erhellt, den einer der Gäste mitgebracht hatte. Eines der Pärchen, die sich inzwischen gebildet hatten, begann zu tanzen, ein zweites folgte wenig später. Dabei vollführten die Hände mehr Bewegungen als die Beine. Schon bald griff ihr Partner Sophie Kuril ungeniert unter die Bluse. Das andere Paar küsste sich so wild, dass es aussah, als würden die beiden einander auffressen.

Der Tanz erfüllte nur einen Zweck: in Stimmung zu kommen für das, was folgen sollte. Emmerich Holub und die dritte Frau, die ein wenig jünger als ihre Geschlechtsgenossinnen wirkte, tranken von dem zuvor schon reichlich geflossenen Sekt. Die Frau machte bereits einen ziemlich beschwipsten Eindruck. Sie gluckste und kicherte und hatte beim Reden einen Zungenschlag. Plötzlich stand sie auf und fing an, sich auszuziehen. Emmerich

Holub feuerte sie dabei vehement an. »Los, mach weiter, ich will dich nackt sehen«, grölte er. »Ich will dein Popscherl sehen. Komm, zeig mir dein süßes Popscherl!«

Sie entledigte sich rasch ihres Gewandes und hielt Holub ihr Hinterteil provokant vors Gesicht. Er bedeckte es sofort mit einer Salve von Schlägen und Küssen. Auch bei den anderen Paaren hatte sich bereits so viel getan, dass man dazu überging, das Geschehen in die einzelnen Schlafzimmer zu verlegen.

Es war nämlich kein Arbeitstreffen, das an diesem Wochenende in der ehemaligen Pension Vogelsang stattfinden sollte. Alle sechs Teilnehmer waren bis jetzt brave und biedere Eheleute gewesen. Sie hatten beschlossen, ihre Partner für zwei Tage und zwei Nächte nach Strich und Faden zu betrügen. Jeder Mann sollte dabei jeweils einmal mit jeder Frau das Bett teilen. Das war zwar gefährlich, gab der Sache jedoch einen besonderen Kick.

*

Leopold lag wach auf dem Rücken und starrte mit weit aufgerissenen Augen zur Decke. Er hatte sich immer noch nicht ganz an die großzügigen Dimensionen von Erika Hallers Schlafzimmer gewöhnt. Außerdem kamen in seinem Kopf allerlei Dinge zusammen.

»Was hast du?«, wollte Erika, die mit weiblicher Intuition spürte, dass ihn etwas beschäftigte, wissen. »Kannst du nicht schlafen?«

»Ich denke nur ein bisserl nach«, versuchte er, sie zu beruhigen.

»Das kenne ich«, seufzte sie. »In Kürze gehst du wieder nachschauen, was im Kühlschrank ist, und legst eine mitternächtliche Zwischenmahlzeit ein. Erstens ist das nicht gesund, und zweitens macht es mich nervös, Schnucki!«

»Das Problem besteht darin, dass ich in letzter Zeit vergessen habe, was es heißt, nachzudenken«, sinnierte Leopold. »Mir gehen Dinge durch den Kopf, aber es fehlt ihnen der Fokus, die Richtung, das Ziel.«

»Dann schläfst du vielleicht doch bald wieder ein«, hoffte Erika.

»Darum geht es nicht«, winkte Leopold ab. »Die Sache ist eher allgemeiner Natur. Ich weiß nicht, ob du das verstehst. Im Kaffeehaus sind meine Handlungen mehr oder minder automatisiert. Ein Gast kommt, bestellt etwas, ich bringe es ihm. Nach einer Weile hat er gegessen und getrunken. Dann bestellt er entweder noch etwas oder er will zahlen. Dazwischen kann sich vielleicht noch ein beiläufiges Gespräch, ein Plauscherl, entwickeln. Aber das ist alles keine wirkliche Herausforderung.«

»Und?« Erika Haller drehte sich zu ihm. Sie war hellhörig geworden.

»Ich brauche während meiner ganzen Arbeit nicht nachzudenken, das ist es. Bei uns beiden läuft auch alles gut, da würde es höchstens stören, wenn ich nachdenken würde«, fuhr Leopold fort.

»Bring es gleich auf den Punkt: Dir gehen deine kriminalistischen Abenteuer ab.«

»Und wenn dem so wäre?«, forschte Leopold vorsichtig nach.

»Wer ist denn ermordet worden?« Erika war jetzt nicht nur hellhörig, sondern auch hellwach.

»Noch niemand. Aber im Gymnasium ist eine kleine Sauerei passiert.«

»Hat dich Thomas auf eine Fährte angesetzt?«

»Leider nicht!« Leopold erzählte Erika kurz die Geschichte um den mysteriösen Brief an Elisabeth Dorfer, wie er sie gehört hatte. »Was denkst du?«, fragte er abschließend.

»Schlimm«, antwortete sie. »Aber jetzt befasst sich ohnehin die Polizei damit.«

»Genau genommen befasst sich nicht die Polizei damit, sondern nur Inspektor Bollek. Das ist vielleicht das Schlimmste an der Sache.«

»Komm, lass deine alte Rivalität.«

»Wie soll ich, wenn ich weiß, dass er wieder einmal nichts ausrichten wird?«

»Jetzt werde bloß nicht ungerecht, Schnucki! Sag, hast du überhaupt den Eindruck, dass irgendjemand möchte, dass du dich der Sache annimmst?«

Der Hieb saß. Leopold verschlug es kurz die Sprache. Während er noch nachdachte, was er darauf am besten sagen könnte, spürte er, wie Erikas Hand seinen Arm sanft berührte. »Du möchtest helfen«, nahm sie ihm die Worte aus dem Mund. »Das verstehe ich ja auch. Aber wie?«

Es war eben doch seine Erika, wie er sie von Anfang an kennen- und liebengelernt hatte. »Genau das sind die Dinge, über die es sich lohnt, nachzudenken«, befand er erleichtert. »Wie würdest du eigentlich reagieren, wenn du so alt wärst wie diese Elisabeth Dorfer und einen derartigen Brief erhieltest?«

Erika überlegte: »Die Mädchen sind zwar heute schon viel aufgeklärter, als wir es in dem Alter waren. Trotzdem würde ich mich zuallererst in meiner Intimsphäre bedroht fühlen und mich dann natürlich maßlos über meine Ohnmacht ärgern. Denn ich kann mich ja nicht wehren.«

»Genau«, bestätigte Leopold. »Das ist der eine wichtige Punkt an der Sache. Der andere: Es muss jemand diesen Brief geschrieben haben, der von dem Projekt und Elisabeths Rolle darin weiß. Alles deutet darauf hin.«

»Also doch ein Mitschüler? Oder vielleicht ein Verwandter?«

»Es ist zu früh, sich da jetzt schon festzulegen«, meinte Leopold. »Man muss herausbekommen, wer aller Kenntnis davon haben kann. Ich bezweifle jedenfalls stark, dass es sich um einen perversen Unbekannten handelt.«

»Weißt du, es ist schön, wenn dir so etwas einfällt, Schnucki«, gab Erika zu. »Ich will dich in dieser Hinsicht auch gar nicht einschränken. Solche Nachforschungen sind halt ein Hobby von dir. Aber auf mich darfst du dabei nicht vergessen, hörst du? Zerrüttung der Beziehung aufgrund mehrerer nicht aufgeklärter Kriminalfälle, das wäre wirklich schlimm. Das wirst du mir doch nicht antun, oder?«

Sie erhielt keine Antwort auf ihre Frage. Denn Leopold, dem es wieder erlaubt war, in seinen gewohnten Bahnen zu denken, war still und friedlich neben ihr eingeschlafen.

*

Heribert Garger war aufgestanden und kurz vors Haus gegangen, um eine Zigarette zu rauchen. »Willst du nicht wieder ins Bett kommen?«, fragte Adele Kraus, als er wieder bei der Zimmertür hereinkam.

»Gleich«, gab er zurück. »Aber das musste jetzt auch sein.«

»Bei euch Männern hat man immer das Gefühl, alles

läuft rein mechanisch ab«, beschwerte sie sich. »Wo bleibt die Zärtlichkeit? Wo bleibt das Gefühl?«

»Adi, werd' jetzt bitte nicht sentimental!«

»Ich will nicht nur durchgebumst werden. Ich will, dass man mich nachher auch berührt.«

»Vielleicht hast du etwas falsch verstanden«, versuchte Heribert, ihr zu erklären, während er sich auszog. »Wir sind hier zu keinem Romantikwochenende zusammengekommen. Wir wollten uns eine Freizeit von zu Hause nehmen, miteinander Sex haben und uns so richtig austoben, bevor wir wieder bei unseren Ehepartnern landen.«

»Ich weiß«, sah Adele ein. »Aber bei einer Frau funktioniert das nun einmal anders. Komm bitte und nimm mich in deinen Arm, sonst habe ich so ein furchtbar schales Gefühl.«

Heribert schlüpfte wieder zu ihr unter die Bettdecke. »So, jetzt gibst du hoffentlich Ruhe«, meinte er. »Es war doch schön, oder?«

»Das ist es ja eben«, seufzte Adele. »Warum können wir beide nicht auch morgen beisammen bleiben? Ich möchte keinen Partnertausch. Ich mag es nicht mit Emmerich machen. Du warst mir schon in der Schule sympathisch. Ihn habe ich nie sonderlich ins Herz geschlossen.«

»Es wäre egoistisch und unfair. Wir haben damals alle diesem Ablauf zugestimmt. Du kannst Emmerich jetzt nicht so einfach ausschließen. Außerdem hat er sich um das ganze Organisatorische gekümmert.«

»Soll er doch bei seinem Schluckspecht bleiben!«

»Keine Chance! Er freut sich schon auf dich. Heute Abend hat er dich bereits lüstern angeguckt.«

»Ich mag nicht! Er ist so … so hemmungslos. Ich habe direkt ein bisschen Angst.«

»Trotzdem, ausgemacht ist ausgemacht. Du kannst jetzt nicht alles durcheinanderbringen. Es wird schon klappen. Meine Güte, bis auf Klara sind wir alle gemeinsam im Gymnasium herangewachsen, wie in einer Familie. Wir kennen uns immer noch ziemlich gut, obwohl wir uns nur mehr bei den Klassentreffen sehen.«

»Du redest so, als hätte es dir mit mir überhaupt nicht gefallen.«

»Doch, aber du musst das unterscheiden, verdammt noch mal.«

»Morgen Nachmittag bist du dann mit Sophie zusammen. Da wünsche ich dir jetzt schon alles Gute. Die ist doch kalt wie ein Fisch. Ich habe mich immer gewundert, dass sie überhaupt mitmacht. Wäre interessant zu wissen, wie es zwischen ihr und Eugen heute gelaufen ist. Er war doch in der Schule ganz vernarrt in sie.«

»Sie hat einen alten Mann daheim, vergiss das nicht. Da tut sich, glaube ich, nicht mehr viel. Wahrscheinlich ist sie total scharf, nur zeigt sie es nicht.«

»Ich weiß nicht. Seit der Sohn damals von zu Hause weg ist, hat sie einen Knacks.«

»Das braucht dich alles nicht zu interessieren.«

»Also schön, es geht mich nichts an. Es geht mich auch nichts an, wie du dich danach für Frau Schluckspecht noch einmal in Form bringst. Es ist wahrscheinlich ohnedies egal. Die bekommt dann sowieso nichts mehr mit.«

Einige Augenblicke war es still, dann hörte Heribert Adeles leises Schluchzen. »Halt mich«, bat sie ihn. »Bitte halt mich ganz fest!«

Ihre Tränen benetzten seine Brust. Er spürte die kleinen Erschütterungen ihres stockenden Atems. Während er mit der Hand sanft ihr Haar streichelte, schaute sie zu ihm auf. Schon waren wieder Leben und Erwartung in ihren Augen, und ihre Hand begann, ihn weiter unten zu massieren. »Ich will jetzt noch einmal«, kam es halblaut aus ihrem Mund. »Glaub ja nicht, dass du mir so einfach davonkommst.«

*

Eugen Probst saß gebückt am Rand der kleinen Couch in der Ecke des Zimmers. Um ihn herum war alles leer, furchtbar leer. Er wartete darauf, dass Sophie etwas sagte, aber den Gefallen tat sie ihm nicht. Sie ließ ihn allein mit der Stille, die nur gelegentlich durch Geräusche aus dem Nebenzimmer unterbrochen wurde.

»Die haben wenigstens Spaß«, sagte Probst schließlich.

»Und du hattest keinen?«, fragte Sophie. »Du hast es doch zu einem Ende gebracht. Ich habe mich nicht gewehrt.«

»Du hast es über dich ergehen lassen. Was soll ich noch weiter dazu sagen?«

»Du hattest es dir wohl schöner vorgestellt. Mein Gott, wie musst du auf diesen Augenblick gewartet haben.«

Ja, er hatte auf diesen Augenblick gewartet, und zwar jahrelang. Mit 16 hatte er begonnen, sich in Sophie zu verlieben. Es war die scheue Liebe eines Pubertierenden gewesen. Bei einem Wandertag hatte er sich dann einmal mit ihr zurückfallen lassen, über Schmerzen in seinem Fuß geklagt und als sie alleine waren versucht, sie zu küssen. Damals hatte sie sich gewehrt. Erfolgreich gewehrt. Anders als heute.

Eugen hatte dennoch immer an seine Chance geglaubt,

auch noch nach der Matura. Bei einem dieser Feste, wo man sich wiedertraf, an die alten Zeiten zurückdachte und zu viel trank, hatte er den Kuss sogar bekommen. Sie hatte danach gelacht. Richtig ausgelacht hatte sie ihn. Wenig später hatte sie Theodor Kuril geheiratet, einen Bundesheeroffizier, der über 20 Jahre älter als sie war und es später bis zum Oberst brachte.

»Warum musste bloß dieser überhebliche, steife und arrogante Mensch dein Mann werden?«, kam der Ärger in Eugen wieder hoch.

Sophie zuckte mit den Achseln. »Er war der Beste, den ich damals kriegen konnte.«

»Und warum bist du dann hier? Du willst das alles doch gar nicht.«

Sophie Kuril hatte sich im Bett aufgesetzt. Sie lehnte jetzt mit dem Rücken an der Wand. »Wer sagt das?«, ereiferte sie sich. »Vielleicht bin ich ja das, was Theo immer von mir behauptet: ein Flittchen. Ist doch eine ansprechende Leistung, drei Männer in zwei Tagen. Was man dabei fühlt, ist uninteressant. Wir sind nicht zum Fühlen hergekommen. So liege ich eben da und schaue euch zu, wie ihr euch über mir abrackert. Es hat seinen eigenen Reiz.«

»Du bist pervers«, schleuderte Eugen ihr entgegen.

»Pervers?« Sie lachte unnatürlich laut auf. »Wenn, dann sind wir alle pervers. Es ist wirklich nicht normal zu glauben, man legt sich für ein Wochenende bunt gemischt miteinander ins Bett, und dann geht das Leben weiter, als ob nichts gewesen wäre. Wir werden nie vergessen, was hier geschehen ist. Es wird uns für immer begleiten. Wenn wir noch einen Funken Unschuld in uns getragen haben, dann haben wir ihn jetzt verloren. Glaubst du, dass wir unseren Männern und Frauen noch aufrichtig in die Augen schauen können? Glaubst du, dass zwischen uns alles einfach so weiter geht? Oh nein! Aber du bist wegen mir hier, und ich bin wegen Theo hier.«

Eugen Probst setzte sich neben Sophie aufs Bett. Er hatte große Sehnsucht, sie zu berühren. »Lass mich«, wehrte sie ab. »Du wirst mich nie haben. Und helfen kannst du mir auch nicht. Wir haben getan, was geplant war. Der Rest ist Schicksal!«

»Du brauchst keine Angst zu haben, Theo darf dir nichts tun«, redete Eugen auf sie ein. »Ich kann dich beschützen.«

»Mach dich nicht lächerlich, gegen Theo bist du ein Zwerg«, konstatierte Sophie. Dann gab sie ihm einen leichten Schubs. »Geh jetzt bitte wieder zurück auf die Couch. Du wirst dort schlafen. Ich will dich nicht neben mir liegen haben.«

»Sophie …«

»Geh, habe ich gesagt!«

Er nahm seine Decke und seinen Polster und verkroch sich auf das Sofa. Noch lange brachte er kein Auge zu. Er war innerlich zu aufgewühlt. Um sich abzulenken, schaltete er kurz sein Handy ein und sah nach, ob etwas gekommen war. Zwei entgangene Anrufe, eine Nachricht. Er klickte auf die SMS. Sie war von seiner Frau Stefanie und lautete: »Du hast mich belogen. Ich weiß, was du gerade tust. Stefanie.«

*

Ist es schon hell? Ich glaub ja. Aber man sieht nicht viel. Die Vorhänge sind zu. Wie lang ich g'schlafen hab? Ich weiß nicht. Jedenfalls hab ich einen blöden Kopf. Allzu spät ist es nicht, denk ich. Die Klara schläft immer noch. Und die anderen? Also hören tu ich nichts. Da könnt ich direkt weiterschlafen. Andererseits müsst ich wohin, und einen Hunger hab ich auch.

Wie war das gestern eigentlich? Ich kann mich an gar nix mehr erinnern, das heißt, von dort weg, wo es interessant geworden ist … oder wär … Ich hätt nicht so viel saufen sollen. Das hab ich jetzt davon. Die Klara hat aber auch g'soffen. Ob die noch was weiß?

Egal! Hab ich was schmutzig g'macht? Ich glaub nicht, schaut alles halbwegs ordentlich aus. Und wie schau ich aus? Wie wenn der Weltkrieg aus'brochen wär, während ich mich aus'zogen hab. Na bravo! Mein Hemd hab ich an, die Unterhose liegt dort auf dem Boden. Da ist der eine Socken, den anderen trag ich immer noch auf dem rechten Fuß. Da werd ich sicher einen sexy Eindruck gemacht haben, prost Mahlzeit!

Aber wie weit ist es gekommen? Ich mein, hab ich oder hab ich nicht? Da gehört jetzt ein G'scheiterer her. Soll ich die Klara aufwecken und fragen? Nein, auf gar keinen Fall! Da merkt sie gleich, wie b'soffen ich schon war. Und das gibt ihr eine Überlegenheit, obwohl sie auch ganz schön inhaliert hat. Das darf nicht sein!

Ich lass sie lieber schlafen, obwohl jetzt ihr Popscherl abtatschkerln wär schon was Feines! Überhaupt bekomm ich da in aller Früh schon einen Gusto … Verreckter Kopf! Nein, es geht noch nicht, ich glaub fast, mir platzt der Schädel. Zuerst frühstücken, dann erst weitermachen mit der Schweinigelei. Wer kommt jetzt eigentlich dran? Die Adi, glaub ich. Da muss ich mich zusammenreißen. Ich darf halt nicht gleich in der Früh ein Bier trinken oder einen Wein … Nur einen Kaffee, dazu ordentlich Wurst und Käse, dann geht das schon. Wer weiß, wie gut der Heribert war. Ich darf mich da nicht blamieren …

Der Spaß ist das Wichtigste, deswegen sind wir ja schließlich da. Und wer hat die Idee gehabt? Ich, der Emmerich! Alle waren sie begeistert von meinem Vorschlag. Gut, damals nach unserem Klassentreffen waren wir auch schon ziemlich beschwipst. Aber jeder hat die Sache ernst genommen und ist gekommen. Das beweist doch, dass es richtig war, oder?

Natürlich hat es auch Bedenken gegeben. Dass uns die Frauen und Männer auf die Schliche kommen. Kinder, hab ich g'sagt, das ist ja überhaupt kein Problem! Wir müssen nur sagen, dass wir gemeinsam woanders sind, und zwar wir drei Männer da und die zwei Frauen dort. Die Sophie und die Adi sind also offiziell bei einer Freundin in Krems und gehen am Samstag in ein Konzert auf Schloss Grafenegg, und ich bin mit dem Eugen und dem Heribert auf einer Weinverkostung in Falkenstein. Das glaubt mir meine Frau sofort, wenn ich am Sonntag heimkomm und noch immer eine Fahne hab. Also, ich seh da keine Komplikationen. Einmal am Tag anrufen, damit sich niemand was denkt, dann das Handy wieder abschalten. Aus! Was soll schon sein?

Und die Klara? Die hat sich selber was ausdenken müssen, die gehört ja eigentlich nicht zu uns. Bei der waren sie auch alle skeptisch. Kinder, hab ich da wieder g'sagt, wir sind nur zu fünft. Wenn wir alle das Gleiche haben wollen von der Schnackslerei, muss noch eine Frau her, sonst geht sich das nicht aus. Die Klara sitzt im selben Boot wie wir, sie ist verheiratet und braucht ein bisserl eine Abwechslung. Ich kenn sie, der kann man vertrauen …

obwohl ich mit ihr noch nix g'habt hab … bis auf gestern … wenn ich gestern mit ihr überhaupt was g'habt hab. Dass man so was vergessen kann. Kann man so was überhaupt vergessen?

Halt, was liegt denn da? Das ist ja … ein Gummi, ein Kondom. Na also! Es muss doch was g'wesen sein. Wenn's nur ein bisschen heller wär, dann könnt ich mehr erkennen … Egal, ich steh jetzt auf und mach die Vorhänge auf, ich muss sowieso schon dringend hinaus. Blöder Kopf … ich brauch ein Frühstück!

Das Fenster muss ich auch gleich öffnen, es hat eine Luft zum Schneiden herinnen. Dass die Klara da so friedlich schlafen kann. Na ja, genug getrunken hat sie … so wie ich … und ich hab auch gut g'schlafen. Jetzt sollt sie aber aufstehen, es ist höchste Zeit. Wir wollen schließlich weitermachen. Zuerst muss ich noch was essen. Es duftet schon nach Kaffee! Meine Lebensgeister erwachen! In einer halben Stunde bin ich wieder fit. Freu dich, Adele …

KAPITEL 4

»SOLDAT (selig): Herrgott noch einmal … ah …
STUBENMÄDCHEN: … Ich kann dein G'sicht gar nicht sehn.
SOLDAT: Ah was – G'sicht …«
(Schnitzler: Reigen)

Frau Heller war an diesem Samstag Mittag ausnehmend gut aufgelegt. »Ist das nicht herrlich?«, trällerte sie mit einem glücklichen Ausdruck in ihrem Gesicht. »Das Wochenende naht, und wir haben ein Wetter zum Eierlegen. Bald haben wir es geschafft, Leopold. Ich danke Ihnen für Ihre Unterstützung!«

»Nichts zu danken, Frau Chefin«, bemerkte Leopold gedankenverloren, ohne recht zu wissen, wovon Frau Heller da redete. Er überlegte gerade, ob er die Billardbretter schon absaugen oder noch ein bisschen warten sollte. Die Sperrstunde, die in der schönen Jahreszeit am Samstag bereits um 14 Uhr eintrat, stand bevor. Dementsprechend wenige Gäste befanden sich deshalb noch im Café Heller. Aber mit dem Billard war das so eine Sache, da konnten rasch zwei Leute noch einen Gusto auf eine schnelle Partie bekommen.

»Machen Sie ruhig die Billardtische fertig«, ersuchte ihn da Frau Heller auch schon. »Wir machen heute pünktlich zu. Dann ist es endlich überstanden. Ja, es war wirklich eine schwere Zeit.«

Leopold horchte auf. Was faselte seine Chefin da eigentlich daher? Welche schwere Zeit meinte sie? Die letzten Tage und Wochen waren auch nicht anders verlaufen als sonst. Das schöne Wetter hatte zwar zu kleineren geschäftlichen Einbußen geführt, aber das war um diese Jahreszeit üblich. Spielte Frau Heller vielleicht darauf an, dass ihre Tochter Doris nicht mehr da war? Sie hatte sich nach langen und reiflichen Überlegungen wieder nach Graz begeben, um ihr Architekturstudium fortzusetzen. Natürlich stand das zu bedauern, denn durch ihr munteres Wesen hatte sie frischen Schwung in das Café Heller gebracht. Andererseits jedoch hatte man nie erwarten dürfen, dass Doris ihr Studium zugunsten einer Mitarbeit im Kaffeehaus abbrechen würde. Was wollte Frau Heller also andeuten?

Die inhalierte in der Zwischenzeit den Rauch ihrer Zigarette mit Genuss. »Ach, wie freue ich mich, dass mein Heinrich gleich wieder da ist«, seufzte sie dabei.

Jetzt fiel der Groschen. Natürlich! Herr Heller war wegen anhaltender Gelenkbeschwerden auf eine dreiwöchige Kur nach Bad Waltersdorf in der Steiermark gefahren. Das musste es sein. Da er sich stets im Hintergrund um eine ordentliche Führung des Lokals bemühte und alles Weitere Frau Heller überließ, war das im Kaffeehaus nicht weiter aufgefallen. Auch Leopold hatte es eigentlich kaum registriert. Außer seiner Frau ging Herr Heller eigentlich nur einem Menschen ab: Herrn Sedlacek. Der hielt immer wieder seinen Kopf zur Tür herein, um nachzusehen, ob der Chef schon wieder da und für eine Schachpartie zu haben war. Denn sein scheinbar einziges Vergnügen im Leben bestand darin, sich mit Herrn Heller im königlichen Spiel zu messen, obwohl er dabei ständig den Kürzeren zog. Er hatte noch nie eine Partie gegen ihn gewonnen.

Wenn auch alles während Herrn Hellers Abwesenheit seinen gewohnten Gang ging, war seine Frau freilich in dieser Zeit einigen Gemütsschwankungen unterworfen. Es äußerte sich auf keine besondere Art und Weise: achtlos in die Luft geblasener Zigarettenrauch hier, ungewöhnlich lange Phasen des Schweigens dort. Doch all das waren Zeichen, dass Frau Heller das Leben ohne ihren Gatten nicht gewohnt war, dass sie im Stillen litt. Deshalb also die momentane Euphorie vor seiner offensichtlichen Wiederkehr.

»Also heute kommt der Chef zurück?«, erkundigte sich Leopold, während er mit dem Handsauger über den grünen Filz der Billardbretter fuhr.

»Ja, jetzt am Nachmittag«, kam Frau Hellers Antwort. »Er wird hungrig sein. Deshalb koche ich ihm auch sein Lieblingsgericht, ein Blunzengröstl mit grünem Salat. Ich möchte es mit Liebe zubereiten. Dazu brauche ich Muße und Zeit. Also wird die Sperrstunde heute pünktlichst eingehalten.«

»Und er ist Ihnen wirklich abgegangen?«, wunderte Leopold sich.

»Natürlich! Warum fragen Sie so dumm?« Vor lauter Aufregung fiel Frau Heller ein Stück Asche neben den Aschenbecher auf die Theke.

»Ich hab halt immer geglaubt, wenn man schon so lange beisammen ist wie Sie beide, ist man froh, wenn der andere einmal eine Zeit lang weg ist«, mutmaßte Leopold.

Frau Heller schaute ihn mit großen Augen über die auf ihre Nasenspitze hinuntergerutschte Brille an. »Man merkt, dass Sie in dieser Hinsicht keine Erfahrung und dadurch auch so gut wie keine Ahnung haben«, machte sie ihn aufmerksam. »Man wächst mit der Zeit zusammen, Leopold. Auch wenn man vielleicht das eine oder andere Mal streitet, fällt es einem schwer, sich das Leben ohne den anderen vorzustellen. Beinahe 30 Jahre haben mein Heinrich und ich nun schon alles gemeinsam unternommen, nie war er alleine fort. Da sind drei Wochen wie eine Ewigkeit.«

»Und Sie haben die ganze Zeit über nie einen Gusto auf einen anderen gehabt? Nicht einmal im Entferntesten? Sie können mir's noch schnell beichten, ich verrat schon nix«, forschte Leopold, der an Korbers sehr offene Anschauungen denken musste, spitzbübisch weiter.

»Ich muss doch sehr bitten«, war Frau Heller jetzt die Entrüstung deutlich anzumerken. »Die Ehe ist etwas Heiliges. Da schwört man sich ewige Treue!«

»Es hätt' ja immerhin sein können. In den meisten Beziehungen wird's mit den Jahren kritisch.«

»Aber nicht bei uns! Das wäre ja noch schöner, wenn ich mir da heimlich einen Freund zulegen oder mein Mann auf einmal mit einer anderen auftauchen würde. Treiben Sie es nicht zum Äußersten, Leopold, und versuchen Sie ja nicht, mich in meinen moralischen Grundfesten zu erschüttern. Es wird Ihnen nicht gelingen. Schauen Sie lieber, dass in *Ihrer* Beziehung alles so abläuft, wie es sein soll. Und jetzt gehen Sie bitte abkassieren.« Mit diesen Worten warf Frau Heller einen nervösen Blick auf die Uhr. Sie fieberte der Rückkehr ihres Gatten entgegen. Da geschah etwas, was sie in diesem Augenblick überhaupt nicht brauchen konnte: Thomas Korber kam zur Tür herein.

»Wir sperren leider schon zu, Herr Professor. Ich wünsche Ihnen ein schönes Wochenende«, versuchte sie, ihn wieder hinauszudrängen.

»Ein schneller Kaffee muss sich noch ausgehen. Ich war bis jetzt in der Schule mit dem Schnitzler-Projekt beschäftigt«, drängte Korber seinerseits.

»Die Herrschaften hinten hätten auch noch gern ein Glaserl getrunken. Eigentlich ist ja noch eine Viertelstunde Zeit«, erwähnte Leopold mit einem Blick auf die Uhr.

Frau Heller verdrehte die Augen. »Ich sehe es schon kommen. Plötzlich wird mein Heinrich mit einem Riesenhunger vor der Tür stehen, und das Essen wird nicht fertig sein«, zeterte sie und verschwand in ihrer kleinen Küche.

»Was hat sie denn?«, erkundigte sich Korber, während Leopold einen großen Braunen aus der Kaffeemaschine herunterdrückte.

»Ach nichts! Ihr Gatte kommt nur von der Kur zurück«, informierte Leopold seinen Freund. »Sie ist es nicht gewohnt, so lange ohne ihn zu sein. Die beiden haben, was eine Partnerschaft betrifft, eben noch ganz andere Anschauungen als du. Aber eigentlich möchte ich über etwas anderes mit dir reden. Du hast mir gestern von einem unanständigen Brief an eine deiner Schülerinnen erzählt. Gibt's da was Neues?«

Korber rührte desinteressiert seinen Kaffee um. »Ich habe dir gesagt, das ist nichts für dich«, ging er sofort auf Distanz. »Die Angelegenheit ist bereits in den Händen der Polizei.«

»Bei deinem Freund Bollek, ja, ja«, bemerkte Leopold abschätzig. »Der wird keine große Freude damit haben. Was will er denn machen? Ich kann mir nicht vorstellen, dass es derzeit wahnsinnig viele Anhaltspunkte gibt. Er müsste sich also näher mit der Angelegenheit beschäftigen, und so schaut er mir nicht aus. Ich hingegen …«

»Du denk lieber an deine Erika und halte dich da heraus«, schnitt Korber ihm das Wort ab. »Wir haben das bereits besprochen.«

»Meine Erika lass meine Sorge sein«, entgegnete Leopold mit einer wegwerfenden Handbewegung. »Überleg lieber einmal Folgendes: Wie interessiert ist Bollek an so einer diffusen Sache? Wie viel Zeit wird er in sie investieren? Was wird er tun? Höchstens einmal vorsichtig das Mädel, ihre Mitschüler, die Eltern und den Direktor befragen.«

»Das genügt doch fürs Erste, oder?«

»Eben nicht! Was soll dabei schon viel herausschauen? An Ort und Stelle müsste man sich umsehen, das Mädchen beobachten, auf ein paar Kleinigkeiten achten. Kannst du mich nicht zu deiner nächsten Projektprobe mitnehmen?«

»Ausgeschlossen«, reagierte Korber gereizt. »Was denkst du? Du bist eine schulfremde Person. Schlag dir das aus dem Kopf.«

»Dann zeig mir wenigstens, wie das Mädel ausschaut«, bat Leopold. »Du hast sicher ein Foto von ihr.«

Korber, der nach einem langen, anstrengenden Samstagvormittag in erster Linie seine Ruhe haben und sich nicht in endlosen Diskussionen ergehen wollte, gab nach. »Nervensäge«, brummte er, doch dann holte er sein iPad hervor und präsentierte dem staunenden Leopold schon nach einigen Bewegungen mit seinen Fingern eine Aufnahme mit einigen Schülern, unter denen sich auch Elisabeth Dorfer befand. »Das Foto ist von unserem Projekt. Elisabeth ist die Blonde rechts«, erklärte er.

»Hübsches Mädel«, befand Leopold anerkennend. »Kann ich das Bild haben? Ich meine, es wäre furchtbar nett, wenn du …«

»Ich schicke es dir, das heißt, ich schicke es an Erika«, unterbrach Korber nochmals. »Zufrieden?«

Leopold nickte.

»Ich kann nur hoffen, dass du dich an gewisse Spielregeln hältst«, warnte Korber ihn.

»Selbstverständlich. Ich würde mich auch gerne revanchieren. Der Kaffee geht auf mich. Gibt es sonst noch etwas, was ich für dich tun kann?«

Korber überlegte kurz, dann fiel ihm wieder seine gestrige Begegnung mit Sophie Kuril ein. »Vielleicht kannst du mir eine Frage beantworten«, meinte er. »Vermietet der alte Fink eigentlich noch Zimmer in seiner Pension Vogelsang? Inoffiziell natürlich.«

»Wenn irgendwelche alten Bekannten auf Besuch nach Wien kommen, soviel ich weiß«, teilte Leopold Korber mit. »Warum?«

»Ach nichts! Ich habe nur gestern noch per Zufall eine Kollegin aus einer anderen Schule getroffen, die früher Schülerin im Floridsdorfer Gymnasium war und natürlich auch das Heller frequentiert hat. Die ist angeblich mit anderen Lehrern dort zu einem Arbeitswochenende abgestiegen. Irgendwie kommt mir das Ganze komisch vor.«

»Da könntest du recht haben«, lächelte Leopold. »Ich war einmal mit dem Waldi dort, der kennt den Sebastian Fink näher. Da sind ein paar Fremdenzimmer, eine Küche und ein nicht sehr gemütlicher Aufenthaltsraum. Kein idealer Platz zum Studieren. Und Lehrer brauchen doch immer irgendwelche Computer. Ob's da in der Pension die nötigen Anschlüsse gibt, ist mehr als fraglich.«

»Genau so etwas habe ich mir auch gedacht«, stimmte Korber zu. »Sophie – so heißt die Kollegin – hat auch irgendwie eigenartig auf mich gewirkt, als würde sie etwas beschäftigen, das gar nichts mit der Schule oder einem pädagogischen Arbeitstreffen zu tun hat.«

»Du machst dir Sorgen um sie?«

»Ehrlich gestanden, ja!«

»Ist sie vielleicht deine neue Favoritin, mit der du Geli betrügen willst?«, ätzte Leopold.

»Natürlich nicht! Wieso denn das?«, verteidigte Korber sich.

»Ich denke nur daran, was du mir gestern so alles erzählt hast.«

»Ach so! Na da hörst du aber ordentlich das Gras wachsen. Wir hatten einmal auf einem Seminar viel Spaß, das war's aber auch schon!«

»Von wegen!«

»Beruhige dich bitte, sie ist nämlich nicht mein Typ.« Wie zum Beweis seiner Worte klappte Korber noch einmal das iPad auf, drückte kurz daran herum und präsentierte Leopold dann ein Foto von Sophie Kuril, das er auf besagtem Seminar gemacht hatte. »Eigentlich müsstest du sie ja kennen«, fiel ihm ein.

Leopold erinnerte sich sofort. Sein in vielen Jahren geschultes Personengedächtnis ließ ihn auch diesmal nicht im Stich. »Das ist die Scholz Sophie«, teilte er Korber mit. »Die ist vor etwa 20 Jahren mit einigen anderen aus ihrer Klasse hier ein und aus gegangen. War ein recht lebendiges Völkchen. Leider habe ich sie und die meisten ihrer Mitschüler seit der Matura nicht mehr gesehen. Schaut aber noch so aus wie damals. Ich würde sagen, sie ist geradezu maßgeschneidert für deinen bevorstehenden Sündenfall.«

»Sie ist jetzt verheiratet und heißt Kuril«, ließ Korber Leopold wissen.

»Umso besser! Dann steht deinem neuen Glück nichts mehr im Wege!«

Korber setzte zu einer geharnischten Replik an, doch wurde sein Versuch von Frau Heller unterbunden, die, mit siegessicherem Blick auf die Uhr, aus ihrer kleinen Küche eilte. »Jetzt ist endgültige Sperrstunde«, verkündete sie. »Leopold, komplimentieren Sie die Leute rasch hinaus, und zwar alle, auch Ihren Freund.«

Leopold schickte sich an, ihre Anordnung zu befolgen, da öffnete sich die Kaffeehaustüre noch einmal, und er stand da, der Langersehnte, rank, schlank und mit einem Koffer in der Hand. »Heinrich«, rief Frau Heller jubelnd aus und umarmte ihren Gatten. »Wie schön, dass du wieder da bist!« Erst jetzt sah sie, dass sich hinter ihm eine kleine, rundliche Frau ins Lokal geschlichen hatte. »Wir haben Sperrstunde, liebe Dame«, machte sie die Eintretende aufmerksam. »Sie sehen doch, dass mein Mann und ich jetzt allein sein wollen!«

Die Frau nahm überhaupt keine Notiz von ihr. »Ein schönes Kaffeehaus«, urteilte sie. »Aber halt auch schon ein bisserl alt.«

Ehe seine Gemahlin darauf etwas sagen konnte, räusperte sich Herr Heller. »Das ist Frau Karoline Kühn, Liebling«, stellte er seine Begleiterin vor. »Sie war auch in Bad Waltersdorf. Wir haben uns dort ein wenig angefreundet und sind jetzt gemeinsam zurück nach Wien gefahren. Auf der Fahrt sind wir draufgekommen, dass wir beide einen mächtigen Hunger haben nach der anstrengenden Kur. Da habe ich sie zu uns zum Mittagessen eingeladen. Das macht dir doch nichts aus, oder?«

*

Thomas Korber verließ das Heller rasch. Einerseits hatte er an den sich bei den Hellers anbahnenden Familienzwistigkeiten kein Interesse, andererseits musste er vor dem Wochenende noch rasch einige Dinge besorgen. Er lebte ja nach wie vor allein, und Geli ließ ihn das auch spüren, indem sie sich so gut wie gar nicht um seinen Haushalt kümmerte, im Gegenteil: Nach dem gestrigen Spieleabend hatte sie ihm recht deutlich zu verstehen gegeben, dass sie erst dann wieder in seiner Wohnung vorbeizuschauen gedenke, wenn alle Spuren desselben restlos beseitigt und die Löcher, welche der Besuch in Kühlschrank und Vorräte gerissen habe, wieder gefüllt seien. In solchen Sachen war sie mitunter recht hartnäckig. Also hieß es für ihn aufräumen, putzen und einkaufen.

Gelis Verhalten ihm gegenüber verunsicherte Korber überhaupt. Sie war schweigsamer als früher, erzählte ihm weniger von sich und ließ ihn nicht mehr so intensiv an ihrem Leben teilhaben. Dieses Verhalten war der eigentliche Grund für seine Unsicherheit. Korber verspürte eine gewisse Angst, die sich seit seinem kleinen sexuellen Problem noch gesteigert hatte: die Angst nämlich, Geli könnte ein Abenteuer mit einem anderen Mann suchen. Er betrachtete die Dinge also keineswegs mit jenem souveränen Abstand, den er Leopold gegenüber zur Schau stellte. Er grübelte, ob es nicht doch besser wäre, mit Geli zusammenzuziehen, ehe die Entfremdung größer wurde, und gleichzeitig überlegte er, ob er sich nicht sicherheitshalber in eine kleine Affäre stürzen sollte, damit es nicht so weh tat, wenn er etwas von ihrer Untreue erfuhr.

Solche Gedanken plagten ihn, als er den Supermarkt betrat. Er dachte aber auch an Sophie Kuril, die sich hier ganz in der Nähe aufhielt, und deren Wege sich wieder zufällig mit den seinen gekreuzt hatten. Was würde sie wohl jetzt gerade tun? War sie wirklich so intensiv mit der neuen Reifeprüfung beschäftigt?

Träge schob Korber den Einkaufswagen vor sich her. Viel brauchte er ja nicht, denn am Abend würde er sich wohl mit Geli in einen Heurigengarten setzen, und für den Sonntag war ein kleiner Ausflug mit ihr in die Wachau geplant. Also war nur etwas für sein verspätetes Mittagessen vonnöten, eine Kleinigkeit, die er sich trotz seiner mangelnden Kochkünste einfach und schnell zubereiten konnte, ehe er sich an seine Pflichten als Hausmann machte. Er entschied sich für zwei Scheiben Leberkäse und eine Packung Tiefkühlspinat. Dann hielt er noch nach ein paar Knabbereien Ausschau, denn hier herrschte nach dem gestrigen Abend der größte Nachfüllbedarf. Korber suchte den entsprechenden Gang. Plötzlich stand Sophie Kuril vor ihm. Sie konnte sich offenbar nicht zwischen zwei Sorten Kartoffelchips entscheiden.

»Na so was«, begrüßte er sie. »Jetzt laufen wir uns schon wieder über den Weg.«

»Ich habe mir gedacht, dass so was passiert«, zwang sich Sophie Kuril zu einem Lächeln. »Du bist ganz schön hartnäckig.«

»Es ist ein Zufall, wirklich!«

»Natürlich!«

Korber bemerkte sofort ihre Müdigkeit. »Sei mir nicht böse, aber du siehst ein bisschen geschafft aus«, stellte er fest.

»Es ist wirklich anstrengend«, stöhnte Sophie. »Darum brauche ich jetzt etwas, um mich darüber wegzufressen.«

»Verstehe. Aber bald hast du's geschafft. Das Schlimmste hast du sicher schon hinter dir.«

»Wer weiß.« Wieder kam ein gequältes Lächeln über Sophies Lippen. »Das kann man nie sagen. Oft ist es gerade zum Schluss am ärgsten. Morgen ist es jedenfalls aus, so viel steht fest.«

»Wenn es um die neue Matura geht – ich bin jederzeit bereit, dir zu helfen.«

»Das ist nett von dir! Danke!«

Sie standen nebeneinander und wussten nicht recht, was sie sagen sollten. Korber suchte ein ausführlicheres Gespräch, Sophie Kuril war bemüht, ein solches zu verhindern. Jedenfalls war Korber nicht bereit, so schnell aufzugeben. »Gehen wir noch ein paar Schritte miteinander«, schlug er vor. »Die frische Luft wird dir gut tun.«

Sophie schaute sich nervös um. »Ausgeschlossen«, wehrte sie gleich ab. »Meine Kollegen können jeden Moment kommen. Es ist nicht gut für mich, wenn wir zusammen gesehen werden, hörst du?«

»Warum nicht?«, fragte Korber erstaunt.

»Das kann ich dir nicht erklären, aber glaub mir bitte: Es ist nicht nur nicht gut für mich, es ist sogar ganz schlecht. Bitte geh jetzt.«

»Aber Sophie …«

»Es hat nichts mit dir zu tun. Ich bin nicht böse auf dich. Aber du musst weg«, drängte sie ihn.

»Hast du Probleme? Ist etwas nicht in Ordnung?«, ließ Korber nicht locker.

Sophie Kuril überlegte kurz. »Hol mich morgen ab«, bat sie Korber schließlich. »Würdest du das tun?«

»Selbstverständlich«, antwortete Korber erleichtert. »Um welche Uhrzeit?«

»Am besten, wir treffen uns nach dem Frühstück um zehn vor dem Supermarkt. Warte hier auf mich. Aber ruf mich nicht an, und wenn ich nicht komme, gehst du einfach wieder, klar?«

»Klar!«

Nachdenklich ging Korber zur Kassa. Weshalb wollte Sophie Kuril jetzt nicht mit ihm gesehen und andererseits am nächsten Tag von ihm abgeholt werden? Er wusste es nicht. Er war nur felsenfest davon überzeugt, dass Sophie in der Klemme steckte und er sie daraus befreien musste.

*

Klara Gassner stand im Garten der Pension Vogelsang und paffte eine Zigarette, als Sophie Kuril in Begleitung von Heribert Garger und Eugen Probst vom Supermarkt zurückkam. Sophie wartete, bis die beiden Männer im Haus verschwunden waren, dann gesellte sie sich zu Klara. »Ich hab's gesehen«, teilte sie ihr mit.

»Was?« Klara wendete irritiert den Kopf.

»Ich habe gesehen, wie du Fotos gemacht hast.«

»Was für Fotos?«

»Komm, tu jetzt nicht so. Beim Frühstück hast du Eugen und mich mit dem Handy fotografiert. Glaubst du, das habe ich nicht bemerkt?«

Klara zuckte mit den Achseln. »Erinnerungsfotos, weiter nichts!«

Man sah, dass es Sophie schwerfiel, nicht die Beherrschung zu verlieren. »Das nehme ich dir nicht ab«, schleuderte sie Klara entgegen. »Das ist geradezu lächerlich. Du weißt, was wir ausgemacht haben: keine Fotos! Du denkst wohl, du kannst dich so einfach darüber hinwegsetzen.«

»Was soll das? Wem schade ich damit? Ich kenne euch nicht einmal.«

»Das spielt keine Rolle! Vereinbarungen sind dazu da, um eingehalten zu werden. Wer bist du überhaupt und wo kommst du her?«

»Geht dich überhaupt nichts an!«

Beide Frauen steigerten sich in eine immer größere Aversion gegeneinander hinein. Ihre Unterhaltung wurde merklich lauter, sodass Eugen Probst neugierig aus einem Fenster im ersten Stock schaute, um zu sehen, was los war. Sie unterbrachen ihr Gespräch kurz, bis sein Gesicht wieder verschwunden war. Dann setzte Sophie die Unterredung mit gedämpfter Stimme fort: »Auch wenn wir beide sonst nicht viel miteinander zu tun haben, wüsste ich doch gern, mit wem ich für ein Wochenende unter einem Dach lebe.«

Klara Gassner reagierte kurz und schroff: »Wenn du aufgepasst hättest, hättest du vielleicht gemerkt, dass Emmerich mich gestern vorgestellt hat. Ich bin die Klara.«

»Meinst du nicht, dass das ein bisschen wenig ist, Klara?«

»Für den Zweck, zu dem wir hier sind, dürfte es genügen. Von den Herren hat sich bis jetzt zumindest keiner genauere Informationen eingeholt.«

»Aber ich würde gern mehr wissen.«

»Was weiß ich denn von euch? Die Vornamen und dass ihr miteinander in eine Schulklasse gegangen seid, sonst nichts.«

»Vielleicht, vielleicht auch nicht. Ich gehe davon aus, dass dir Emmerich über jeden Einzelnen von uns genug erzählt hat.«

»Das hat er eben nicht getan!«

»Ich kann es nicht nachprüfen«, erklärte Sophie. »Hier geht es um Vertrauen. Wir sind mehr oder minder aufeinander angewiesen. Was denkst du, was los ist, wenn einer unserer Ehepartner von dem Wochenende erfährt? Dann sind wir erledigt! Und du machst Fotos!«

Klara nahm ihr Handy heraus und blickte Sophie verächtlich an. »Ich kann das jederzeit löschen«, sagte sie. »Schon geschehen!«

Sophie meinte nur: »Das ist jetzt auch schon egal. Kein Mensch weiß, ob du die Fotos nicht bereits verschickt bzw. wie viele Bilder du noch auf deinem Handy gespeichert hast. So etwas tut man einfach nicht, außer man tut es aus einem ganz bestimmten Grund.«

»Und der wäre?«

»Uns auffliegen zu lassen.«

»Du machst dir viel zu viele Gedanken«, lächelte Klara zynisch. »Ich sehe doch, was los ist. Du bist die Einzige, die sich so verkrampft, dass sie das Wochenende nicht genießen kann. Entspann dich wenigstens ein bisschen bis heute Abend. Emmerich wird es dir danken.«

»Ich komme schon noch dahinter, wer du bist und was du im Schilde führst«, schnaubte Sophie. Dann machte sie auf dem Absatz kehrt und ging ins Haus hinein.

*

Verdammt, mich juckt's. Mich juckt's beinahe überall. Ich hab das Gefühl, als würden mir Ameisen über die Oberschenkel und den Hintern laufen. Wär ich nur nicht aufg'wacht und hätt weiterg'schlafen, dann würd ich das alles nicht spüren. Aber wahrscheinlich bin ich aufg'wacht, weil's mich juckt.

Mein Hals fühlt sich auch komisch an, so trocken. Werd ich am End gar krank? Wundern tät's mich nicht, bei der Schwitzerei die ganze Zeit. Wenn alles vorüber ist, wird von den Damen einfach das Fenster aufg'rissen und der Wind bläst herein. Rücksicht nimmt da keine. In der Nacht ist es doch noch ganz schön frisch. Auf eins, zwei ist man verkühlt.

Blöd! Wenn ich krank nach Haus komm, kann ich mir von meiner Alten was anhören. Zu viel g'soffen hast du, wird sie sagen. Wenn's zum Saufen ist, bist du g'sund, Emmerich, und wenn's zum Arbeiten ist, legst du dich ins Bett. Dabei stimmt das gar nicht. Ich hab nix g'soffen, das heißt, ja, gestern hab ich's ein bisserl übertrieben. Aber heute? Heut wollt ich fit sein. Ich hab gelebt wie ein Mönch: ein Bier zu Mittag, eins am Abend, eins vorm Einschlafen, aus, fertig! Leider alle eiskalt. Vielleicht ist es das g'wesen. Man soll eben kaltes Bier nicht so schnell trinken.

Wann bin ich eigentlich das letzte Mal krank g'wesen? Im Moment fallt's mir gar nicht ein. Doch! Es war vor drei Jahren im Winter. Eine Grippewelle. Damals hat's viele erwischt. Sogar in der Zeitung ist es g'standen, wie gefährlich der Virus ist. Oder heißt es das Virus? Egal! Die Einzige, die jedenfalls von der Gefährlichkeit nix hat wissen wollen, war meine Alte. Wenn du saufen kannst, kannst du dir auch deine Medizin selber holen, hat sie g'sagt. Ich hab mich tatsächlich in die Apotheke schleppen müssen. Sterben hätt ich dabei können, aber das war ihr wurscht. Arzt kommt zu mir ja keiner, denn ich brauch keinen Arzt … Da hab ich wieder einmal gemerkt, wie herzlos sie ist …

Dafür war ich heute in Bombenform, das heißt, vor der Juckerei und dem eingetrockneten Hals. Die Adi war zwar am Anfang widerspenstig, das hab ich ihr aber schnell abgewöhnt. Wenn du es nur mit dem Heribert machen willst, dann müsst ihr halt einmal exklusiv zu zweit fortfahren, in so ein Romantikhotel, hab ich g'sagt. Denk an unsere Abmachung. Da ist es wie in dem Reigen vom Schnitzler, über den wir einmal in der Schule g'lernt haben. Da gibt es eine bestimmte Abfolge, in der man aneinander weitergereicht wird. Das hat sie noch immer nicht ganz überzeugt. Dann bin ich ein bisserl deutlicher g'worden … Nein, Gewalt hab ich ihr keine angetan, weil ich verabscheue Gewalt … fast ganz … Ich hab sie nur fest bei den Schultern gepackt und geschrien, sie muss sich jetzt was einfallen lassen, denn schließlich möchte ich wegen ihrer Spinnerei gegenüber den anderen nicht zu kurz kommen … War eh schon die blöde G'schicht am Abend vorher …

Schließlich haben wir uns geeinigt … weil mir was eing'falln is, ich bin ja nicht blöd! Du musst mich dabei ja nicht anschaun, hab ich g'sagt. Es war mir dann eh lieber, dass wir beide gekniet sind … Herrgott, was bin ich verrückt nach dem Hinterg'stell von den Weibern! Das Bett war auch schön weich … kein Problem für meine Kniescheiben … Was soll ich sagen? Ein voller Erfolg! Endlich war es so, wie ich mir das damals vorg'stellt hab, wie wir uns alles ausg'macht haben. Und dann ist die Sophie drangekommen … der absolute Höhepunkt …

Am Anfang hat sie mich verwöhnt, wie ich ihr das gar nicht zugetraut hätte. Ich bin nur lieb zu dir, damit ich endlich zu den Männern so lieb bin, wie mein Mann das glaubt, hat sie gesagt. Danach war ihr alles wurscht … Mir war's recht, ich hab mich so richtig austoben können, ohne Rücksichtnahme darauf, ob es ihr Spaß macht oder nicht … So ist es mir ja persönlich am liebsten … Wahrscheinlich wollt sie gar kein Vergnügen haben, so wie sich die ang'stellt hat … Für mich war's mit einem Wort traumhaft und es ist auch ganz schnell gegangen. Ich verachte dich, hat sie mir dann auf einmal ins G'sicht geschleudert. Na und? Mir war's egal, ich war eh schon fertig … Nachher ist sie eing'schlafen, und ich hab noch das kalte Bier getrunken. Das hab ich jetzt davon.

Ich hab schon wieder einen Durst. Mit so einem trockenen Hals muss man ja einen Durst haben. Ich hab zwar noch ein Bier heroben, aber das ist mittlerweile brunzwarm. Ich hol mir noch eines aus dem Kühlschrank in der Küche. Wenn ich mich z'sammreiß, weck ich die Sophie vielleicht gar nicht auf. Die muss ja todmüde sein nach dem, was ich mit ihr aufg'führt hab …

So, wo ist jetzt die Tür? Ah da! Jetzt bin ich doch an die Bettkante ang'stoßen. Gleich wird sie keppeln. Zuerst wollt sie ja, dass ich auf der Couch schlaf, aber so was spielt's bei mir nicht … Aber nein, sie ist ganz ruhig. Sie schlaft wirklich tief und fest. Kein Wunder nach der ganzen Orgie. Ich tät auch gern schlafen, aber mich juckt's und ich hab einen Durst.

Halt, sie ist ja gar nicht da! Das süße Popscherl ist nicht da. Vielleicht ist sie nur … Aber nein, das ist ja am Zimmer, da würd ich was hören. Wo ist sie denn hin? Ist sie vielleicht unten? Da kommen Stimmen herauf. Dass mir das jetzt erst auffallt. Oder waren sie vorhin noch gar nicht da? Tun die alle Kaffee trinken, statt dass sie schnackseln, oder was? Da wird die Sophie auch dabei sein. Jetzt lacht eine. Und jetzt reden sie wieder. Aber ich versteh nix … Kein Wunder, die Tür zum Aufenthaltsraum ist wahrscheinlich zu …

Bild ich mir das nur ein, oder sind da ein oder zwei Stimmen dabei, die ich nicht kenne? Wer kann denn das sein? Doch nicht gar jemand von unseren Männern und Frauen? Ich glaub, sie streiten schon. Es wird lauter, aber ich versteh immer noch nichts … Meine Alte, die Elfriede, ist, glaub ich, nicht dabei, die tät ich sofort erkennen … Trotzdem, mich bringt da jetzt niemand hinunter … Ich trink lieber mein brunzwarmes Bier, ist eh gesünder und besser für den Hals. Was geht's mich an, was da unten los ist? Irgendwer wird's mir schon erzählen …

Na ja, warm ist das Bier wirklich … Dafür schlaf ich dann wieder gut. Und richtig, einen Schnaps hab ich ja auch noch! Wenn's nur ein bisserl leiser wär da unten. Man muss sich direkt Sorgen machen …

KAPITEL 5

»Ob dieses Antlitz irgendeinmal, ob es vielleicht gestern noch schön gewesen – Fridolin hätte es nicht zu sagen vermocht –, es war ein völlig nichtiges, leeres, es war ein totes Antlitz.« (Schnitzler: Traumnovelle)

Schön langsam wurde Korber nervös. Schon zehn Minuten nach zehn Uhr und kein Zeichen von Sophie Kuril. Es sah so aus, als würde es wieder ein prächtiger Tag werden, und er musste sich fragen, warum er Gelis Vorschlag, einen gemeinsamen Ausflug in die Wachau zu machen, abgelehnt hatte.

Zuerst hatte er versucht, das Ganze auf den Nachmittag zu verschieben, hatte ihr erzählt, dass noch Dinge für sein Projekt zu erledigen und Arbeiten zu korrigieren seien. Darauf war Geli nicht eingestiegen. Und dann hatte sie etwas gesagt, was ihn sehr nachdenklich stimmte: »Ein Tag ist jetzt schöner als der andere, und du willst nur zu Hause herumhocken. Ich lasse mir den Sonntag einfach nicht von dir verderben. Wenn du andere Sachen zu tun hast, dann fahre ich eben mit Bernd.«

»Mit Bernd?« Für einen Augenblick war Korber aus allen Wolken gefallen. Er wusste nichts von einem Bernd.

»Jawohl, mit Bernd! Glaubst du, ich möchte allein in der Gegend herumkurven? Zum Glück gibt es außer dir noch andere Männer.«

Nun rätselte er, wer dieser Bernd sein konnte. Die noch wichtigeren Fragen lauteten: Weshalb fuhr Geli mit Bernd in die Wachau? War es nur, um ihm eins auszuwischen, oder steckte da mehr dahinter? Hatte sie vielleicht etwas mit dem Typen? Brauchte sie Sex mit jemandem, der zurzeit mehr draufhatte als er? Oder bestand für ihn gar die Gefahr, sie zu verlieren?

Diese Fragen nagten an Korber und rumorten in seinem Gehirn. Denn so über den Dingen, wie er es Leopold gegenüber behauptet hatte, stand er keineswegs, im Gegenteil: Natürlich würde es ihm etwas ausmachen, wenn Geli die Absicht hätte, ihn zu betrügen. Natürlich war er überrascht, dass sie drauf und dran war, ihn mit seinen eigenen Waffen zu schlagen. Natürlich machte er sich Sorgen um die Beziehung.

Doch nun war sie einmal weg, mit einem anderen Mann, irgendwo in der Natur, an einem herrlichen, die Sinne betörenden Maitag. Korber selbst hatte es vorgezogen, auf Sophie Kuril zu warten, die aber nicht daherkam. Hatte sie ihn versetzt? Hatte sie sich aus irgendeinem Grund verspätet? Ihre Worte von gestern klangen ihm noch im Ohr: »Wenn ich nicht komme, gehst du einfach wieder.« Was sollte das? Befand sie sich etwa in Schwierigkeiten? Hatte sie ihn gebeten zu kommen, damit er ihr aus einer Patsche heraushalf?

Korber dämpfte mit der Fußspitze eine Zigarette aus, die er hastig geraucht hatte, und beschloss, ein paar Schritte in Richtung Pension Vogelsang zu machen. Es schien ihm die beste Methode, um sich abzulenken. Außerdem hätte er zu gerne gewusst, was in dem Haus tatsächlich ablief. Als er schon beinahe dort angelangt war, sah er Sophie auf die Straße hinauslaufen. Sie bemerkte ihn sofort und rannte ihm entgegen. »Gut, dass du da bist«, rief sie. »Aber ich brauche noch ein paar Minuten. Ich habe meine Sachen noch nicht beisammen.«

»Soll ich mitkommen und dir helfen?«, fragte Korber.

Sie schüttelte gleich entschieden den Kopf. »Nein! Bleib bitte hier! Es dauert nicht mehr lange. Ich wollte nur, dass du dir keine Gedanken machst, wo ich stecke.«

Sophie stand jetzt genau vor ihm. Es sah schon so aus, als wollte sie sich wieder umdrehen und zurückgehen, da fiel sie Korber plötzlich um den Hals. »Halt mich fest, nur ein paar Augenblicke«, bat sie ihn. Er hörte, wie sie leise zu schluchzen begann.

»Und da soll ich mir keine Gedanken machen? Was hast du denn?«, drängte der besorgte Korber.

»Es sind nur die Nerven. Es war ... wirklich anstrengend, sehr anstrengend«, beruhigte Sophie ihn sofort. Sie ließ ihn wieder los und schnäuzte sich in ein Taschentuch.

»Ich glaube nicht, dass es gut ist, wenn du alleine dorthin zurückgehst«, wandte Korber zögernd ein.

Sie wischte sich mit der Hand übers Gesicht. »Die anderen schlafen noch. Es ist alles in Ordnung. Ich kann bloß mein Nachthemd nicht finden. Bis gleich!«

Korber schaute ihr nach, wie sie in grazilem Laufschritt wieder in Richtung Pension Vogelsang verschwand. Ich kann jetzt einfach nicht länger dastehen und warten, ich muss etwas tun, dachte er im selben Augenblick. Sophie war verstört, und es hatte etwas mit dem Haus zu tun, das unmittelbar vor ihm lag. Also ging er, ohne weiter zu überlegen oder auf Sophies Bitten zu achten, darauf zu.

Die Pension Vogelsang lag so ruhig da, als sei sie überhaupt nicht bewohnt. Nur im ersten Stock waren zwei Fenster offen. Korber betrat den Vorgarten durch eine kleine Tür im Holzzaun. Geradeaus führten zwei Stufen zum Eingang, links gab es einen Durchgang zum eigentlichen Garten hinter dem Haus. Korber kam es plötzlich so vor, als hätte sich dort etwas bewegt und wäre dann nach rechts gehuscht, um sich vor ihm zu verbergen. Wer war das? Und warum hatte der- oder diejenige Angst, von ihm gesehen zu werden?

Die Neugier trieb Korber weiter, obwohl er nicht recht wusste, wie er sich verhalten sollte, wenn er jetzt jemandem begegnete. Er vertraute einfach darauf, dass ihm schon irgendetwas einfallen würde. Die hintere Gartenfläche mit einer Sitzecke, etlichen Sträuchern und zwei Bäumen lag auf etwas tieferem Terrain. Deshalb gab es dort eine mehrstufige Treppe zu einem zweiten Eingang. Dahinter kauerte offenbar der Unbekannte.

Korber beschloss, in die Offensive überzugehen. »He, Sie da! Warum laufen Sie vor mir davon?«, fragte er mit erhobener Stimme.

Der andere kroch aus seinem Versteck, erhob sich und bedeutete ihm, nur ja leise zu sein. Korber erkannte ihn sofort. Es war niemand anders als sein Freund Leopold.

*

Die beiden führten ihre weitere Unterhaltung im Flüsterton. »Was machst du da?«, erkundigte Korber sich staunend.

»Eine kurze Pause bei meinem Sonntagvormittagsspaziergang«, erklärte Leopold. »Ich wollte mir immer schon einmal die Pension Vogelsang ansehen, wie sie jetzt ausschaut, und bei unserer Unterhaltung gestern hast du mich richtig neugierig gemacht.«

»Und Erika hat dich so einfach fortgelassen?«, wunderte Korber sich.

»Natürlich. Die ist doch jetzt ausreichend mit der

Zubereitung des Mittagessens beschäftigt. Schnitzel gibt's, mit Erdäpfelsalat. Da freu ich mich schon drauf, die macht sie nämlich ausgezeichnet. Aber vorher wollte ich ein bisschen an die frische Luft, damit ich einen Appetit bekomme. Und du? Bist wohl hinter der Scholz Sophie her, die so gar nicht dein Typ ist.«

»Ich hole sie ab, das ist alles. Sie hat mich extra darum gebeten.«

»Kann ich mir vorstellen«, ätzte Leopold. »Aber nun zu etwas anderem. Findest du die Situation nicht reichlich komisch? Wie's scheint, schlafen noch alle, und es ist schon halb elf vorbei. Kein Mensch lässt sich blicken. Überdies will sich deine alte Bekannte still und heimlich aus dem Staub machen. Das ist nach einem Arbeitstreffen unter Lehrern doch nicht üblich, habe ich mir sagen lassen. Die verabschieden sich immer stundenlang voneinander, auch wenn sie sich gleich am nächsten Tag wieder in der Schule sehen.«

»Wahrscheinlich haben sie bis in die Nacht hinein gearbeitet«, suchte Korber nach einer Erklärung. »Und Sophie muss eben pünktlich weg.«

»Da würde ich nicht drauf wetten. Ich denke, dass sich hier ganz andere Dinge abgespielt haben«, mutmaßte Leopold.

»Du hörst schon wieder das Gras wachsen«, tadelte ihn Korber, obwohl er sich selbst nach wie vor gar nicht wohl hier fühlte.

»So? Du dürftest also noch gar nicht bemerkt haben, worauf ich vor deinem Eintreffen gestoßen bin.« Mit einem Gefühl tiefer Zufriedenheit zeigte Leopold in Richtung des ein paar Meter vor ihnen liegenden Kirschbaumes. »Schau dort hinüber. Was siehst du?«

»Nichts«, gab Korber irritiert von sich. Doch Leopold machte mit seinem Finger unmissverständliche Zeichen. Jetzt schärfte Korber seinen Blick. Etwas schaute neben dem Baum hervor. Ihm schwante Böses. »Sag jetzt bloß nicht, dass …«, stieß er hervor.

»Doch, du hast recht. Es handelt sich um einen menschlichen Körper, und er ist tot«, bestätigte Leopold Korbers Ahnung.

»Aber das gibt's doch nicht«, rief Korber erschrocken aus.

»Psst!« Leopold deutete auf das offene Fenster über ihnen, dann bewegte er sich mit Korber vorsichtig in Richtung der Leiche. »Eine Frau«, raunte er ihm zu. »Wie du siehst, ist sie nur mit einem Nachthemd bekleidet. Sie wurde von hinten erschlagen, wahrscheinlich mit einem der Steine, die oben neben der Straße liegen. Kennst du sie?«

Korber verneinte.

»Ich vermute, sie ist vor dem Haus umgebracht und dann die paar Schritte heruntergetragen oder –geschleift worden, damit man sie nicht gleich sieht«, fuhr Leopold fort. »Ich wollte gerade nach Blutspuren Ausschau halten, aber da ist die Scholz Sophie zurückgekommen, und dann warst auf einmal du da. Es liegt ein Schlauch herum, um den Rasen zu sprengen. Ich nehme einmal an, der Mörder hat mit ihm versucht, den unmittelbaren Tatort notdürftig zu säubern.«

»Und was machen wir jetzt?«

»Dumme Frage! Die Polizei verständigen, bevor uns das Völkchen hier abhaut. Zuallererst müssen wir schauen, dass deine Sophie nicht gleich das Weite sucht. Die anderen scheinen noch alle in den Betten zu sein.«

Auf Sophie Kuril hätte Korber beinahe vergessen. »Ich sehe einmal nach ihr«, sagte er. Dabei sank seine Stimmung immer mehr. Während Geli jetzt wahrscheinlich mit einem Mann namens Bernd die Donau entlang flanierte, womöglich händchenhaltend, schlich er im Garten eines fremden Hauses umher, in dem eine Leiche lag. Seinen Plan, Sophie näherzukommen, indem er sie aus einer verzwickten Situation befreite, konnte er derzeit ebenfalls vergessen, im Gegenteil: Wenn sie weg wollte, musste er sich ihr nun sogar als Hindernis entgegenstellen. Das würde ihn ihr nicht sympathischer machen.

Da kam sie auch schon zur Vordertür herausgetrippelt. »Jetzt bist du mir doch nachgelaufen«, stellte sie vorwurfsvoll in Richtung Korber fest. »Warum bist du nicht vorn beim Supermarkt geblieben?«

»Es hat schon so lange gedauert, da bin ich ungeduldig geworden«, verteidigte Korber sich.

»Ich habe das blöde Nachthemd noch immer nicht und weiß nicht, was ich machen soll. Trotzdem gibt dir das nicht das Recht, so einfach hierher zu kommen«, schalt sie ihn. »Ich weiß nicht, weshalb du dich ständig über meine Bitten hinwegsetzt. Kein Mensch hat dich hierher eingeladen. Schön, ich denke, ich verzichte auf das Nachthemd. Es macht mich nur nervös. Komm, lass uns gehen.«

»Wir … wir können jetzt nicht so einfach gehen«, machte Korber sie zögernd aufmerksam.

»Und warum nicht? Wer will uns daran hindern?«

Korber fiel nichts Besseres ein, als sie in den Arm zu nehmen. »Du musst jetzt stark sein«, flüsterte er ihr ins Ohr.

»Was ist los? Was hast du?«

»Da unten im Garten … liegt die Leiche einer Frau«,

ließ Korber die Katze aus dem Sack. »Sie ist umgebracht worden.«

Sophie wurde blass. Sie riss sich von ihm los. »Eine Leiche? Im Garten?«, wiederholte sie zweifelnd.

»Ja! Sie liegt hinter dem Kirschbaum. Du … ich meine, könntest du … sie dir anschauen? Wahrscheinlich ist es eine Kollegin von dir.«

Sophie Kurils Blick ging am Haus vorbei hinunter in den Garten. Dort stand Leopold und winkte ihr lächelnd zu. Sie zuckte zusammen. »Ist das der Mörder?«, stieß sie hervor.

»Nein, das ist mein Freund Leopold«, beruhigte Korber sie, nach wie vor verunsichert. »Der Oberkellner aus dem Café Heller. Den kennst du doch noch von früher.«

Sophie nickte. »Sicher kenne ich ihn. Aber was macht er hier?« Nach dem Bruchteil einer Sekunde glaubte sie, es zu wissen: »Ich hätte es mir gleich denken können! Ihr habt mir die ganze Zeit nachspioniert«, brach es aus ihr heraus. »Du verfolgst mich ja richtiggehend, Thomas. Und nicht einmal aus Zuneigung, sondern nur, weil du … weil du alles wissen willst. Ich habe geglaubt, du bist ein Freund. Schäm dich!«

Tränen quollen aus Sophies Augen, sie zitterte am ganzen Leib. Als Korber sie bei der Hand nehmen wollte, stieß sie ihn weg.

»Es ist alles Zufall«, versuchte er ihr ungeschickt zu erklären. »Du hast mich eben zu lang vorn stehen lassen. Leopold hat seinen Sonntagspaziergang gemacht, ich habe ihn gesehen und bin zu ihm gegangen, die Gartentür war offen, da sind wir hinein, weil es mir egal zu sein schien, ob ich drinnen oder draußen warte. Und dann … es war wirklich Zufall … haben wir etwas hinter dem

Baum liegen gesehen. Bitte schau dir die Tote an, bevor die anderen kommen. Bitte!«

»Die anderen? Ach ja! Oh Gott!« Sophie heulte mittlerweile ungeniert vor sich hin. Mit Knien, die weich wie Gummi waren, ließ sie sich nun doch von Korber an der Hand zur Leiche führen.

»Guten Morgen, gnä' Frau«, begrüßte Leopold sie. »Das heißt, von einem guten Morgen können wir leider nicht sprechen. Thomas hat Ihnen sicher von den Umständen erzählt, unter denen wir ... Aber werfen Sie vielleicht zuerst einmal einen kurzen Blick ...«

»Du meine Güte, das ist ja Klara«, kreischte Sophie, als sie den leblosen Körper deutlicher sah.

»Welche Klara?« Leopold spitzte sofort die Ohren.

»Klara ... Gassner heißt sie, glaube ich«, stieß Sophie hervor.

»Aha! Der Name Ihrer Kollegin ist Ihnen also gar nicht geläufig?«, erkundigte sich Leopold.

»Ich kann Ihnen das jetzt nicht erklären und ich brauche es Ihnen auch nicht zu erklären.« Sophie holte tief Luft. Sie versuchte, Zeit zu gewinnen. Erst jetzt fiel ihr an der Toten etwas auf. »Das ist ja mein Nachthemd, das ich in einem fort suche«, rief sie aus. »Wieso hat Klara es plötzlich an?«

»Das weiß ich offen gestanden auch nicht«, gab Leopold zu. »Aber ich bin mir ziemlich sicher, dass ich es herausfinden werde.«

»Ich habe die ganze Zeit befürchtet, dass so etwas passieren wird«, schluchzte Sophie. »Es musste ja so kommen. Es hat sich schon abgezeichnet.«

»Sie wollen mir aber nicht verraten, warum es sich abgezeichnet hat?«

Sophie Kuril warf einen kurzen Blick zu Korber hinüber. »Nein«, sagte sie dann entschieden.

»Ich nehme an, Sie wollen mir auch nicht verraten, was hier sonst noch alles geschehen ist«, folgerte Leopold messerscharf.

»Hören Sie: Ich kenne Sie von früher von meinen Besuchen im Café Heller. Allerdings habe ich keine Ahnung, weshalb ich plötzlich hier auf Sie treffe, und weshalb Sie mir komische Fragen stellen. Ich bitte Sie nur um eines, lassen Sie mich in Frieden!«

»Was ist denn da los?«, hörte man jetzt eine Stimme aus einem der Fenster im oberen Stockwerk. Heribert Garger ließ sein verschlafenes Gesicht sehen. »Was soll der Auflauf? Du willst schon weg, Sophie? Wir haben doch noch gar nicht gefrühstückt.«

»Mir ist nicht nach Frühstück«, entgegnete Sophie Kuril. »Klara liegt da hinter dem Kirschbaum. Sie ist tot, ermordet, wie es scheint. Es wäre gut, wenn ihr alle herunterkommen würdet.«

»Was?« Garger riss seine Augen auf, so weit er konnte. Dann war sein Gesicht auch schon weg.

Jetzt kam Leben in die bis dahin ruhig und verschlafen daliegende Pension Vogelsang. Garger gelang es offenbar in kürzester Zeit, die anderen aus ihren Zimmern zu bekommen. Es herrschte ein ziemliches Durcheinander, das auch von draußen gut zu hören war. Nach wenigen Minuten fanden sich alle im Garten ein. »Das ist ja furchtbar«, hieß es, und »Wie konnte das geschehen?« Jeder beteuerte, von nichts zu wissen. Adele Kraus und Sophie Kuril umarmten einander mit Tränen in den Augen, die Männer schauten allesamt betreten drein. Es war eine Mischung aus Verwunderung, Entsetzen, Unsicherheit und schlechtem Gewissen. Keiner konnte sich mehr auf die anderen verlassen. Jetzt war jeder für sich allein.

»Gleich kommt die Polizei, meine Herrschaften«, kündigte Leopold an. »Bis dahin werden Sie hoffentlich eine Erklärung für den bedauerlichen Vorfall haben.«

»Wer sind Sie überhaupt?«, ereiferte sich Eugen Probst. »Wie kommen Sie und dieser andere Mann hierher? Weshalb mischen Sie sich in unsere Angelegenheiten?«

Emmerich Holub machte eine wegwerfende Handbewegung. »Kennst du ihn denn nicht mehr? Das ist der Oberkellner Leopold aus dem Café Heller, der uns früher ständig ermahnt hat, unsere Billardpartie abzubrechen und zurück ins Gymnasium zu gehen. Er war schon immer besonders gescheit und *sehr* neugierig.«

»Ganz richtig«, bestätigte Leopold. »Und Sie sind leider nicht, wie Sie meinem Freund Thomas Korber erzählt haben, Pädagogen, die sich auf irgendeine Matura vorbereiten. Im Gegenteil, Sie sind lauter alte Stammgäste unseres Kaffeehauses, bei denen ich mich gewundert habe, dass sie die Matura überhaupt geschafft haben, weil es ihnen bei uns im Kaffeehaus viel besser gefallen hat als in der Schule.«

*

»Zu welchem Zweck sind Sie über das Wochenende hier zusammengekommen?« Oberinspektor Juriceks Stimme klang ruhig und bestimmt, während er die Frage stellte.

Emmerich Holubs Hand strich über seinen kleinen Schnurrbart. Er musste genau aufpassen, was er sagte. Er hatte keine Zeit gehabt, sich mit den anderen abzusprechen, und sie wurden jetzt alle ziemlich gleichzeitig vor der Pension Vogelsang verhört. »Es war ein Klassentreffen«, gab er Auskunft. Das war zunächst das Neutralste, was ihm einfiel.

Juricek hob seine buschigen Augenbrauen in die Höhe. »Ein Klassentreffen? Hier? Über das Wochenende? Fährt man dazu nicht normalerweise irgendwohin? Hinaus aus der Stadt?«

»Wir wollten einfach nur ein paar Tage zusammen verbringen, nichts Großartiges«, wand Holub sich. »Die Idee ist vielleicht nicht sehr originell. Aber sie ist uns einmal beim Heurigen eingefallen, als wir nicht mehr ganz nüchtern waren.«

Juricek notierte alles bedächtig auf seinem Block. »Gehe ich recht in der Annahme, dass Sie es intensiver zusammen verbringen wollten?«

Holub warf einen Blick auf Adele Kraus, die noch immer weinte und sich gerade bei Frau Inspektor Dichtl alles von der Seele redete. Er wusste, dass der Zweck ihres Treffens bald kein Geheimnis mehr sein würde. Aber wie weit würde es gehen? »Wir hatten … Wir hatten vor, richtig zusammenzuleben, mit allem Drum und Dran«, stotterte er herum. Sein Hals begann wieder zu kratzen.

»Mit dem ›Drum und Dran‹ meinen Sie wohl, dass Sie Sex miteinander hatten«, redete Juricek unbeeindruckt Klartext.

»Ja«, gab Holub nach einem kurzen letzten Zögern zu. »Ist das denn wirklich so wichtig? Muss es an die große Glocke gehängt werden?«, erkundigte er sich gleich darauf besorgt.

»Natürlich ist es wichtig«, wurde Juricek eine Idee lauter. »Was haben Sie denn gedacht? Dass wir Sie dabei unterstützen, über alles den Mantel der Verschwiegenheit zu breiten? Nachdem ein Mord geschehen ist? Ich werde mir nicht anmaßen, ein moralisches Werturteil darüber abzugeben, was hier stattgefunden hat, aber betrachten Sie es bitte als gegeben, dass wir den Fall genau untersuchen werden. Dabei steht jeder von Ihnen vorerst unter Verdacht, die Tat begangen zu haben. Auch Ihr persönliches Umfeld, also auch Ihre Familien, wird in die Ermittlungen miteinbezogen, solange nicht alles restlos aufgeklärt ist. Haben Sie mich verstanden?«

Holub nickte. Das war deutlich genug. Er überlegte krampfhaft, was er tun konnte, um seinen persönlichen Schaden so gering wie möglich zu halten. Noch fiel ihm nichts ein.

»Mir ist zu Ohren gekommen, dass die Tote kein Mitglied Ihrer ehemaligen Schulklasse war«, fuhr Juricek fort. »Weshalb war sie bei diesem ›Klassentreffen‹ dabei?«

»Sie war eine alte Bekannte. Sie hat irgendwie dazugehört.«

»Würden das die anderen bestätigen?« Juricek lauerte.

Holub holte tief Luft. »Sie war in erster Linie eine alte Bekannte von mir. Es hatte wirklich niemand etwas dagegen, dass sie dabei war. Dadurch kamen wir auf eine gerade Zahl von Teilnehmern und auf gleich viel Männer und Frauen ... Das hat den Ablauf erleichtert.«

Juricek schrieb alles gewissenhaft auf. Er versuchte, sich in die Gehirne dieser Menschen hineinzudenken. Dabei befand der sich immer noch in einer Art Anlaufphase. Das hier ging zum Teil über sein Vorstellungsvermögen hinaus. Er war froh, dass ihm seine Frau Hannelore eine Stütze bot, wenn er sie brauchte, dass sie Verständnis für die vielen Unregelmäßigkeiten seines Berufs hatte, dass er sich immer und jederzeit auf sie verlassen konnte. Die Ehe mit ihr verstand er als ein Geben und Nehmen, als etwas festgefügtes Gegenseitiges, an dem es nichts zu rütteln gab, nicht weil man durch das Gesetz vertraglich miteinander verbunden, sondern weil man mit der Zeit zu einem Ganzen zusammengewachsen war. Es fiel ihm schwer, zu akzeptieren, mit welcher Leichtigkeit andere so etwas aufs Spiel setzten. »Können Sie mir Ihre Bekanntschaft mit dieser Klara Gassner etwas näher erläutern?«, stellte er die nächste Frage.

»Wir kannten uns schon von klein auf … Unsere Eltern waren miteinander befreundet. Wir haben uns immer gut verstanden, obwohl Klara um drei Jahre jünger als ich ist … war.« Holub kämpfte nach wie vor mit den Worten.

»Sie kannten sie also gut?«

»Ja und auch wieder nein. Es war so wie mit meinen ehemaligen Klassenkameraden. Wir haben uns, als wir erwachsen waren, aus den Augen verloren … und sind uns dann vor kurzer Zeit wieder über den Weg gelaufen.«

»War sie den anderen völlig fremd?«

»Nein, sie müssen sie das eine oder andere Mal gesehen haben. Sie war manchmal mit, als wir als Schüler fortgingen … Da muss sie so um die 15 herum gewesen sein. Deshalb dachte ich, es sei eine gute Idee, wenn sie mitmacht, als ich hörte, dass es in ihrer Ehe auch nicht mehr so gut lief … Hören Sie, warum stellen Sie eigentlich diese ganzen Fragen?«

»Weil ich mir ein Bild machen möchte, wer ein Motiv gehabt haben könnte, Klara Gassner zu töten. Sie tun bitte nichts anderes, als darauf zu antworten.« Juricek fiel gerade wieder ein, dass der Gatte des Mordopfers zu verständigen war. Je älter er wurde, desto mehr wälzte er diese traurige Pflicht auf einen seiner Mitarbeiter ab und suchte die betreffende Person erst später zu einer Befragung auf. Aber das war noch nicht alles. Er musste sich auch an die Ehepartner der übrigen Beteiligten an diesem Sexwochenende wenden. Es war ja keinesfalls auszuschließen, dass einer von ihnen die Tat begangen hatte. Im Lauf der Ermittlungen würde er dann sicher mitbekommen, wie eine Reihe persönlicher Schicksale eine dramatische Wendung nahm – ebenfalls keine sehr angenehme Sache.

Juricek verscheuchte diese Gedanken und fragte weiter: »Wir nehmen an, dass die Tat in den frühen Morgenstunden, zwischen zwei und drei Uhr, stattgefunden hat. Wo waren Sie um diese Zeit?«

»Wo werde ich gewesen sein? In meinem Zimmer und habe geschlafen.«

»In welchem Zimmer?«

»In dem mittleren da oben.« Holub deutete in den ersten Stock hinauf.

»Hat jemand dieses Zimmer mit Ihnen geteilt?«

»Ja, Sophie Kuril … für diese Nacht … Wir haben da immer ein wenig getauscht …«

Juricek ging nicht darauf ein. »Waren Sie die ganze Zeit mit Sophie Kuril beisammen?«, wollte er wissen.

Wenn ich nur wüsste, was Sophie den Beamten erzählt hat, dachte Holub. »Die meiste Zeit«, sagte er vorsichtig.

»Also nicht die ganze Zeit?« Wieder gingen Juriceks buschige Augenbrauen leicht nach oben.

»Wie kann ich das wissen?«, ereiferte sich Holub. »Ich habe einen ziemlich tiefen Schlaf. Da merke ich nicht gleich, wenn jemand aus dem Zimmer geht. Als ich heute früh aufgewacht bin, war Sophie jedenfalls nicht da. Sie wollte uns ja offenbar fluchtartig verlassen. Sie sollten einmal darüber nachdenken, warum sie so schnell weg wollte und in aller Stille aus dem Haus geschlichen ist.«

»Weder Sie noch Frau Kuril können einander also ein Alibi geben«, konstatierte Juricek unbeeindruckt.

»Nein! Aber ist das überhaupt notwendig? Ich bin mir ziemlich sicher, dass keiner von uns Klara Gassner umgebracht hat.«

»Und warum sind Sie sich so sicher?«

Holub atmete einmal tief durch, dann sagte er: »Weil in der Nacht von gestern auf heute noch andere Menschen hier im Haus waren. Ich habe Stimmen aus dem Aufenthaltsraum gehört, fremde Stimmen. Und es hat nach einem ziemlichen Streit geklungen.«

*

»Sie haben also die vorige Nacht mit der Toten verbracht?« Inspektor Bollek war sofort anzusehen, dass er gegenüber Heribert Garger eine Position der Überlegenheit zu etablieren suchte.

»Ja«, kam die knappe Antwort.

»Gab es irgendwelche Besonderheiten?«

»Was meinen Sie damit?«, fragte Garger irritiert.

»Schauen Sie: An den Einzelheiten, wie Sie es miteinander getrieben haben, bin ich vorläufig nicht interessiert.« Bollek weidete sich an der leichten Röte, die sich über Gargers Gesicht ausbreitete. »Aber es könnte vor, bei oder nach dem Beischlaf etwas geschehen sein, was der eine dem anderen krummgenommen hat. Frau Gassner könnte zum Beispiel einen Ihrer Wünsche nicht erfüllt oder sich über Sie lustig gemacht haben. So etwas kann einen ganz schön wütend machen.«

»Verlangen Sie, dass ich jetzt alle intimen Details vor Ihnen ausbreite? Da sind Sie bei mir auf dem Holzweg«, echauffierte Garger sich.

»Ich habe Ihnen bereits gesagt, dass mich nur die wesentlichen Dinge interessieren. Antworten Sie also einfach mit ja oder nein.«

»Nein!«

»Na also, es geht ja! Wie gut war Ihnen die Tote bekannt?«

»Wir waren uns während unserer Schulzeit ein paar Mal begegnet, das war alles.«

»Sie waren aber einverstanden, dass sie bei diesem … Wochenende mitmachte?«

»Warum nicht?«

»Noch einmal: Antworten Sie bitte einfach mit ja oder nein.« Bollek genoss es, sein verunsichertes Gegenüber immer wieder zurechtzuweisen.

»Ja!«

»Wann ist Ihnen aufgefallen, dass Frau Gassner nicht mehr im Zimmer war?«

Garger entschied sich jetzt für eine ausführlichere Darlegung der Ereignisse: »Als alles vorüber war, bin ich mit Klara vors Haus gegangen, um eine Zigarette mit ihr zu rauchen. Sie ist dann noch in den Aufenthaltsraum hinein, weil Sophie und Eugen drinnen waren. Ich war müde, also bin ich hinauf schlafen gegangen. Es war schließlich schon weit nach Mitternacht.«

»Wie spät genau?«

»So genau weiß ich das nicht. Nach ein Uhr, denke ich.«

»War noch jemand in dem Aufenthaltsraum? Irgendeine fremde Person?«

»Nein!«

»Und als Frau Gassner nicht mehr bei Ihnen auftauchte – ist Ihnen das nicht komisch vorgekommen?«

Die nächsten Sätze formulierte Garger langsam und mit Sorgfalt: »Ich dachte mir weiter nichts dabei. Sie hat mich ja vorher mehr oder minder wissen lassen, dass sie vorhatte, den Rest der Nacht bei Emmerich Holub zu verbringen.«

*

Oberinspektor Juricek ließ es vorerst mit den Vernehmungen genug sein. Zusammen mit Inspektor Bollek und Frau Inspektor Dichtl hatte er die fünf an dem Wochenende außer der Toten beteiligten Personen befragt, einen Blick in ihr Gepäck geworfen und das Haus einer ersten Inspektion unterzogen. Jetzt gehörten die Pension Vogelsang und die Leiche endgültig der Spurensicherung.

Klara Gassner war aller Voraussicht nach zwischen zwei und drei Uhr früh mit einem stumpfen Gegenstand erschlagen worden. Wahrscheinlich handelte es sich dabei um einen der zahlreichen Steine um einen nicht mehr in Betrieb befindlichen Zierbrunnen herum, der sich rechts neben dem Weg zum Haupteingang befand. Vor dem Haupteingang, dort, wo zwei Sessel und ein Tisch mit Aschenbecher für die Raucher standen, war die Tat auch begangen worden. Darauf wiesen einige Blutspuren hin. Anschließend hatte der Täter sein Opfer hinter den Kirschbaum geschleift.

»Sie können einstweilen nach Hause gehen«, teilte Juricek den fünf Hauptverdächtigen mit, die noch immer ziemlich aus dem Häuschen zu sein schienen und jegliche

Beteiligung an der Tat bestritten. »Wir müssen Sie aber bitten, sich in den nächsten Tagen jederzeit zu unserer Verfügung zu halten. Dasselbe gilt für Ihre Gatten und Gattinnen.«

Juricek sah ihnen nach, wie sie sich aufgeregt miteinander debattierend auf den Weg machten. Jeder von ihnen würde nun zu Hause ein Geständnis zu machen haben, ob er wollte oder nicht. Jeder außer dem Mörder würde ferner den anderen zutiefst misstrauen. Keiner würde sich gern an dieses Wochenende erinnern, das mit einem Mal seine gesamte Existenz aufs Spiel setzte.

Geht nur hin, dachte er. Eure ersten, spontanen Aussagen haben wir einmal. Keiner von euch sieht mir sonderlich abgebrüht aus. Wenn's also einer von euch war, stehen die Chancen gut, dass er dem ganzen Druck nicht standhält und sich schon bald verrät. Oder uns zum Mörder hinführt, wenn er's nicht war. Aber noch sind wir nicht ganz so weit.

Juricek erinnerte sich jetzt wieder an die unangenehmste Pflicht von allen: den Gatten der Ermordeten von ihrem Tod zu verständigen. Er würde wohl seine beiden Kollegen mit dieser Aufgabe betrauen. »Was ist mit ihrem Mann?«, fragte er Bollek. »Wer ist er? Wo wohnt er?«

»Das ist komisch, Chef«, antwortete der Inspektor. »Sie hat keinen.«

»Sie hat gar keinen Mann?«

»Nein. Sie war verheiratet, aber ihre Ehe hat nicht lange gehalten und wurde bereits vor 13 Jahren geschieden. Ihre nächsten Angehörigen sind die Eltern und ein Bruder. Keine Kinder. Die Eltern wohnen nicht weit von hier.«

Juricek überlegte. »Wenn sie Single war, hieße das, dass sie sich der Gruppe unter falschen Voraussetzungen angeschlossen hat. Sie hätte sich so richtig hineingeschwindelt. Das könnte schon der Ansatz zu einem Motiv sein. Aber schauen wir einmal. Überbringen Sie bitte zusammen mit Frau Inspektor Dichtl den Eltern die traurige Nachricht. Ich werde später mit ihnen sprechen.«

»Und was ist mit dem Besitzer der Pension, einem gewissen Herrn Fink?«

»Da schauen Sie sich bitte auch einmal um. Ich knöpfe ihn mir ebenfalls später vor. Aber vorher muss ich noch etwas anderes Wichtiges erledigen.«

Bollek stöhnte. Wieder einmal blieb alles an ihm und seiner Kollegin hängen. Er fragte sich, was denn gar so wichtig war, dass sein Chef die Ermittlungen plötzlich unterbrach. Hätte ihm Juricek sagen sollen, dass sein Magen knurrte und Leopold, der sich schon bald diskret entfernt hatte, ihn im Weggehen noch auf ein von seiner Freundin Erika zubereitetes Schnitzel eingeladen hatte?

KAPITEL 6

»Ja, ich bin halt der Sohn, der Bruder … aber was ist denn weiter zwischen uns? Gern haben sie mich ja – aber was wissen sie denn von mir? – Dass ich meinen Dienst mach', dass ich Karten spiel' und dass ich mit Menschern herumlauf' … aber sonst? – Dass mich manchmal selber vor mir graust, das hab' ich ihnen ja doch nicht geschrieben – na, mir scheint, ich hab's auch selber gar nicht recht gewusst.« (Schnitzler: Leutnant Gustl)

»Ihre Schnitzel sind ausgezeichnet, Frau Haller«, lobte Juricek. »So frisch, so zart, so knusprig. Da vergisst man für einen Augenblick, dass man an einem schönen Sonntag die Ermittlungen in einem Mordfall führen muss.«

»Wenn Leopold mir geholfen hätte, wären sie noch besser geworden. Aber nein, er muss einen Spaziergang machen und eine Leiche finden«, seufzte Erika. »Nirgendwo kann man ihn allein hingehen lassen.«

»Es war schon wichtig, dass er dort war. Wer weiß, ob wir sonst die ganze Bande auf einmal erwischt hätten«, meinte Juricek. Sie saßen mittlerweile beim Kaffee, und er ließ es sich nach der vorangegangenen Hektik gut gehen. »Man glaubt ja, es ist ein einfacher Fall«, begann er entspannt zu plaudern. »Sechs Personen: drei Männer, drei Frauen. Sie wollen ein Wochenende Sex miteinander haben. Plötzlich ist eine von ihnen tot, von hinten mit einem Stein erschlagen. Also war's einer von den anderen fünf. Und da sich alles auf relativ engem Raum abgespielt hat, muss, so meint man, der Täter schnell zu finden sein. Und doch ist die Sache ziemlich kompliziert. Zunächst einmal gibt es verschiedene Versionen davon, was in der Nacht von Samstag auf Sonntag geschehen ist. Was stimmt, was stimmt nicht? Wer lügt, wer sagt die Wahrheit?«

»Das verstehe ich nicht«, rätselte Erika. »Normalerweise lügt der Mörder, und alle anderen sagen die Wahrheit. Warum sollte es hier nicht so sein?«

»Dafür gibt es mehrere Gründe, Liebling«, kam ihr Leopold zu Hilfe. »Alle haben ein schlechtes Gewissen wegen der Orgie, die sie veranstaltet haben. Und keiner traut dem anderen über den Weg.«

»In der Stunde vor der Tat, also etwa ab ein Uhr morgens, scheint es außerdem relativ viel Bewegung untereinander gegeben zu haben«, erklärte Juricek. »Manche waren oben in den Zimmern und haben geschlafen, manche unten im Aufenthaltsraum, dazwischen wurde vor dem Haus geraucht. Vielleicht war kurzfristig jemand weg oder eine fremde Person hier. Eine reichlich unübersichtliche Situation. Gut möglich, dass nur der Mörder weiß, wie's wirklich war.«

»Glaubst du nicht, dass sie mittlerweile in ihren Köpfen einen Schuldigen suchen? Quasi ein Opfer, auf das sie sich einschwören?«, wandte Leopold sich an Juricek.

»Natürlich. Vielleicht stehen auch zwei Gruppen gegeneinander. Schauen wir einmal, welche geschönten Aussagen wir morgen zu hören bekommen und vergleichen wir es mit dem, was wir heute gehört haben. Dann bin ich auch noch auf die Ergebnisse der Spurensicherung gespannt. Ich fürchte nur, sie haben ihre Fingerabdrücke und ihre DNA während des gesamten Wochenendes auf das Haus, den Garten und sich selbst verteilt.«

»Wer sagt, dass es nicht jemand von außerhalb der Gruppe war?«, warf Leopold ein.

»Holub hat ausgesagt, dass jemand da war, die anderen bestreiten das. Mehr wissen wir vorläufig nicht«, stellte Juricek dazu nüchtern fest.

»Das verstehe ich schon wieder nicht«, meldete sich Erika zu Wort. »Ein Fremder wäre doch für alle ideal. Da hätten sie schnell einen Sündenbock.«

»*Wenn* jemand da war, kommt es darauf an, *wer* es war und *wer dabei* gewesen ist«, leistete Leopold ihr erneut Hilfestellung. »Stell dir vor, plötzlich taucht dein Mann oder deine Frau auf. Großes Trara, wilde Anschuldigungen, ein Wutanfall. Am nächsten Tag hörst du, dass jemand umgebracht wurde. Natürlich verdächtigst du jetzt sie oder ihn. Aber der Polizei ausliefern möchtest du die Person, mit der du liiert bist, ja doch nicht. Also spielst du Häschen und weißt von nichts.«

Erika schüttelte den Kopf. »Mein Gott, denkt ihr kompliziert!«

»Die Kunst besteht darin, einfach zu denken, und trotzdem nichts von Bedeutung auszulassen«, dozierte Juricek. »Das Gartentor war vermutlich die ganze Zeit unversperrt, die Eingangstür wegen der Situation um das Rauchen womöglich auch. Jeder hätte hier unbemerkt hereinschleichen und die Tat begehen können, ohne den anderen aufzufallen. Von den Fenstern der benutzten Schlafzimmer im ersten Stock gehen zwei nach vorn und eins nach hinten hinaus. Der Eingangsbereich, in dem der Mord stattgefunden hat, liegt unter einem Vordach und ist von keinem dieser Fenster gut einzusehen. Der Täter hat zweimal zugeschlagen. Wenn die Wucht des ersten Schlages so groß war, dass die

Tote sofort lautlos zusammengebrochen ist, stehen die Chancen, dass jemand etwas gemerkt hat, sehr schlecht. Es gibt also allerhand Möglichkeiten. Und wer sagt uns, dass wir nicht im persönlichen Umfeld der Toten nach dem Schuldigen suchen müssen? Wer behauptet, dass der Mord unbedingt etwas mit der Sexparty zu tun hat?«

»Da ist noch etwas, Richard«, knüpfte Leopold daran an. »Klara Gassner hat Sophie Kurils Nachthemd getragen, als sie umgebracht wurde. Könnte es nicht sein, dass Sophie das eigentliche Opfer hätte sein sollen?«

»Man muss prüfen, inwieweit eine solche Verwechslung möglich ist. Beide Frauen dürften in etwa die gleiche Größe haben, Klara Gassner trug das Haar allerdings kürzer.« Juricek atmete geräuschvoll aus. »Es gibt, wie ich schon sagte, allerhand Möglichkeiten.«

»Deshalb werde ich meine Augen offen halten«, zwinkerte Leopold ihm zu.

»Das habe ich befürchtet, Schnucki«, seufzte Erika.

»Nur im Kaffeehaus natürlich«, beruhigte Leopold sie.

»Das will ich auch hoffen«, mahnte Juricek seinen Freund. »Gerade das ist ein Fall, wo es überaus peinlich wäre, wenn du dich überall einmischen würdest. Ich weiß ja leider, wie du arbeitest, mein Lieber: mit unbewiesenen Behauptungen, Einschüchterungsversuchen und dergleichen. Das würde hier nur zu Komplikationen führen.« Plötzlich fiel ihm etwas ein. »Warum ist eigentlich Thomas Korber nicht da?«, wollte er wissen. »Ihr seid doch zusammen weggegangen.«

»Der war gar nicht gut drauf«, berichtete Leopold. »Er hat nur schnell sein Schnitzel gegessen und war dann gleich wieder fort. Wenn du meine Meinung hören willst, so schlägt er sich momentan mit einigen persönlichen Problemen herum.«

»Sollte eines seiner Probleme Sophie Kuril heißen, könnte uns das weiterhelfen«, konstatierte Juricek. »Laut deiner Auskunft entwickelt er Gefühle für sie, und wie ich ihn kenne, legt er in solchen Dingen eine gewisse Beharrlichkeit an den Tag. Das heißt, er sieht sie sicher demnächst wieder. Fratschle ihn bei Gelegenheit aus, vielleicht ergibt sich etwas.«

»Wird gemacht«, lächelte Leopold. So sehr er bisher gegen Korbers Wankelmut in Sachen Liebe gewettert hatte, so sehr würde er ab jetzt diesen fragwürdigen Charakterzug unterstützen – nur ausnahmsweise und im Dienst der Wahrheitsfindung sozusagen.

Juricek erhob sich von seinem Platz. Er bedauerte, aufbrechen zu müssen, aber es wartete an diesem Sonntag noch einige Arbeit auf ihn. »Ich muss zu den Eltern von Frau Gassner, und Herrn Fink sollte ich auch einen kleinen Besuch abstatten«, sagte er zu Erika Haller, während er sich im Vorzimmer den großen Sombrero aufs Haupt stülpte. »Vielen Dank jedenfalls für das köstliche Mittagessen.«

Erika lächelte und schüttelte ihm zum Abschied die Hand. Der Oberinspektor war ihr schon damals sympathisch gewesen, als sie ihn anlässlich einer Veranstaltung im Café Heller kennengelernt hatte. Freilich musste sie sich eingestehen, dass sie begann, sich Sorgen zu machen. Denn für Leopold bedeutete das Auffinden einer Leiche so etwas wie eine Verpflichtung, der Sache nachzugehen, und zwar intensiv und ohne die Einschränkungen, die er ihr hoch und heilig versprochen hatte. Außerdem gab es ja noch den pikanten Zwischenfall mit der Schülerin von

Thomas Korber aufzuklären. Ihre Beziehung würde auf eine harte Probe gestellt werden.

*

So ein Blödsinn! Jetzt hab ich den Scherm auf. Da kannst du machen, was du willst, du kannst dich um eine Sache kümmern, so gut es geht, gegen das Schicksal bist du machtlos. Eine schöne Schnackslerei war's, wirklich! Und irgendwie wachst man bei so etwas auch auf der kameradschaftlichen Ebene zusammen. Und dann das! Du reibst dir in der Früh noch verschlafen die Augen, da liegt auf einmal die Klara tot vor dir, und du fragst dich, ob es die Wirklichkeit ist oder ob du es nur geträumt hast. Wär ja kein Wunder gewesen nach der komischen Nacht …

Ich möcht jetzt gar nicht viel drüber nachdenken, über die Folgen und was noch kommt und so. Momentan hab ich eine fatale Wurstigkeit in mir. Den ersten Schritt hab ich jedenfalls gemacht, und ich möchte behaupten: erfolgreich gemacht. Natürlich hab ich mich einmal gefragt, wie ich's zu Hause wieder hinbiegen kann. Ehrlich musst du dastehen vor deiner Alten, deiner Frau, deiner Elfriede, hab ich mir g'sagt. Ehrlich und zerknirscht, zugleich aber fest und unbeugsam. Das zieht halt immer noch bei den Weibern …

Komm jetzt ja nicht und behaupte, ich hab g'soffen, hab ich g'sagt, ich war nämlich gar nicht auf der Weinprobe. Ich weiß zwar nicht, ob ich noch eine Fahne von dem Schnaps g'habt hab, den ich nach dem warmen Bier getrunken hab, weil der Hals so gekratzt hat, aber meiner Meinung nach muss sie sich schon verflüchtigt gehabt haben. Ich hab nicht g'soffen, hab ich jedenfalls g'sagt, ich hab ein paar Weiber g'schnackselt, eine nach der anderen. Du bist nicht schuld, hab ich g'sagt, das muss das zunehmende Alter sein, das mich zu dem Blödsinn verleitet hat. Und g'straft bin ich eh genug, weil die eine, mit der's mir am besten g'fallen hat – da hab ich natürlich gelogen, denn am besten hat's mir mit der Sophie g'fallen, schon allein deswegen, weil ich gar nicht weiß, wie's mir mit der Klara g'fallen hat – diese eine war auf einmal tot. Die Polizei glaubt an Mord und verdächtigt mich jetzt auch, aber du weißt, dass ich so etwas niemals tun würde. So, jetzt ist es heraußen. Sie ist dann ins Schlafzimmer und hat geheult. Ich hab mir ein Bier aufgemacht. Vorsichtshalber von heraußen, wegen dem Hals …

Ich glaub, zumindest zu Hause hab ich die Sache im Griff. Die Elfriede ist nur traurig. Das wird schon wieder. Sie muss das Ganze erst richtig verdauen. Dann wird sie schon begreifen, dass ich nicht der einzige Mann bin, dem so etwas einmal passiert. Die anderen sind auch nicht anders, im Gegenteil. Die legen sich sogar eine Freundin zu, und das ist dann wirklich arg, weil da noch der seelische Betrug dazukommt. Ich hab nur zwei Tage lang eine Hetz haben wollen … Lieben tu ich nur dich, hab ich ihr gesagt. Irgendwie stimmt das ja auch. Streng genommen muss man das Körperliche strikt vom Seelischen trennen, sag ich immer … Unsere Tochter, die Ursula, schläft heut Gott sei Dank bei ihrer Freundin. Die kommt erst morgen nach der Schule wieder nach Hause … Eine Sorge weniger … Der erzählt die Elfriede sicher nix … Nein, nein, das krieg ich schon alles hin …

Das mit den anderen bereitet mir mehr Kopfzerbrechen. Mir kommt vor, die führen was im Schilde. Seltsam, was die da der Polizei gegenüber behauptet haben. Niemand Fremder wäre unten gewesen … Dabei hab ich's doch g'hört, und wie auch noch … Und dann das mit der Klara, dass sie angeblich wieder zu mir ist auf's Zimmer … Kurios! Ich möcht wissen, was da wirklich war. Gut, die von der Polizei haben uns gleich kalt erwischt. Aber ich hab das Gefühl, da will mir jemand einen Strick drehen …

Da muss was g'scheh'n. Wir müssen uns zusammensetzen und drüber reden, und zwar bald. Aber wo? Jetzt ist doch bei allen Feuer am Dach. Vielleicht … Ja, natürlich! Dass mir das nicht gleich eing'falln ist! Wir treffen uns im Café Heller. Das kennen alle noch von früher. Außerdem ist dort der Leopold. Den kann ich zwar ums Verrecken nicht leiden, weil er so aufdringlich ist, und ich hab mich wahnsinnig drüber geärgert, dass ausgerechnet der die Leiche g'funden hat, aber jetzt kommt er mir grade recht. Der soll aufpassen und ein bisserl mithören. Blöd ist er nämlich nicht … Wenn sich jemand verstellt und irgendeine Lügengeschichte erzählt, kommt der Leopold schon drauf … Weil einen Deppen lass ich von den andern nicht aus mir machen, die sollen froh sein, dass ich alles so schön organisiert hab … Hat ja wirklich Atmosphäre g'habt, das Ganze … Wenn's einen Schuldigen brauchen, soll'n s' einen anderen suchen …

Mein Gott, wenn meine Alte bloß endlich wieder aus dem Schlafzimmer kommen würde. Alles meine Schuld, ich hab's ja bereits zugegeben. So Weiber können richtig stur sein. Aber irgendwann einmal muss Schluss sein, das wird ja schon fad … Jetzt kommt was Schönes im Fernsehen, das könnten wir uns doch gemeinsam anschauen … Zur Versöhnung sozusagen …

Ein Mann ist eben ein Mann. Das wird die Elfriede nie verstehen!

*

»Thomas?«

Korber glaubte, seinen Ohren nicht zu trauen. Es war Sophie Kurils Stimme am Telefon. »Bist du gut nach Hause gekommen?«, fragte er.

»Mehr oder weniger.« Aus ihrer Stimme war eine gewisse Anspannung zu hören. »Ich wollte mich nur für heute Vormittag entschuldigen. Ich wollte nicht grob zu dir sein. Es waren die Nerven. Es tut mir leid.«

»Ist schon gut«, lenkte Korber ein. »Hauptsache, bei dir ist alles in Ordnung.«

»Es geht so. Du hast sicher mitbekommen, dass ich dich angeschwindelt habe. Dass das kein Lehrertreffen war, sondern … Bist du mir böse?«

»Warum sollte ich? Das ist dein Leben, da würde ich mich nie einmischen.«

»Ich geniere mich einfach so. Und das Schlimme ist, dass ich mit keinem Menschen darüber reden kann. Jetzt ist auch noch dieser Mord geschehen. Und mein Mann …«

Sie vollendete den Satz nicht. Korber konnte sich denken, dass sich mittlerweile bei ihr zu Hause ein kleines Ehedrama abgespielt hatte. »Möchtest du vielleicht … mit *mir* darüber reden?«, erkundigte er sich vorsichtig. Es war für ihn die einzige logische Erklärung ihres Anrufes.

»Wenn es möglich ist … Mein Gott, in meinem Kopf geht momentan alles durcheinander. Ich bilde mir ständig ein, dass *ich* das Opfer hätte sein sollen. Klara hatte ja *mein* Nachthemd an. Wir haben beide ziemlich dieselbe Größe und auch eine ähnliche Statur …«

»Beruhige dich, wir werden das alles herausfinden.«

»Ich kann mich gar nicht mehr erinnern, was ich der Polizei erzählt habe. Mein Mann weiß jedenfalls nur das Allernötigste. Ach, es ist alles so furchtbar.«

»Wir können uns gleich morgen treffen, wenn du willst.«

»Das wäre ganz, ganz lieb von dir. Ich kann dir doch vertrauen, oder?«

»Natürlich!«

»Diesen neugierigen Oberkellner möchte ich allerdings nicht dabei haben, hörst du? Ich habe einen halben Nervenzusammenbruch bekommen, als ich ihn heute früh gesehen habe. Der kommt sich reichlich gut vor. Ob er wohl früher in unserer Schulzeit auch so war?«

Korber musste lächeln. »Oh ja, der war schon immer so, glaub mir. Aber du hast recht, er würde nur stören. Setzen wir uns einfach in einen Garten beim Heurigen, das Wetter soll aushalten.«

»Es darf nicht zu spät werden, um sieben Uhr abends muss ich zu Hause sein. Du kannst dir wohl denken, was bei mir los ist.«

»Ich habe nach dem Unterricht noch eine Besprechung für unser Schnitzler-Projekt, aber ich könnte dich um vier beim Bahnhof Floridsdorf treffen. Ist das für dich okay?«

»Au ja, fein! Schlaf gut! Du bist ein ganz Lieber!«

Sophie Kurils letzte Worte klangen Korber süß im Ohr. So erstaunt er darüber war, dass sie jetzt bei ihm angerufen hatte, so froh war er darüber. Er hatte immer noch keine Nachricht von Geli. Sie hatte sich den ganzen Tag nicht bei ihm gemeldet. Seine Nerven waren zum Äußersten gespannt, aber nachzufragen traute er sich auch nicht. So wusste er nicht, ob sie mit Bernd unterwegs oder schon zu Hause war.

In Korbers Hinterkopf läuteten die Alarmglocken, doch für den Augenblick vergaß er seinen Kummer. Er vergaß sogar auf Elisabeth Dorfer, um die er sich noch vor dem Wochenende große Sorgen gemacht hatte. Sophie Kuril brauchte ihn. Er würde ihr zur Seite stehen. Als Mann, Held und Retter, edel und gut.

KAPITEL 7

»Die Ehe ist die Schule der Einsamkeit. Aber man lernt nicht genug in ihr.« (Schnitzler: Buch der Sprüche und Bedenken)

Leopold beobachtete das muntere Treiben vor dem Floridsdorfer Gymnasium. Es war dreiviertel acht Uhr am Montagmorgen. Der Platz vor der Schule begann sich zu füllen. Die Kleinen verabschiedeten sich brav von ihren Eltern, die sie zum Unterricht gebracht hatten, oder liefen mit lautem Gejohle zum Schultor hinein. Die Großen ließen sich Zeit. Sie hatten es nicht gnädig. Sie lungerten noch ein wenig abseits in Gruppen herum und rauchten ihre Zigaretten. Erst knapp vor acht Uhr würden sie überlegen, ob es sich auszahlte, das Bildungsangebot des heutigen Tages wahrzunehmen, und dann bedächtig zum Eingang schlurfen.

Leopold hielt Elisabeth Dorfers Foto, das ihm Erika ausgedruckt hatte, in der Hand. Dabei verarbeitete er die Informationen über ihr Aussehen, die er von Korber bekommen hatte: kein Tattoo, kein Piercing; bequemes Gewand, aber gepflegt und sauber. Haarfarbe: natürliches Dunkelblond.

Auf dem Platz ging es immer lebhafter zu. Leopolds Blick suchte, sondierte. Dabei nutzte er die Routine, die er sich in den vielen Jahren als Oberkellner angeeignet hatte. Auch dort galt es ja, rasch und ohne Aufsehen eine Person ausfindig zu machen, die am Telefon verlangt wurde, oder sich an jemanden zu erinnern, der noch Geld vom letzten Besuch schuldig war. »Da ist sie«, murmelte er plötzlich mehr oder minder zu sich selbst, stupste dabei aber den Mann neben ihm an, dessen rot geränderte Augen die ganze Zeit interesselos geradeaus nach vor starrten.

Der Mann hüstelte und brachte nur ein heiseres »Ach so?« hervor.

»Ja, begleitet von einem Mann. Einem Mann, der zu jung ist, um ihr Vater zu sein, aber doch um einiges älter als sie selber. Interessant, interessant.« Noch einmal stupste Leopold den Mann an. »Nehmen Sie jetzt Ihre Kamera heraus und machen Sie ein paar Fotos«, trug er ihm auf.

Der Mann ächzte und stöhnte, war aber in seinem Element, sobald er den Auslöser betätigte. Zügig machte er ein Bild nach dem anderen. Das gehörte auch sonst zu seinen Aufgaben. Er hieß nämlich Gerry Scheit und war Privatdetektiv. Einmal, beim Mord an einem Fußballfunktionär, war er unter Verdacht gestanden, weil er mit dessen Frau ein Pantscherl gehabt hatte. Leopold hatte ihm damals geholfen, indem er den Fall restlos aufgeklärt und Scheits Unschuld bewiesen hatte. Nun hatte er ihn um eine kleine Gegenleistung gebeten. Das war Gerry zwar alles andere als recht, aber er hatte schweren Herzens zugesagt.

Vor allem der frühmorgendliche Beginn der Observierung machte ihm zu schaffen. Leopold hingegen war bereits in seinem Element. »Haben Sie das gesehen?«, entfuhr es ihm entzückt. »Jetzt gibt er ihr auch noch einen Kuss. Das müssen Sie unbedingt festhalten, Beweismaterial erster Güte!«

»Beweismaterial wofür?«, wollte Scheit wissen.

»Das ist jetzt nicht so wichtig«, überging Leopold diesen Einwand. »Ich möchte mir in erster Linie ein Bild von dem Mädchen und seinem Umfeld machen. Also heißt es sammeln, sammeln und nochmals sammeln. Das war einmal Schritt eins. Als Nächstes folgt Schritt zwei: Beobachtung des Mädchens nach Schulschluss. Laut Auskunft meines Freundes Thomas Korber ist das heute um etwa vier Uhr.«

Gerry Scheit nickte ohne Begeisterung. »Jetzt folgt logischerweise Schritt drei: Identifizierung des unbekannten Mannes. Nehmen Sie gleich einmal unauffällig die Verfolgung auf, sobald er von hier weggeht«, instruierte Leopold ihn über die nächsten Schritte.

»Auf das wär ich jetzt auch gekommen. Ich bin ja nicht blöd«, entgegnete Scheit missmutig. »Ich sage Ihnen aber gleich, dass ich auch andere Aufträge habe. Ich bin nicht nur für Sie da!«

»Das macht nichts. Sobald ich wieder mehr Zeit habe, kümmere ich mich selbst darum. Dann knöpfe ich mir die beiden schon vor, darauf können Sie sich verlassen. Aber momentan brauche ich Sie, damit wir am Ball bleiben. Sehen Sie hier übrigens irgendwo unseren Inspektor Bollek?«

»Nein«, antwortete Scheit verwirrt. »Wieso?«

»Weil die Polizei angeblich schon in dieser Causa ermittelt«, erklärte Leopold. »Ich habe mir gleich gedacht, dass da nicht viel dabei herauskommt. Jetzt machen Sie sich aber auf die Socken, der Verdächtige macht Anstalten, sich zu entfernen.«

Scheit brummte etwas Unverständliches, ehe er Leopold in Richtung des Unbekannten verließ. Er blieb noch einmal kurz stehen und kramte scheinbar planlos in seinen Rocktaschen, bis er sicher war, dass der Fremde ihn nicht wahrgenommen hatte. Dann beschleunigte er seinen Schritt.

Leopold pfiff sich unterdessen eins. Mit Scheits Engagement war es ihm gelungen, zwei Fliegen mit einer Klappe zu schlagen. Er konnte nämlich die Geschichte um den mysteriösen schlüpfrigen Brief an Elisabeth Dorfer ohne großen Zeitaufwand in Angriff nehmen. Dadurch blieb ihm einerseits genügend Zeit zur Pflege seiner Beziehung mit Erika Haller, andererseits galt es ja auch, einen Mordfall aufzuklären und seine Kräfte darauf zu konzentrieren. Beides zusammen ging nicht ohne ein entsprechendes Zeitmanagement.

Gerry Scheit war zwar ein ungehobelter Bursche, aber ein fähiger Privatdetektiv. Er würde Leopold sicher schon bald mit Informationen zu Elisabeth und ihrem Begleiter versorgen. Ein Anfang war gemacht. Er selbst durfte sich jetzt noch auf ein paar angenehme Stunden in Erika Hallers Papeterie im 9. Bezirk freuen, ehe er seinen Dienst im Café Heller antrat.

*

Leopold bewegte sich prächtig gelaunt auf das Kaffeehaus zu. Er hatte gemeinsam mit Erika noch schnell einen Salat mit Hühnerbruststückchen verspeist, ehe er ihr den Abschiedskuss auf die Lippen gedrückt hatte. Jetzt freute er sich auf ein paar Augenblicke der Ruhe vor seinem Dienstbeginn. Er liebte es, sich dabei geistig auf seine Arbeit vorzubereiten, zu schauen, welche Gäste da waren und was sich so tat. Dabei liebte er die Stille, die sich für gewöhnlich um diese Zeit im Heller ausbreitete. Manchmal meinte er, den Spruch von der ›schweigenden Mehrheit‹ habe jemand erfunden, der dabei ein Wiener Kaffeehaus nach dem Mittagessen vor Augen hatte.

Es war wie in einer Enklave, die den Lärm und das hektische Treiben draußen ließ. Nichts störte diesen inneren Frieden, und jeder Kaffeehausbesucher leistete seinen Beitrag dazu. Sogar beim Umblättern der Zeitung wurde darauf geachtet, dass man nicht zu laut raschelte. Den Ober rief man nicht, man winkte ihn herbei. Idealerweise wusste er schon, was man zu bestellen gedachte, sodass eine diesbezügliche Konversation ausbleiben konnte. Ein kurzes Nicken des Einverständnisses genügte in den meisten Fällen, und jeder wusste Bescheid. Auch das Gespräch der Gäste untereinander war auf ein Minimum reduziert. Es waren ohnehin die Stunden der einsamen Kaffeehausgeher, die ihre Mittagszeit hier verbrachten, weil es gemütlicher war als in der leeren Wohnung. Ein Husten störte mehr als in der Kirche. Ein falsches Wort konnte viel verderben. Hatte sich der nach-mittägliche Frieden einmal im Heller etabliert, hielt er sich hartnäckig über längere Zeit.

Jener Mann, der plötzlich ins Lokal stürmte und die Gäste dadurch aufscheuchte wie junge Hühner, wusste über derlei Sitten und Gebräuche offenbar nichts. Er rief nur laut und krächzend: »Waldemar!« Seine raue Stimme ließ mit keinem Ton darauf schließen, dass es sich um Sebastian Fink, Besitzer der ehemaligen Pension Vogelsang, handelte.

»Waldemar«, brüllte er noch einmal. Frau Miksch schüttete sich vor lauter Schreck ein paar Tropfen Kaffee auf ihr Kleid. ›Waldi‹ Waldbauer, den er anscheinend meinte, war durch diesen Auftritt so überrascht, dass er erst nach kurzem Zögern herbeikam. »Was hast denn, Sebastian?«, fragte er nervös. »Du bist hier im Kaffeehaus, da wird nicht herumgebrüllt. Das schätzen unsere Gäste nicht, schon gar nicht um diese Uhrzeit. Darf ich dir etwas bringen?«

Der kleine, dickliche, glatzköpfige Fink machte eine Handbewegung, die wohl jede Widerrede im Keim ersticken sollte. »Erstens kann ich hier reden, so laut es mir passt«, fuhr er mit kaum gedämpfter Stimme fort. »Und zweitens kriege ich nichts, außer ein paar Antworten von dir. Was hast du mir angetan? Welche Leute hast du mir ins Haus gesetzt? Warum habe ich plötzlich die Polizei am Hals?«

Waldbauer war durch die Lektüre der Morgenzeitung vorgewarnt, stellte sich aber dennoch dumm. »War etwa irgendetwas nicht in Ordnung, Sebastian?«, säuselte er.

Fink ging unbeirrt weiter nach vor und trieb Waldbauer dabei mit seinem Bäuchlein in Richtung der Billardtische. »Nicht in Ordnung? Nicht in Ordnung?« Das Kaffeehaus erbebte unter seinen Worten. »In meinem Garten ist eine tote Frau gelegen, Waldemar, erschlagen mit einem Stein. Du hast etwas von einem seriösen Wochenende gesagt, von einem Lehrertreffen. Nie hätte ich mein Haus sonst zur Verfügung gestellt. Stattdessen hast du mir ein paar sexgierige Psychopathen aufs Aug gedrückt. In allen Zeitungen steht es drinnen: ›Sex und Mord in ehemaliger Pension Vogelsang‹. Wie wird das erst aussehen, wenn die Hintergrundberichte erscheinen?«

»Es gibt halt für nichts eine Garantie«, verteidigte Waldbauer sich, hilflos mit den Achseln zuckend. »Und in jeden Menschen kann man auch nicht hineinschauen.«

»Ich warne dich, Waldemar«, japste Fink. »Wenn auch

nur einer dieser Menschen behauptet, er hätte etwas für dieses Wochenende bezahlen müssen, werde ich mich bei dir schadlos halten, sollte ich Schwierigkeiten mit der Finanz bekommen. Ich kann nur hoffen, dass alles glimpflich ausgeht, sonst kannst du dich auf etwas gefasst machen.«

Fink war mit Waldbauer bereits ganz hinten bei den Kartentischen angelangt. Einen Augenblick schien es, als wisse er jetzt nicht, wohin, dann machte er kurz entschlossen kehrt und verließ das Heller so laut, wie er es betreten hatte – nur ohne Worte. Natürlich war es um die mittägliche Ruhe im Kaffeehaus geschehen. Zu groß war die Empörung über das eben begangene Sakrileg. Aber alles endete schließlich in der Erkenntnis, dass man solchen brutalen Übergriffen aus der Außenwelt machtlos gegenüberstehe, und überhaupt alles durch die heutige Jugend und die große Zahl der Migranten schlechter geworden sei.

Waldbauer hatte jetzt nur eines im Sinn: sich möglichst rasch und ohne Diskussionen ablösen zu lassen und nach Hause zu gehen. Doch da kam er bei Leopold nicht weit. »Du hast also das Ganze beim Vogelsang organisiert«, redete der ihn an.

Die Sache war Waldbauer natürlich peinlich. »Ich glaube, wir besprechen das ein anderes Mal«, brummte er vor sich hin.

»Nein, das besprechen wir jetzt«, blieb Leopold unbeugsam. »Da hört man ja schöne Sachen von dir. Ich hab's dir oft genug gesagt: Hör auf, dich bei den Gästen mit Gefälligkeiten anzubiedern, nur weil du dann ein größeres Trinkgeld einkassierst. Wie du siehst, steckt man da im Handumdrehen mitten in einer Mordsache drin.«

»Was kann ich denn dafür?«, wehrte Waldbauer sich. »Man hat mich gefragt, ob ich jemanden kenne, der exklusiv ein Haus für ein Wochenende an sechs Personen vermieten würde, seriös, diskret und ein wenig weit vom Schuss. Da ist mir der Fink mit seiner Pension Vogelsang eingefallen und dass die ja jetzt leer steht. Ich hab sie halt weiterempfohlen. Ist das ein Verbrechen? Ich kenne jemanden, der etwas hat, das jemand anderer, den ich kenne, brauchen kann. Das hab ich ausgenützt. Es gehört doch zu unserem Beruf. Wozu hat man Bekannte?«

Leopold verstand aber keinen Spaß. »Zieh bitte nicht unseren Beruf in den Dreck«, mahnte er Waldi. »Verrat mir lieber, wer dein Auftraggeber war. Ich wette, dass es sich um den Emmerich Holub handelt. Der hat sich nach jahrelanger Abwesenheit wieder ein paar Mal bei uns blicken lassen, komischerweise immer dann, wenn du Dienst gehabt hast.«

»Ich verrat gar nichts«, schaltete Waldi auf stur.

»Also war er's«, schlussfolgerte Leopold. »Und damit kommen wir zu etwas, das in unserem Beruf wirklich wichtig ist, nämlich eine gesunde Portion Menschenkenntnis. Dir muss doch gleich aufgefallen sein, was für ein windiger Typ dieser Holub ist. Da muss man vorsichtig sein. Aber du hast natürlich nur die Möglichkeit gesehen, dein Salär ein wenig aufzubessern. Vielleicht warst du sogar in alles eingeweiht.«

»Bedingt«, gab Waldbauer zu.

»Ich hab's befürchtet«, stöhnte Leopold. »Wie kann man nur so blöd sein? Wenn das aufkommt, bist du natürlich in den Mordfall verwickelt. Da möchte ich nicht in deiner Haut stecken.«

Waldi kratzte sich am Kopf. »Nur, weil man wen kennt, ist man verdächtig. Ein österreichisches Schicksal.«

»Vor allem ein ungewisses Schicksal. Wenn sich die Polizei erst einmal für dich zu interessieren beginnt ...«

Waldbauer bekam es zusehends mit der Angst zu tun. »Wie ich mit dem Sebastian alles ausgehandelt habe, hat er mir gezeigt, wie gut die Pension noch in Schuss ist. Meinst du ...«

»Natürlich! Da ist das Unglück schon geschehen«, schnitt Leopold ihm das Wort ab. »Fingerabdrücke, DNA, alles von dir rund um den Tatort verstreut. Offensichtlicher geht's gar nicht. Die Polizei wird dich schon bald in die Zange nehmen. Dagegen hilft nur eins.«

»Und das wäre?«

»Wir müssen schauen, dass wir einen Hinweis auf den wirklichen Täter finden, damit wir dich da heraushalten. Und du wirst mir dabei behilflich sein.«

»Wie denn?«, grinste Waldi verlegen. »Die betreffenden Damen und Herren kommen ja heute Abend zu einer Besprechung zu uns, aber da habe ich leider keinen Dienst.«

»Zu einer Besprechung? Bei uns im Kaffeehaus? Da schau her.« Leopold strahlte.

»Ja! Der Emmerich hat angerufen und einen Tisch reserviert. Er hat noch extra gemeint, er macht es heute Abend, weil es besser ist, wenn ich nicht dabei bin.«

»Das ist ja hochinteressant«, konstatierte Leopold zufrieden. »Da kümmere ich mich schon darum, und ich wette mit dir, dass sich etwas ergibt. Aber halte dich bereit. Und stell dich nur ja wieder gut mit dem Fink.

Man kann nie wissen, ob es nicht ratsam ist, noch einmal einen Blick in seine Pension zu werfen.«

*

»Einen Schinken-Käse-Toast bitte!« Diese Bestellung kam von Herrn Hufnagl und war keineswegs ungewohnt. Was nicht den üblichen Sitten und Gebräuchen im Café Heller entsprach, war, dass Leopold selbst das Toastbrot mit den drei Scheiben Schinken und zwei Scheiben Käse auf den Grill des Toasters legte und diesen einschaltete. Auch auf ein Paar Frankfurter, das auf dem Herd vor sich hin köchelte, musste er achten, damit die Haut nicht aufplatzte. Der Grund: Frau Heller, die sich sonst um alles in ihrer kleinen Küche kümmerte und bis auf einige seltene, unvermeidliche Fälle den ganzen Tag im Kaffeehaus verbrachte, war spurlos verschwunden. Leopold hatte es erst nach dem Wirbel mit Fink so richtig bemerkt. Jetzt fragte er sich ständig, wo sie nur blieb.

Er nahm die Würstchen behutsam aus dem Wasser und legte sie auf einen Teller, wo sich bereits würziger Estragonsenf und frisch geriebener Kren befanden. Seine Nase wurde dabei von einem kräftigen Juckreiz erfasst, und er musste niesen. »Gesundheit«, murmelte in diesem Augenblick eine vorüberhuschende Gestalt. Sie hatte ganz die Stimme von Frau Heller, sah aber eher aus wie ihr Geist. Das Haar, welches sie sonst stets zu einer ordentlichen Frisur aufgesteckt hatte, umwehte freischwebend und ungekämmt ihr Haupt. Sie schritt wie üblich zielstrebig voran, hielt sich jedoch immer wieder links und rechts an etwas fest. Das kam deshalb, weil sie keine Brille aufhatte. So stolperte sie eher auf ihre Gäste zu, um sie nach alter Gewohnheit persönlich zu begrüßen. Dabei kniff sie das rechte Auge zu und ging mit ihrem Gesicht beinahe auf Tuchfühlung mit dem Konterfei ihres Gegenübers. Dennoch blieb ihre Trefferquote gering. Auf ihr »Schönen Nachmittag, Frau Jahn, wie schmeckt Ihnen denn heute unser Kipferl?«, erhielt sie etwa als Antwort: »Ich bin der Herr Wieser, aber Ihr Mohnstrudel ist wieder einmal phänomenal.« Nachdem sie genug Verwirrung gestiftet hatte, zog sie sich hinter die Theke zurück.

»Ist sie zu Bruch gegangen?«, erkundigte sich Leopold.

»Das kann man wohl sagen«, nickte Frau Heller traurig.

»Und wo ist der Ersatz?«

»Den muss ich mir erst organisieren. Aber das kann natürlich Monate dauern.«

»So eine Ersatzbrille muss in ein paar Tagen fertig sein«, beruhigte Leopold sie. »Sie können ja nicht wochenlang blind durch die Gegend laufen. Mein Freund, der Pospischil, ist Optiker …«

»Lassen Sie mich mit Ihrem Pospischil in Ruhe«, reagierte Frau Heller gereizt, während sie nach ihren Zigaretten tastete. »Wer spricht von meiner Brille? Die habe ich bloß oben in der Wohnung liegen gelassen. Meine Ehe ist zerbrochen, und ein geeigneter Ersatz für meinen Heinrich wird wohl nicht so schnell aufzutreiben sein. Mit Blindheit war ich allerdings schon längere Zeit geschlagen, sonst hätte ich gemerkt, wie er mich hintergeht. Denn ein Schatten ist auf unsere Beziehung gefallen. Ein sogenannter Kurschatten.«

»Ich glaub, Sie haben da falsche Befürchtungen«, versuchte Leopold einzulenken. »Das kommt daher, dass Ihr Mann so lang weg war.«

»Falsche Befürchtungen? Dass ich nicht lache!« Ein heiserer, nicht näher bestimmbarer Laut entwand sich Frau Hellers Kehle. »Heute früh war die Dame, diese Karoline Kühn, bereits wieder da. Sie wollte sich von meinem Mann erklären lassen, wie die Kaffeemaschine funktioniert. Als ich ihr höflich, aber bestimmt erklärt habe, dass das Dinge sind, die sie nichts angehen, hat er sie auch noch verteidigt. Sie sei eine Frau vom Fach, denn ihr Onkel habe ein gut gehendes Kaffeehaus in Puchberg am Schneeberg sein Eigen genannt. Dann hat sie Heinrich zum Essen eingeladen, gewissermaßen als Revanche, weil sie am Samstag bei uns speisen hat dürfen. Mich, die dieses Essen zubereitet hat, würdigte sie dabei keines Blickes. Ich war so außer mir, dass ich Herrn Waldbauer gebeten habe, ein wenig ohne meine Hilfe weiterzuarbeiten. Ich habe oben in meiner Wohnung ein Nickerchen gemacht und, scheint's, verschlafen.«

»Alles geht hier seinen gewohnten Gang«, beruhigte Leopold sie. »Sie können sich ruhig wieder hinlegen.«

»Hinlegen? Papperlapapp! Jetzt bin ich wieder munter und tatendurstig. Mein Heinrich soll mir heute nur nach Hause kommen.« Ihre zusammengekniffenen, sich angestrengt in der Verschwommenheit um sie herum orientierenden Augen funkelten. »Sagen Sie mir bitte nur das eine, Leopold«, forderte sie. »Glauben Sie, dass ein Mann wie mein Mann noch mit einer anderen … und dass er auch etwas davon hat?«

»Denken Sie nicht immer gleich das Schlimmste«, bagatellisierte Leopold weiterhin.

»Reden Sie nicht um den heißen Brei herum, sondern antworten Sie mir klar und deutlich: Kann er oder kann er nicht?«

»Sie wollen es nicht anders«, vermeldete Leopold achselzuckend. »Also schön: Wenn er gesund ist, wird er schon noch können. Und eine Freud hat er auch dabei.«

Frau Heller brach in Tränen aus. »Und Ihnen gefällt das wahrscheinlich auch noch«, schluchzte sie. »Schämen Sie sich! Oh, wie ihr Mannsbilder doch alle gleich seid. Nein, ich halt das nicht aus, ich halt das nicht aus. Ich hole mir jetzt meine Brille.«

»Recht haben Sie! Dann schaut die Welt gleich wieder anders aus.«

»Das kann ich mir an einem Tag wie heute zwar nicht mehr vorstellen, aber ich richt mich zusammen und geh noch ein bisschen unter die Leute. Was mein Mann kann, das kann ich schon lang. Sie schauen, dass hier alles, wie Sie selbst so schön formuliert haben, *seinen gewohnten Gang geht*. Bis zum Abend bin ich wieder zurück!«

Damit richtete Frau Heller ihren Oberkörper auf. Festen Schrittes ging sie durch die kleine Küche zurück in Richtung Stiegenhaus und Wohnung. Leopold hörte noch, wie sie einmal kurz gegen etwas stieß und stolperte, dann war sie weg.

Da haben wir's, dachte er bei sich. Noch vor ein paar Tagen hatte Frau Heller ihm gegenüber stolz auf ihr langjähriges Eheglück verwiesen. Jetzt sah es ganz danach aus, als würde auch ihre Beziehung in einer Krise stecken. Allerdings kristallisierte sich für ihn eine mögliche schwerwiegende Folge dieser neuen Situation heraus: Die zukünftige Existenz des Café Heller war in Gefahr!

Wenn die Dinge weiter eskalierten, konnte es ja sein, dass Herr und Frau Heller sich trennen würden. Dass sich Leopold so etwas nicht einmal in seinen schlimmsten Träumen vorstellen konnte, hieß noch lange nicht, dass es nicht möglich war. Warum sollte dieses in langen Jahren ständiger Herausforderung und harter Arbeit zusammengeschweißte Paar anders auf eine Krise reagieren als ein Großteil der österreichischen Eheleute? Nichts hatte in der heutigen Zeit mehr Bestand, nicht einmal ein gegenüber Gott oder dem Staat eingegangener Vertrag auf Lebenszeit. Alles drängte zur Auflösung fest und unumstößlich scheinender Verbindungen. Den Leuten schien es sogar richtig Spaß zu machen, von dem wegzukommen, was sie einmal geliebt hatten. In den letzten Tagen war Leopold dies deutlich vor Augen geführt worden.

Und wenn Herr und Frau Heller wirklich auseinandergingen? Das Kaffeehaus würde wohl im Besitz von Frau Heller bleiben, aber würde sie es alleine führen? Oder würde sie das tun, was in letzter Zeit auch alle taten: nämlich verkaufen? Was würde es für ihn bedeuten, wenn es das Kaffeehaus auf einmal gar nicht mehr gäbe, wenn etwa ein Frisiersalon daraus würde oder eines jener unpersönlichen Wettlokale, die jetzt überall aus dem Boden schossen? Leopold hatte noch nie auch nur einen Gedanken daran verschwendet, einmal in einem anderen Kaffeehaus oder unter einem anderen Besitzer zu arbeiten.

Ein merkwürdiges Gefühl überkam ihn. Wie viel hing doch davon ab, dass die Menschen bereit und willig waren, auf einem einmal eingeschlagenen Weg weiterzumachen. Aber immer mehr von ihnen glaubten nach einer bestimmten Zeit ihres Lebens, sie hätten etwas ›versäumt‹ und wollten sich ›verändern‹. Was dabei herauskam, sah man ja. Es gab nichts mehr, woran man sich halten und sagen konnte: Das ist so und das wird jetzt für einige Zeit so bleiben. Nicht einmal hier, im Café Heller, einer der letzten Bastionen gegen den Zeitgeist.

Leopold war sehr, sehr nachdenklich geworden. Da kam eine Frau mittleren Alters zur Tür herein, die er sofort wiedererkannte, obwohl viele Jahre vergangen waren, seit er sie das letzte Mal gesehen hatte.

*

»Fräulein Wachter«, begrüßte er sie. »Das ist aber schön, dass Sie wieder einmal bei uns vorbeischauen. Wie steht denn das werte Befinden?«

Die Dame musste herzlich lachen. »Meine Güte, Leopold, Sie sind immer noch der Alte. Begrüßen mich mit ›Fräulein‹, wo ich bereits die 40 überschritten habe. Und Wachter heiße ich schon lange nicht mehr, sondern Stoisits.«

»Für mich sind Sie eben immer noch das Fräulein Trixi Wachter. Sie haben sich ja praktisch überhaupt nicht verändert«, schmeichelte Leopold.

Trixi Stoisits schüttelte erheitert den Kopf. »Da merkt man halt den Kavalier der alten Schule. Aber ich darf Ihnen das Kompliment zurückgeben. Sie schauen auch immer noch genauso aus wie früher. Und am Café Heller sind die Jahre überhaupt spurlos vorübergegangen.«

»Es ist sozusagen alles beim Alten«, gab Leopold Auskunft. »Die Chefleute sind zwar grade nicht da, aber wohlauf. Und was verschafft uns die Ehre Ihres Besuches? Ein bisserl Heimweh nach der guten alten Schulzeit?«

Ihr Gesicht verfinsterte sich mit einem Mal. »Sie können sich's wirklich nicht denken?«

»Ich bin leider kein Hellseher, gnä' Frau.«

Trixi Stoisits nahm seufzend bei einem der großen Fenster Platz und bestellte ein Achtel Rotwein. Als Leopold ihr das Glas zum Tisch brachte, wurde sie vertraulicher: »In gewisser Weise geht es tatsächlich um meine Schulzeit, nämlich um meine damaligen Mitschüler. Einige von ihnen sitzen ja jetzt ganz schön in der Tinte. Aber ich glaube nicht, dass sie einen Mord begangen haben.«

Leopold horchte auf: »Woher wissen Sie von der Sache?«

»Haben Sie heute noch keine Zeitung gelesen?«, fragte Trixi ihn ungläubig. »Die sind alle voll davon.«

An die Zeitungen hatte Leopold überhaupt noch nicht gedacht. Er eilte zu jenem Tisch, wo sie alle fein säuberlich in ihre Rahmen eingespannt lagen, um sich zu vergewissern. Neugierig blätterte er in einem jener Kleinformate, das sich normalerweise solchen Ereignissen in größerem Umfang widmete. Tatsächlich fand er dort unter der Überschrift ›Mord im Liebesnest‹ einen kurzen, aber eindeutigen Bericht. Dazu gab es ein Foto der Pension Vogelsang. Kein Wunder, dass Sebastian Fink so erregt gewesen war.

»Da stehen keine Namen. Es ist nur von einer ermordeten Klara G. die Rede«, erwähnte Leopold, während er mit einigem Amüsement las, dass die Leiche ›von einem neugierigen Spaziergänger‹ entdeckt worden sei.

»Also schön. Ich habe das Ganze durch ein Telefongespräch heute früh erfahren«, gab Trixi Stoisits zu. »Aber gedacht habe ich es mir schon, als ich die Zeitung aufgeschlagen habe. Das Thema war bereits einige Zeit aktuell, nicht erst bei unserer letzten Maturafeier. Ich bin ja nicht blöd. Es war nicht schwer zu erraten, worum es in den diversen Gesprächen ging, auch wenn sie alle heimlich taten. Vor allem Emmerich schien bestrebt, ein solches ›Treffen‹ in die Tat umzusetzen. Unter dem Einfluss des Alkohols scheint ihm dies schließlich gelungen zu sein.«

»Und deswegen sind Sie mich heute im Kaffeehaus besuchen gekommen?« Leopold konnte seine Ungeduld kaum noch zähmen.

»Ich weiß natürlich, dass Sie der Spaziergänger sind, der die Leiche gefunden hat.«

»Ich verstehe immer noch nicht …«

»Ich habe eine kleine Bitte an Sie, wie Sie sich vielleicht schon denken können«, tat Trixi geheimnisvoll und nippte am Rotwein. »Das heißt, eigentlich habe ich nur den Auftrag, Ihnen diese Bitte zu überbringen. Heute Abend treffen sich ja unsere Sünder zu einer kleinen Besprechung bei Ihnen im Kaffeehaus, wenn ich richtig informiert bin. Mich werden sie da nicht dabei haben wollen. Trotzdem wüsste ich gerne …«

»Ja?«

»… über alles Bescheid, was bei dieser Unterredung Eugen betrifft. Eugen Probst, ebenfalls ein Schüler unserer Klasse, der oft mit uns im Heller war. Er ist nicht gerade groß, immer noch ziemlich schlank und hat eine spitze Nase. Aber wenn Sie mich erkannt haben, erkennen Sie ihn sicher auch gleich wieder.«

»Ich soll also lauschen«, brachte Leopold es auf den Punkt. »Und worauf genau soll ich achten?«

»Ob er der Mörder ist, natürlich.« Trixi sagte es so beiläufig wie nur irgend möglich und nippte erneut. »Ich kann Ihnen ja verraten, wer mich diesbezüglich angerufen hat: seine Frau Stefanie. Ich denke, sie hat ihren Mann schwer in Verdacht und fürchtet sich jetzt vor ihm. Sie war am Telefon ziemlich beunruhigt.«

»Ich kann es natürlich versuchen«, zeigte sich Leopold zur Mitarbeit bereit. »Ich bin mir halt nicht sicher, ob ich viel herausbekomme. Die Herrschaften werden ja nicht gleich in großem Stil aufeinander losgehen.«

»Wer weiß, wer weiß«, orakelte Trixi. »Das sind alles große Kinder, da kann viel passieren. Ich muss gestehen, mich interessiert die Sache auch sehr, und es ist schade, dass ich sie mir entgehen lassen muss. Wir sind ja immerhin miteinander zur Schule gegangen. Drum kann ich mir auch nicht so richtig vorstellen, dass einer von ihnen der Mörder ist. Aber wer weiß …« Sie machte wieder einen kleinen Schluck vom Rotwein.

»Ich werde mich bemühen. Und sollte ich etwas in Erfahrung bringen, dann …?«

Sie gab ihm ihre Karte. »Rufen Sie mich morgen einfach an. Ich komme dann gegen Mittag einen Sprung im Heller vorbei.« Sie schaute auf ihre Uhr, trank hastig aus und legte einen 10-Euroschein auf den Tisch. »Jetzt muss ich aber wieder los. Der Rest ist für Sie.«

»Verbindlichsten Dank, Gnädigste!«

Seltsam, dachte Leopold, als sie gegangen war. Alle kamen sie aus ihren Löchern hervorgekrochen. Die einen wollten ungestört die Sachlage besprechen, die anderen waren schon neugierig, was dabei herauskam. Und er hatte den hochoffiziellen Auftrag bekommen, zuzuhören. Etwas Besseres hätte er sich gar nicht wünschen können. Er fasste als Vorbereitung kurz die Punkte für sich im Kopf zusammen, die ihm bereits jetzt seltsam erschienen.

Erstens: Trixi Stoisits behauptete, sie sei von Stefanie Probst gebeten worden, in Erfahrung zu bringen, inwieweit ihr Mann in den Mordfall Klara Gassner verwickelt war. Das bedeutete, dass Trixi nicht nur ihren Schulkollegen Eugen, sondern auch dessen Frau gut kannte. Gut genug, um ihr etwas über das geplante Sexwochenende zu verraten?

Frage: Wie viel hatte Trixi Stoisits darüber im Vorfeld gewusst?

Zweitens: Stefanie Probsts großes Interesse an der Besprechung im Heller ließ darauf schließen, dass mehr dahinter steckte als der Rest fürsorglichen Denkens einer betrogenen Ehefrau. Inwieweit war sie selbst betroffen?

Frage: Vorausgesetzt, Stefanie war über das Sexwochenende informiert gewesen – hatte sie dann in ihrer Erregung den Tatort in der Nacht von Samstag auf Sonntag aufgesucht?

Drittens: Trixi Stoisits war offenbar selbst begierig, so viele Details wie möglich zu erfahren. Wirklich nur deswegen, weil sie die Beteiligten aus der Schulzeit kannte? Hatte sie etwa auch etwas mit dem Mord zu tun?

Frage: Wo war Trixi in der Nacht von Samstag auf Sonntag gewesen?

Schon jetzt war die Sachlage also äußerst vertrackt. Gedankenverloren ging Leopold in die kleine Kaffeehausküche, um in Frau Hellers Abwesenheit wieder einmal einen Toast zuzubereiten. Dabei erkannte er im rechten Augenwinkel plötzlich Herrn Adi, unverwüstliches Mitglied jener legendären Tarockrunde, die seit über 20 Jahren ein- bis zweimal die Woche im Heller Karten spielte.

»Kann ich dich einen Augenblick sprechen?«, fragte Adi von draußen.

»Was gibt's denn? Ich muss auf den Toast aufpassen, Herr Adi.«

»Uns fehlt ein Mann für die Tarockpartie übermorgen Abend. Der Hofbauer fällt wegen einer Hochzeit aus. Kannst du uns einen Ersatz besorgen?«

Selbst in einer dermaßen eingefleischten Kartenrunde, die mit bewundernswerter Regelmäßigkeit Woche für Woche ihr Spiel pflegte, konnte so ein Ausfall natürlich vorkommen. Man verließ sich dann auf das taktische Geschick Leopolds, kurzfristig einen Einspringer herbeizuschaffen. Meist war das auch kein Problem. Aber diese Woche war der Herr Ameis krank, der Riviera-Charly auf Urlaub an der Riviera und der Herr Senger schon seit geraumer Zeit abgängig.

»Ich werd schaun, was sich machen lässt. Es ist aber nicht einfach«, gab Leopold deshalb zu bedenken. »Es kann sein, dass es einer ist, mit dem ihr noch nie g'spielt habts.«

»Das macht nichts. Zwanzigerrufen muss er können und zahlen, wenn er verliert«, erklärte Adi unbeeindruckt.

»Wird gemacht, Herr Adi!«

Es hieß für Leopold also nicht nur, in zwei Kriminalfällen die Ermittlungen aufzunehmen, er war jetzt auch noch mit der Suche nach einem geeigneten Tarockpartner beschäftigt. Schön langsam stieß er an die Grenzen seiner Belastbarkeit. Gerade im letzten Augenblick rettete er den Toast, bevor er anbrannte.

KAPITEL 8

»Sie sehen mich an, Else, als wenn ich verrückt wäre. Ich bin es vielleicht ein wenig, denn es geht ein Zauber von Ihnen aus, Else, den Sie selbst wohl nicht ahnen.« (Schnitzler: Fräulein Else)

Die Nachmittagssonne schien durch das Fenster der 7. Klasse A des Floridsdorfer Gymnasiums. Die Schüler und Schülerinnen gruppierten sich um Thomas Korber, um ihre Ideen zu der szenischen Aufführung des Werks Arthur Schnitzlers zu besprechen. Korber hatte sich mit Margarethe Vollnhofer geeinigt, die Klasse in zwei Gruppen zu teilen, damit effizienter gearbeitet werden konnte. Er war froh darüber, diesmal keinen Anstandswauwau an seiner Seite zu haben. »Nun, was ist euch zum Reigen eingefallen?«, fragte er gespannt. »Soweit ich mich erinnere, wolltet ihr in erster Linie einen künstlerischen Ausdruck für das Beziehungskontinuum finden.«

»Wir haben uns da was überlegt«, erklärte Robert Schneider, Sprecher des damit befassten Viererteams. »Lilo, Johnny, Gitte und ich, wir stellen uns von links nach rechts auf der Bühne auf. Lilo beginnt, sie ist in der ersten Szene die Dirne, Johnny der Soldat. Den Text haben wir ein bisschen abgeändert und auf ein paar Sätze gekürzt. Es soll ja nicht zu lang werden, und uns kommt es in erster Linie auf die Übergänge an. Lilo sagt also – stell dich bitte mit Johnny auf und sprich deinen Text, Lilo!«

Lilo hängte sich ein Schild ›Dirne‹, Johnny ein Schild

›Soldat‹ um. Beide positionierten sich vor Korber und nahmen einander an der Hand. Schließlich begann Lilo:

»So pass doch auf! Wenn's d' ausrutschst, liegst in der Donau. Dabei möchte ich dich so zum Geliebten. Halt dich fest an bei mir.«

Johnny umarmte Lilo, und beide gaben sich einen Zungenkuss. Dann drehten sie sich wieder zum Publikum. »Wenigstens ein Sechserl für'n Hausmeister gib mir dafür«, kam Lilos Text.

»Vergiss es, ich bin doch nicht dein Weh«, antwortete Johnny schroff. Er drehte sich zu Gitte. Sie stand rechts neben ihm und hatte das Schild ›Stubenmädchen‹ umgehängt. Folgender Dialog entwickelte sich zwischen ihr und Johnny, der, immer noch als Soldat, anfing:

»Fräulein Marie, sagen wir uns du.«

»Ich weiß nicht, wir kennen uns noch nicht so gut, Herr Franz.«

»Sag'n S' Franz, Fräulein Marie.«

»So sein S' doch nicht so keck. Lassen S' mich los. Wenn da wer kommt! Was machen S' denn da?«

Wie als Antwort auf diese Frage umarmte Johnny jetzt Gitte und bedachte sie mit einem leidenschaftlichen Zungenkuss.

»Kinder, Kinder, was macht ihr denn da?«, unterbrach Korber die Szene.

»Normalerweise stehe ich nun neben Gitte als ›junger Herr‹, und Lilo hat rechts neben mich mit dem Schild ›junge Frau‹ gewechselt. So reihen wir alle zehn Dialoge aus dem ›Reigen‹ gekürzt nebeneinander und enden am rechten Bühnenrand wieder mit der Dirne, die aus technischen Gründen diesmal von Gitte gespielt wird«, erklärte Robert bemüht fachmännisch.

»Das ist ja alles sehr schön inszeniert«, nickte Korber beifällig. »Aber diese … diese Küsse zwischendurch. Müssen die wirklich sein?«

Robert schaute etwas verständnislos drein. »Entschuldigen Sie, Herr Professor. Das sind die Übergänge, die den Geschlechtsverkehr symbolisieren sollen. Ich habe Ihnen vorhin gesagt, dass uns diese Übergänge sehr wichtig sind. Es handelt sich schließlich um den ›Reigen‹, ein für damalige Verhältnisse hocherotisches Theaterstück. Es hat für einen handfesten Skandal gesorgt und ist sogar verboten worden. Das muss doch irgendwie zum Ausdruck kommen. Ich denke, wir sollten uns hier nicht mit einer lahmarschigen Version begnügen.«

Korber wurde ernst. »Lieber Robert, bedenke bitte, dass das eine Schulaufführung ist. Ich hatte vorige Woche ein Gespräch mit Direktor Marksteiner. Er hat mich ausdrücklich darauf hingewiesen, dass er nicht wünscht, dass wir den schlüpfrigen Charakter einzelner Szenen in den Mittelpunkt stellen. Und wie Frau Professor Vollnhofer auf so etwas reagieren wird, könnt ihr euch ja denken. Ich möchte wegen solcher unausgereiften Überlegungen nicht das ganze Projekt aufs Spiel setzen.«

»Herrje, die Frau Professor Vollkoffer! Unser Prüdilein«, maunzte Gitte.

»Wenn's nach der geht, dürfen nicht einmal Mädchen und Burschen gemeinsam auf der Bühne stehen«, pflichtete ihr Lilo bei.

»Diese Frau turnt ja überhaupt niemanden an«, bemerkte Johnny. »Deshalb ist sie wahrscheinlich so.«

»Ein reines Kontrollorgan, wenn ihr mich fragt«, sagte Robert.

»Lassen wir einmal Schule und Lehrer beiseite. Was ist

mit euren Eltern und Verwandten, die zuschauen kommen?«, fragte Korber. »Habt ihr denen gegenüber überhaupt keine Hemmungen?«

»Die sollen ruhig mal ein bisschen schockiert sein«, befand Lilo.

»Vielleicht erinnern sie sich daran, wie es war, als sie ihre ersten Zärtlichkeiten ausgetauscht haben«, überlegte Johnny. »Viel zeitlicher Abstand zu Schnitzler kann da sowieso nicht gewesen sein.«

»Ich glaube, unsere Eltern nehmen das wesentlich positiver auf als die Vollnhofer oder der Direktor«, gab Robert zu bedenken.

»Und euch geht es auch gut dabei?«, versuchte Korber, sich Klarheit zu verschaffen. »Ich meine, Johnny küsst Lilo leidenschaftlich, dann küsst er Gitte leidenschaftlich ...«

»Selbstverständlich küsst auch Robert Lilo und Gitte leidenschaftlich«, meldete sich da gleich wieder Robert Schneider zu Wort. »So weit sind wir nur nicht gekommen, weil Sie uns unterbrochen haben.«

»Ich gehe jetzt mit Gitte und war vorher mit Lilo zusammen«, erklärte Johnny.

»Und bei mir ist es umgekehrt«, fügte Robert hinzu. »Ich habe von Gitte zu Lilo gewechselt. Kleiner Partnertausch sozusagen.«

Gitte lächelte: »Sie brauchen sich keine Sorgen zu machen, Herr Professor. Wir kennen uns alle sehr gut und haben das vorher abgesprochen.«

Korber fiel es schwer, sich in die unkomplizierte und freizügige Haltung seiner Schüler hineinzuversetzen. Da gab es offenbar weder Eifersucht noch Besitzgier. Andererseits drohte die Hemmschwelle auf ein bedenkliches

Maß zu sinken. Wuchs da eine Generation heran, die von Liebe und Treue nicht mehr viel hielt und sich dafür auffällig in Szene setzte? Oder taten die jungen Leute einfach genau das, was er sich selbst in letzter Zeit heimlich wünschte, nämlich den Zwängen und Verpflichtungen einer partnerschaftlichen Verbindung so weit wie möglich auszuweichen? Irgendwie ist es bei mir anders, dachte er. Ist das bloß so, weil ich älter bin? Dann fiel ihm wieder ein, dass Geli sich noch nicht bei ihm gerührt hatte.

»Trotzdem denke ich, wir sollten uns überlegen, wie wir den Teil der Aufführung ohne großes Geschmuse … also, ihr wisst schon, was ich meine … wie wir ihn halbwegs sittsam für unsere Zwecke umsetzen können«, gab er zu bedenken.

Die vier Akteure wollten das nicht gelten lassen. Sie versuchten mit allen Mitteln, Korber umzustimmen. Man könne die Laszivität des Textes nicht einfach abwürgen, hieß es. Marksteiner und Vollnhofer hätten keine Ahnung von wirklicher Kunst und dürften schon deswegen nicht ernst genommen werden. Um nicht sofort eine Entscheidung treffen zu müssen, wechselte Korber zu einem anderen Beitrag, der Bearbeitung des ›Leutnant Gustl‹. Pepi Kern vermeldete dazu lethargisch, dass sein Partner für diese Szene, Erich Meisl, schon längere Zeit fehle und er deshalb dazu noch ziemlich planlos sei.

Korber unterließ es, sich über Pepi, der überall als großer Faulpelz galt, aufzuregen. Er wusste, dass man sich im entscheidenden Augenblick auf ihn verlassen konnte, und machte sich deshalb jetzt noch keine allzu großen Sorgen. Er beließ es bei einer kurzen Ermahnung, Pepi möge die Sache ein wenig ernster nehmen und im Falle der Krankheit seines Kollegen eben selbst die Initiative ergreifen. Schließlich spiele er ja auch den größeren Part, und Erich Meisl nur den Bäckermeister. Dann wandte er sich Elisabeth Dorfer zu.

Gemeinsam mit Robert Schneider, der den Herrn von Dorsday aus dem Off lesen würde, spulte sie ihre Szene herunter. Bei der pikanten Stelle, wo sich Else vor Dorsday entkleiden soll und sich anschließend umbringt, wurde alles selbstverständlich nur angedeutet. Abschließend kamen Lilo, Gitte und Johnny als Hotelgäste dazu.

Schließlich blickte Korber zufrieden auf die Uhr. Es war kurz vor dreiviertel vier. Eigentlich musste er froh sein, dass sich die Probenzeit aufgrund von Pepis mangelnder Vorbereitung ein wenig verkürzt hatte. Er würde es spielend schaffen, Sophie Kuril rechtzeitig beim Bahnhof Floridsdorf abzuholen. Auch die Schüler freuten sich, dass ihr langer Arbeitstag endlich aus war. Im Nu hatte sich die Klasse geleert – bis auf Elisabeth, die ihre Sachen umständlich zusammenpackte. Es sah so aus, als ob sie noch etwas von Korber wollte. »Haben Sie einen Augenblick Zeit, Herr Professor?«, fragte sie auch schon.

»Ich bin eigentlich im Gehen«, machte Korber sie aufmerksam.

»Ich habe wieder einen Brief bekommen«, kam Elisabeth deshalb sofort zur Sache.

»Was?« Korber war sofort ganz Ohr.

»Ich habe ihn vor unserer Probe im Postkasten gefunden, als ich einen Sprung zu Hause war. Ich habe ihn schnell an mich genommen, damit ihn meine Eltern nicht sehen. Sonst verbieten sie mir wirklich noch, bei der Aufführung mitzumachen.«

»Und Direktor Marksteiner? Warst du schon bei ihm?«

»Nein! Das würde auch nichts bringen. Der ist doch

genauso übervorsichtig und würde unter Umständen sogar das ganze Projekt abblasen. Ich wollte zuerst mit Ihnen reden. Sie haben ja die Polizei eingeschaltet. Außerdem habe ich zu Ihnen das meiste Vertrauen.«

»Das ist schön! Du willst also nach wie vor weitermachen?«, erkundigte sich Korber.

»Natürlich, es ist ja irgendwie der Höhepunkt des Schuljahres«, antwortete Elisabeth schnell. »Obwohl … eine leichte Gänsehaut habe ich schon bekommen, als ich den Brief gelesen habe«, fügte sie dann einschränkend hinzu.

»Darf ich den Brief sehen?« Korber hatte Mühe, seine große Neugier zu verbergen.

»Natürlich!« Elisabeth überreichte ihm das offene Kuvert. »Sie können ihn behalten oder besser gleich Ihrem Freund, dem Polizisten, geben. Ich habe mir für alle Fälle eine Kopie gemacht.« Korber nahm das Blatt Papier heraus und überflog gespannt die Zeilen. Es war alles wie beim ersten Brief, Schriftart, Schriftgröße und Zeilenabstand. Er las:

»Liebe Elisabeth!

Die Tage vergehen und bringen den großen Augenblick näher an uns heran. Wenn du wüsstest, wie ich mich danach sehne, deinen jungen Körper so zu betrachten, wie ihn Gott erschaffen hat. Es wird ein Fest für meine Augen. Ich bin mir sicher, dass auch du dich noch lange an dieses Ereignis zurückerinnern wirst.

Du fragst dich vielleicht, warum mir unsere Begegnung so wichtig ist in einer Zeit, in der man nackte Mädchenkörper überall sehen und jederzeit im Internet abrufen kann. Aber fühlen, tasten, riechen, mit allen Sinnen erfassen – wie oft hat man schon die Gelegenheit dazu? Und wie sehr hat das Virtuelle und Allgemeine alles Persönliche verdrängt. Ich liebe das Persönliche. Darum freue ich mich schon sehr auf dich.

Dein dir noch unbekannter, glühender Verehrer.«

Wie schon am Freitag in Marksteiners Direktionskanzlei wunderte Korber sich über den Stil und die sprachliche Korrektheit des Schreibens. Einen Schüler als Verfasser des Schreibens konnte er deshalb wohl ausschließen. Aber welcher Erwachsene hatte ein Interesse daran, Elisabeth Dorfer auf diese Weise einen heillosen Schrecken einzujagen. Oder handelte es sich tatsächlich um einen Perversen, vor dem man sie mit allen Mitteln schützen musste?

Wenn es aber so war, worin bestanden die geeigneten Gegenmaßnahmen? War die Polizei etwa schon einen Schritt weiter?

»Glauben Sie, dass es gefährlich ist?«, fragte Elisabeth.

»Nein, du brauchst dir keine Sorgen zu machen«, antwortete Korber mechanisch, während er angestrengt nachdachte. »Leider gibt es Menschen, denen es Spaß macht, andere zu verunsichern und zu verängstigen. Aber den Kerl kriegen wir schon noch, verlass dich drauf.«

*

»Café Heller, guten Tag! Was ist Ihr Begehr?«

»Bist du es, Leopold?«

»Leopold am Apparat. Wer spricht bitte?«

»Emmerich Holub hier. Du hast sicher schon gehört oder gesehen, dass ich heute Abend mit … mit meinen Kollegen vom Wochenende im Kaffeehaus vorbeikomme.«

Leopold wirkte durch diese Meldung sichtlich erheitert. »Ja und? Soll ich den roten Teppich ausrollen, weil mich der Herr Holub nach vielen Jahren wieder zu besuchen beliebt, oder soll ich die anderen Gäste rechtzeitig wegschicken, damit sie nicht mit ein paar Mördern in einem Raum sitzen?«

»Du hast wirklich immer noch dasselbe blöde Mundwerk wie früher. Aber hör zu. Ich möchte dich in diesem Zusammenhang um einen Gefallen bitten.«

»Und um welchen?« Leopold spitzte die Ohren.

»Wie hast du früher immer gesagt, wenn wir dir auf die Nerven gegangen sind? Besserwisser und Pharisäer hast du uns genannt. Diesmal habe ich von meinen Kollegen denselben Eindruck. Tun so, als hätten sie eine reine Weste und wollen mir alles in die Schuhe schieben. Du weißt sicher, was ich meine.«

»Aha, Sie fühlen sich verfolgt?«

»So brutal würde ich es nicht ausdrücken. Formulieren wir es so: In einer dummen Geschichte wie dieser ist sich jeder selbst der Nächste. Ich bin der Meinung, dass wir da nur mit einer gemeinsamen Aussprache weiterkommen, sonst zerfetzt uns die Polizei alle miteinander. Wahrscheinlich ist ohnehin schon zu viel Unsinn geredet worden. Leopold, du hast doch ein untrügerisches Gefühl dafür, wer lügt und wer die Wahrheit sagt. Also bitte ich dich, in unserer Nähe zu bleiben und möglichst viel von dem mitzuverfolgen, was gesprochen wird. Nachher sagst du mir einfach, was du davon hältst.«

»Um diese Zeit ist meistens viel zu tun. Da muss ich aufs G'schäft schauen«, wandte Leopold ein.

»Ach was, larifari! Wenn du neugierig warst, bist du früher auch immer dort gestanden, wo etwas los war.« Holub ließ das nicht gelten.

»Na schön! Sagen wir, ich kann Sie in der Angelegenheit ein wenig unterstützen. Da müsste ich Sie schon um eine kleine Gegenleistung bitten.«

Holub zögerte. »Und die wäre?«, erkundigte er sich schließlich vorsichtig.

»Sie waren doch immer ein guter Tarockierer. Beim Zwanzigerrufen hat Ihnen keiner was dreinreden können. Und bei unserer g'standenen Tarockpartie, die Sie vielleicht auch noch von früher kennen, fällt übermorgen der Herr Hofbauer aus. Weit und breit ist kein Ersatz zu finden. Da hab ich mir gedacht, dass Sie ...«

»Nein, nein, schlag dir das aus dem Kopf«, lehnte Holub sofort ab. »Mit wildfremden Leuten Karten spielen? Das ist ja lächerlich.«

»Glauben Sie? Denken Sie an die Hand.«

»An welche Hand?«

»An die eine Hand, die die andere wäscht.«

Es war kurz still in der Leitung. »Herr Holub, das Spiel geht nur um zehn Cent, und die Herren spielen maximal drei Stunden, von 19.00 bis 22.00 Uhr«, gab Leopold zu bedenken. »Eine bessere Möglichkeit, sich bei mir zu revanchieren, gibt's gar nicht. Aber wenn Sie nicht einmal das wollen ...«

»Also gut, du Quälgeist, von mir aus.« Zähneknirschend gab Holub nach.

Zufrieden legte Leopold auf. Da fand am Abend eine Zusammenkunft der vorläufig Hauptverdächtigen im

Mordfall Klara Gassner statt, die ihn natürlich brennend interessierte. Aber zwei Personen waren anscheinend noch interessierter daran, was dort besprochen wurde: Emmerich Holub, der offenbar fürchtete, seine ehemaligen Schulkollegen wollten ihn in irgendeiner Form belasten, und Trixi Stoisits, angeblich im Auftrag von Stefanie Probst, aber wer wusste schon was Genaues. Leopold fragte sich, was diese Frau wirklich wollte.

Jedenfalls musste er bei dem Gespräch zuhören, da blieb ihm gar nichts anderes übrig.

*

Der Gastgarten des Heurigen Fuhrmann war um halb fünf schon gut besucht. Die Menschen liebten es, im Freien zu sitzen, sobald die Witterung es erlaubte, den Magen mit deftigen Speisen vom Buffet zu füllen und einen guten Tropfen bodenständigen Weins die Kehle hinunterrinnen zu lassen. Ein Heuriger, das war in erster Linie ein Ort der Unbeschwertheit. Nach ein paar Gläsern schien alles leichter, unkomplizierter und selbstverständlicher zu sein. Man suchte nach der Glückseligkeit, zumindest nach jener kleinen Portion von ihr, die man sich verdient zu haben glaubte. Manchmal gelang es, sie zu erreichen. Dann war es ein lustvoller Abend, der noch lange im Gedächtnis haften blieb. Oft drehte ein Schluck zu viel die Stimmung aber ins Zweifelnde und Zerknirschte, und vom Glück blieb nicht mehr viel übrig.

Jetzt, am Nachmittag, war die Welt jedenfalls noch in Ordnung. Die Sonne schien warm, doch nicht zu heiß, und die Bäume spendeten ausreichend Schatten. Korber, der hier quasi um die Ecke wohnte, und Sophie Kuril prosteten einander mit einem weißen Spritzer zu, den sie dann recht zügig gegen den Durst tranken. Dabei redeten sie allerhand belangloses Zeugs. Erst mit dem zweiten Spritzer kamen sie auf den Grund ihres Treffens zu sprechen. Die Zunge saß schon ein wenig lockerer, der Anlauf, den man sich nehmen musste, war nicht mehr so groß.

»Ich versinke immer noch im Boden bei dem Gedanken, was du von mir halten musst«, sagte Sophie.

»Immerhin verstehe ich jetzt, warum du so geheimnisvoll getan hast«, räumte Korber ein.

»Du wirst dich vielleicht fragen, wie ich da hineingeraten bin. Ich werde es dir erzählen.« Sophie Kuril holte tief Luft, ehe sie fortfuhr: »Die Idee von so einer Art Sexwochenende war nicht neu, sie ist schon länger im Raum gestanden. Am beharrlichsten an ihr festgehalten hat natürlich Emmerich Holub. Anfangs haben wir darüber gelacht und uns an das eine oder andere kleine ›Abenteuer‹ während unserer Schulzeit erinnert. Es war ein Thema bei unseren Maturatreffen der letzten Jahre, eine Möglichkeit, von der wir nie glaubten, dass sie tatsächlich einmal eintreten würde. Wir haben immer erst am späteren Abend davon geredet und nur im kleinen Kreis. Und plötzlich merke ich, wie die Sache Formen annimmt, wie sie vom Hirngespinst zum konkreten Plan wird. Wie die Männer so komische Blicke kriegen. Auf einmal ist nicht mehr geschwafelt, sondern gefragt worden, wer mitmacht.«

»Und da hast du ja gesagt?«

»Du musst mir jetzt glauben, Thomas! Ich wollte nicht. Ich wollte wirklich nicht. Aber dann … dann habe ich mich auch gemeldet. Es war nur wegen meinem Mann

Theo. Ich wollte ihm wehtun. Ich liebe und ich hasse ihn. Der Sex hat mir gar nichts bedeutet.«

»Du hast es getan, nur um ihn zu verletzen?«

»Ich wollte zu mir sagen können: Jetzt hast du's ihm gezeigt. Du kennst ihn nicht. Er kann so nett sein und so bestialisch.« Sophie schüttelte sich kurz ab. »Starr und unnachgiebig, verletzend. Zeitweise hat man das Gefühl, dass er einen immer an die Kette legen möchte, weil er glaubt, man läuft ihm sonst davon. Das ist natürlich in letzter Zeit schlimmer geworden. Er ist ja auch über 20 Jahre älter als ich und beginnt es zu spüren.«

»Er ist doch Offizier beim Bundesheer«, erinnerte sich Korber. »Du hast es mir damals bei dem Seminar erzählt.«

»Gewesen«, korrigierte Sophie. »Mit allen Ehren als Oberst verabschiedet und in Pension. Aber das ist auch egal. Ich halte ihn einfach immer weniger aus, und dann muss ich etwas tun, verstehst du?«

»Ja, natürlich verstehe ich dich.« Korber genoss es, dass sie ihm vertraute und ihm ihr Herz ausschüttete. Er spürte, dass es notwendig war, genau in diesem Augenblick, hier und jetzt.

»Es soll keine Entschuldigung sein, aber es war eine Laune von mir, eine Trotzreaktion«, redete Sophie weiter. »Ich musste dir gegenüber eine Ausrede erfinden, als du mir plötzlich über den Weg gelaufen bist. Sie war nicht besonders gut, glaube ich. Wer rechnet andererseits damit, dass man gerade in einer solchen Situation jemanden trifft, den man kennt?«

Anscheinend wollte Sophie Kuril damit wieder zu einem belangloseren Gespräch überleiten, aber Thomas Korber ließ nicht locker. »Wie hat dein Mann es denn aufgenommen?«, fragte er.

»Theo hat eine Eigenschaft, mit der er mich an den Rand des Wahnsinns treibt: Er schweigt«, entgegnete Sophie. Sie zündete sich eine Zigarette an. Es war das erste Mal, dass Korber sie rauchen sah. »Er hat es auch diesmal angewendet«, fuhr sie fort. »Er ist in der Wohnung auf und ab gegangen, hat alles Mögliche getan, mich dabei nicht angesehen und kein Wort geredet. Ich muss dir leider sagen, dass wir auch sonst nicht mehr viel miteinander sprechen. Aber in solchen Momenten erzeugt er eine ganz eisige Atmosphäre. Dann hat er doch etwas gesagt.« Sie nahm einen tiefen Zug von ihrer Zigarette, dann sprach sie weiter: »Er hat gemeint, es sei nicht so schlimm. Er wisse ja, dass ich eine Hure sei. Er wisse, dass ich zeitweise das Bedürfnis hätte, meinem Geschlechtstrieb zu folgen. Aber wenn es tatsächlich zu einer Art Liebelei kommen würde, bei der ich meine Gefühle an jemanden verliere, müsse ich mit *allen* Konsequenzen rechnen. Das Wort ›allen‹ hat er noch so komisch betont.«

»Heißt das, dass du dich nicht mehr sicher fühlst?«

»Sicher?« Sie versuchte ein sarkastisches Lachen, schluckte dabei aber Rauch und musste husten. »Entschuldige bitte! Wann habe ich mich in letzter Zeit je sicher gefühlt? Praktisch überhaupt nicht! Darum ist mir ja auch der Gedanke gekommen, der Anschlag habe in Wirklichkeit mir gegolten. Noch dazu, wo Klara mein Nachthemd anhatte.«

»Konnte man das deutlich erkennen? Auch in der Nacht?«

»Natürlich! Meins war dunkel, ihres hell.«

»Wie ist es denn überhaupt zu der Verwechslung gekommen?«

»Was weiß ich. Du darfst das nicht so eng sehen«, versuchte Sophie, Korber vorsichtig die Situation zu erklären. »Wir haben manchmal notgedrungen auch die Zimmer gewechselt, wenn wir die Partner gewechselt haben. Ich glaube, ich habe mein Nachthemd irgendwo liegen gelassen, wahrscheinlich, als ich bei Heribert war. Ich nehme an, sie hat es angezogen, als sie vors Haus ging, um eine Zigarette zu rauchen … und dann ermordet wurde.«

»Du glaubst, dein Mann ist gekommen, um dich zu erschlagen?«

Sophie biss sich auf die Lippen. »Ich weiß es nicht.«

»Wer sonst sollte ein Interesse daran gehabt haben, dich umzubringen?«

»Fragen wir doch einmal andersherum: Wer sollte ein Interesse daran gehabt haben, Klara umzubringen?«

»Wie viel habt ihr tatsächlich über sie gewusst?«, fragte Korber.

»Außer Emmerich hat sie kaum einer von uns näher gekannt«, antwortete Sophie.

»Bist du sicher? Es könnte doch jeder von euch den Kontakt mit ihr gepflegt oder wieder aufgenommen haben. Und wer sagt, dass es nicht eine Auseinandersetzung um etwas Sexuelles gegeben hat, die sich hochschaukelte? Ganz zu schweigen davon, dass ein Partner Klaras, den wir nicht kennen, aufgetaucht sein kann, weil er etwas von dem Wochenende erfahren hat. Wenn man etwas genauer nachdenkt, ergeben sich eine ganze Reihe von Motiven.«

»Hör auf, mir wird schon ganz schwindlig. Mir dreht sich der Kopf.«

»Ist das die Aufregung oder der Wein?«, wollte Korber wissen.

»Wohl beides. Ich glaube, ich vertrage nichts mehr.

Ich habe gerade einmal zwei Gläser getrunken.« Sophie griff sich an die Stirn, als habe sie Fieber. Ihr Gesichtsausdruck wirkte angespannt.

»Dann nehmen wir noch eins für den Heimweg«, regte Korber an.

»Nein«, lehnte sie sofort ab. »Es ist jetzt Zeit, zu gehen. Ich muss nach Hause, sonst würde Theo gleich wieder irgendeinen Verdacht schöpfen. Ich darf jetzt nichts riskieren. Zu viel zu trinken wäre da ein großer Fehler. Bitte sei mir nicht böse.«

Korber leistete noch ein wenig Widerstand, dann sah er ein, dass es besser war, wenn sie sich auf den Weg machten. Er zahlte und ging gemeinsam mit Sophie auf die Straße hinaus. »Ich begleite dich noch bis zur Straßenbahn«, schlug er vor.

»Ich möchte das nicht. Du wohnst doch hier«, verneinte Sophie abermals.

»Ja, aber …«

»Lass mich bitte gehen!« Sie wirkte wieder schroff und abweisend.

»Dann sag mir bitte noch, warum du dich mit mir getroffen hast.«

»Weil ich einen Menschen brauche, bei dem ich mich aussprechen kann, eine Vertrauensperson. Ich melde mich gern wieder bei dir, wenn mir danach ist und wenn ich darf. Aber jetzt will ich allein sein.«

Korber konnte kein Hehl daraus machen, dass er noch gern bei Sophie geblieben wäre, schon deswegen, weil er im Augenblick selbst nicht allein sein wollte und auch gern mit ihr über seine momentanen Schwierigkeiten gesprochen hätte. »Es wäre schön, wenn dir schon bald wieder danach wäre, mich zu sehen«, versicherte er ihr.

Dabei neigte er den Kopf ein wenig zu dem ihren, in der Absicht, sie zu küssen. Ihre Lippen berührten sich kurz und flüchtig. Dann wandte sich Sophie von ihm ab und entfernte sich mit eiligen Schritten.

Der Mann, der in einiger Entfernung von ihnen stand, delektierte sich an der Szene.

KAPITEL 9

»THEODOR: Na ja, jetzt stehn die Dinge nun einmal so, wie sie stehn … und es handelt sich jetzt nicht darum, so großartig oder so tiefsinnig, sondern so vernünftig zu sein als möglich … darauf kommt es an … in solchen Fällen.« (Schnitzler: Liebelei)

Leopold ging im Geist die kleine Gesellschaft durch, die er in Kürze erwartete: Emmerich Holub und Sophie Kuril waren ihm ein Begriff, an Eugen Probst glaubte er sich auch zu erinnern, und die anderen – Heribert Garger und Adele Kraus – hatte er am Sonntag kurz gesehen und würde sie ebenfalls wiedererkennen. Da scharwenzelte auch schon Holub herein, viel früher als erwartet. »Schau, dass du da bist, wenn es kritisch wird«, trichterte er Leopold ein. »Sie haben es alle auf mich abgesehen, das spüre ich. Aber ganz auf den Kopf gefallen ist der Emmerich noch nicht. Pass auf und merke dir, wo sie sich widersprechen und sich selbst verdächtig machen.«

»Ab und zu muss ich halt auch die anderen Leute bedienen«, gab Leopold zu bedenken.

»Keine Sorge, mir ist da etwas eingefallen. Ich werd ständig eine Kleinigkeit bestellen, ein Achtel Wein oder einen Schnaps«, erklärte Holub. »Dann hab ich dich gleich wieder bei unserem Tisch.«

»Ui, das wird aber teuer und geht auf die Leber.«

»Ist schließlich meine Angelegenheit. Wann können wir ungestört darüber reden?«

»Na, bei der Tarockpartie übermorgen. Vergessen S' mir nur nicht drauf«, mahnte Leopold.

»Keine Sorge!« Emmerich Holub lockerte seine Krawatte, öffnete sein Kragenknöpferl und setzte sich mit einer Tageszeitung in die für das Treffen reservierte Ecke nach der Theke links an der Wand gegenüber den Fenstern. Dann bestellte er bei Leopold einen großen Braunen.

In der Zwischenzeit schleppte sich Herrn Hellers kleine, nunmehr weniger rundliche Gestalt zur Tür herein und ließ sich sofort auf die Bank beim Haustisch fallen. Er sah ein wenig abgekämpft und müde aus. Nach einem Routineblick in die Runde fragte er: »Na, wie schaut's aus?«

»Keine Sorge, Herr Chef, es läuft alles normal«, gab Leopold Auskunft.

»Was ist heutzutage schon normal«, brummte Herr Heller mehr zu sich selbst. »Gar nix, am allerwenigsten das Wetter und die Frauen. Aber der Gentleman genießt und schweigt. Deshalb debattiere ich jetzt gar nicht großartig mit Ihnen, Leopold, sondern begebe mich nach oben zur Ruhe.«

Leopold deutete in Emmerich Holubs Richtung: »Verzeihung, Herr Chef, aber wie Sie sehen, tut sich einiges, und da hinten kommt noch wer, da haben wir eine Reservierung.«

Herr Heller schaute ihn verständnislos an: »Das ist doch gut, oder?«

»Ich bin allein, Herr Chef«, wandte Leopold ein. »Die ganze Zeit schon. Die Getränke gehen ja, die schupfe ich mit links, aber wenn dann noch jemand etwas zu essen möchte … Ich kann derzeit ohnehin nur Kleinigkeiten anbieten …«

»Ist denn die Sidonie nicht da?«, dämmerte es Herrn Heller jetzt.

»Leider nicht, Herr Chef. Sie war durch Ihre Abwesenheit ein wenig demotiviert und ist, wenn Sie mir das zu sagen erlauben, auf Lepschi gegangen und noch nicht zurück. Schön langsam mache ich mir Sorgen.«

»Dazu besteht, glaube ich, kein Anlass«, winkte Herr Heller ab. »Das hat sie mir zwar schon lang nicht gemacht, aber es gibt auch keinen Grund, mich darüber außerordentlich zu ärgern. Ich geh jetzt. Sie schaffen das schon allein. Sie haben's ja immer noch geschafft.«

»Aber Herr Chef …«, flehte Leopold.

»Hat vielleicht der Herr Sedlacek g'sagt, dass er noch Schach spielen kommt?«, erkundigte sich Herr Heller.

»Nein, aber …«

»Dann sehe ich wirklich keinen Grund, noch länger hier zu bleiben. Ärgern Sie sich nicht, Leopold, nehmen Sie's locker. Das G'schäft g'hört ja ihr. Und ich hab heute Abend frei. Also gute Nacht!« Herr Heller erhob sich träge von seinem Platz. Dabei fiel ihm etwas ein: »Ach ja, eins noch – die Couch! Sollten ich oder meine Frau morgen Vormittag nicht da sein, übernehmen Sie das bitte.«

»Was für eine Couch?«, wunderte Leopold sich.

»Wir wollten doch schon länger eine für den Platz zwischen den Billardtischen und den Kartentischen haben. Jetzt kriegen wir sie, morgen wird sie geliefert. Eine schöne Ledercouch, die diese Lücke ideal ausfüllt. Sie wird ein Ort des Ruhens und Verweilens sein.«

Leopold konnte sich dunkel erinnern, einmal vage Details über eine solche Couch gehört zu haben. »Wenn uns die Leute nur nicht anfangen, drauf zu schlafen«, äußerte er seine Bedenken.

»Selbst das können unsere Gäste dann in aller Form tun, vorausgesetzt, sie ziehen sich vorher die Schuhe aus«, belehrte ihn Herr Heller. »Und das ist es, was ich jetzt endgültig auch zu tun gedenke. Noch einmal gute Nacht, lieber Leopold, und halten Sie die Ohren steif.«

Mit diesen Worten ließ Herr Heller seinen Oberkellner allein und ohne Hilfe zurück. Das geplante Unterfangen war somit noch viel schwieriger geworden. Wie sollte er eine Unterhaltung zwischen verdächtigen Personen belauschen, wenn er dazwischen nicht nur servieren, sondern vielleicht auch noch etwas kochen musste? Leopold nahm kurz entschlossen einen dicken Filzstift, schrieb damit ›Heute keine warme Küche mehr‹ auf einen Zettel und befestigte diesen an der Schnur, die am Eingang zur kleinen Küche angebracht war. Dann verhängte er mit dieser Schnur den Kücheneingang. Gerade noch rechtzeitig, denn schon trafen Emmerich Holubs Gefährten der Reihe nach ein: Eugen Probst, den Leopold rasch erkannte, ein zweiter Mann, der Heribert Garger sein musste, und die gemeinsam mit ihm kommende Adele Kraus. Sophie Kuril war nicht dabei. Schon bald begann eine intensive Unterhaltung, von der Leopold allerdings, wie befürchtet, weniger mitbekam, als ihm lieb war.

*

Von allem, was gesagt wurde, blieben nur die folgenden Szenen in Leopolds Gedächtnis hängen:

Szene 1

Leopold bringt ein Achtel Weißwein für Emmerich Holub.

EMMERICH *(nach einem Schluck):* Es kommt mir schon seltsam vor, dass Sophie nicht da ist.
ADELE: Sie hat mich angerufen. Sie muss heute Abend zu Hause bleiben, weil sie sonst Probleme mit ihrem Mann bekommt.
EMMERICH *(verständnislos):* Wir haben doch jetzt alle Schwierigkeiten, und ihr seid auch da.
EUGEN: Ja, aber bei ihr ist das etwas anderes. Oder kennst du Theo nicht? Außerdem muss sie nicht unbedingt dabei sein. Ich glaube nicht, dass sie etwas mit der Sache zu tun hat.
EMMERICH: Wer sagt dir das? Sie war unten im Aufenthaltsraum und ist dann nicht mehr zu mir ins Zimmer gekommen. Wo war sie? Wo hat sie denn übernachtet?
EUGEN: Ich weiß nicht, darum habe ich mich nicht gekümmert. Wir haben im Aufenthaltsraum ein wenig getrunken und geplaudert, dann sind wir alle drei – Sophie, Klara und ich – nach oben gegangen.
ADELE: Von da an war Eugen bei mir. Das kann ich bestätigen.
EMMERICH: Schön, aber euer Zimmer war ja gleich das erste, wenn man hinaufkommt. Was mit Sophie und Klara weiter war, kannst du deshalb gar nicht wissen, Eugen …

Szene 2

Leopold bringt wieder ein Achtel Wein für Emmerich Holub.

EUGEN *(heftig mit den Händen gestikulierend)*: Ausgeschlossen! Wer soll hier gewesen sein?
EMMERICH *(hastig trinkend):* Was weiß ich? Deine Frau vielleicht?
EUGEN: Das ist lächerlich!
EMMERICH: Oder Sophies Mann, der alte Oberst. Oder Klaras Mann.
EUGEN: Soviel ich mitbekommen habe, war Klara gar nicht verheiratet. Hast du das nicht gewusst? Mit der hast du uns sowieso was Schönes eingebrockt. Sie hat nicht zu uns gepasst. Sie war die Einzige, die nichts zu verlieren hatte.
EMMERICH *(verdutzt):* Ach so?
ADELE: Ich denke, darüber sollten wir nachher noch ausführlich reden. Aber bleiben wir zunächst bei dem, was du angeblich gehört hast, Emmerich. Mir ist nichts aufgefallen. Ich war die ganze Zeit oben am Zimmer. Ich war eben müde und geschlaucht. *(Leicht errötend und etwas leiser)* Es war schließlich ganz schön anstrengend, was wir da gemacht haben.
EUGEN *(grinsend):* Können wir festhalten, dass es sich bei diesen fremden Stimmen um Hirngespinste von Emmerich handelt?
EMMERICH *(protestierend):* Erlaube einmal! Warum sollte ich mir so etwas einbilden?
EUGEN: Willst du das wirklich wissen? Na gut, dann werde ich es dir sagen …

Szene 3

Eilig herbeigerufen bringt Leopold wieder ein Achtel Wein für Emmerich Holub.

HERIBERT *(kopfnickend):* Ich habe es auch gehört. Wir alle haben es gehört.
EMMERICH: Ihr lügt! Das ist nicht möglich!
EUGEN: Oh doch! Du hast etwas gebrüllt von einer Riesenschweinerei oder so ähnlich. Dann hast du dich wieder beruhigt. Ich habe aber noch gehört, wie du die Tür aufgemacht hast.
EMMERICH: Wenn es so gewesen wäre, müsste ich mich doch daran erinnern können.
HERIBERT: Nicht unbedingt.
EMMERICH *(etwas lauter, nervös und unkontrolliert):* Was soll das Ganze?
EUGEN: Ich werde versuchen, es dir zu erklären, auch wenn du es wahrscheinlich nicht wahrhaben willst. Wir alle haben an diesem Wochenende mit Sorge miterlebt, wie du dich mit Alkohol zugeschüttet hast. Klara hat dich offenbar noch zusätzlich animiert. Du hast dann stellenweise die Kontrolle über dich verloren. Kein Wunder, dass du Gedächtnislücken hast. In der Nacht auf Sonntag hast du Schnaps getrunken. Man hat es in der Früh noch deutlich gerochen.
EMMERICH: Was willst du damit behaupten?
HERIBERT: Weißt du wirklich, was du in dieser Nacht gemacht hast? …

Szene 4

Leopold bringt Getränkenachschub für alle.

ADELE *(zu Emmerich):* Du hast Probleme. Ordentliche Probleme, ohne dass ich jetzt allzu viel ausplaudern möchte.
HERIBERT: Wir haben deinen kleinen Anfall der Polizei gegenüber nicht erwähnt. Daran siehst du, dass wir dich nicht verraten wollen. Ich glaube aber, du bist uns eine Erklärung schuldig.
EMMERICH *(immer unkontrollierter trinkend):* Erklärung? Was für eine Erklärung? Ihr glaubt doch nicht, ich hätte Klara umgebracht. Was für ein Motiv sollte ich denn gehabt haben?
HERIBERT: Was für ein Motiv? Da fragst du noch?
EUGEN: Für mich ist die Sache klar. Klara wollte noch einmal zu dir. In deinem Zimmer ist es dann zu einem Streit gekommen, einer Meinungsverschiedenheit, was auch immer. Du warst jedenfalls wütend und hast herumgebrüllt. Klara hat das wahrscheinlich so aufgeregt, dass sie auf eine Zigarette hinuntergegangen ist. Du bist ihr nach, hast einen Stein genommen und sie damit erschlagen.
EMMERICH *(schreit so laut, dass sich die Mehrzahl der Kaffeehausgäste nach ihm umdreht):* Das ist nicht wahr!!! Das ist eine gemeine Lüge!!!
EUGEN: So reiß dich doch zusammen, Emmerich.
ADELE: Du bist ein Schwachkopf, Emmerich. Oh, wie ich dich hasse.
EMMERICH *(sich nur langsam beruhigend):* Ich ein Schwachkopf? Lächerlich! Eure Anschuldigungen sind

das Produkt von Schwachköpfen. Wenn ihr nichts Besseres zu bieten habt, tut ihr mir leid. Das sind doch alles haltlose Behauptungen. Im Gegensatz dazu kann ich mir bei einigen von euch ein sehr gutes Motiv vorstellen. Klara hat versucht, euch zu erpressen, stimmt's?
HERIBERT *(verdutzt):* Wie kommst du zu dieser Behauptung? Weshalb glaubst du, von so etwas zu wissen? Hast du etwa mit Klara zusammengearbeitet? ...

Szene 5

Leopold bringt noch ein Achtel für den bereits angeschlagenen Emmerich Holub.

ADELE: Diese gegenseitigen Anschuldigungen bringen nichts. Wir dürfen nicht in den Fehler verfallen, aufeinander loszugehen. Überlegen wir lieber, wie der Ablauf gewesen sein könnte, und was jeder von uns gemacht hat.
EMMERICH *(mit deutlichem Zungenschlag):* Ich habe euch bereits mehrmals gesagt, dass ich Stimmen gehört habe. Aber davon will ja keiner etwas wissen.
EUGEN: Gib Ruhe und lass uns nachdenken. Da fangen die Schwierigkeiten nämlich schon an. Du kannst dich an so gut wie nichts erinnern, und Sophie ist nicht da.
EMMERICH: Da haben wir's! Also ist Sophie die eigentlich Hauptverdächtige.
EUGEN: Weshalb denn? Sophie, Klara und ich sind ja

gemeinsam auf die Zimmer gegangen. Danach hat Klara eher noch einen Sprung bei dir vorbeigeschaut.
EMMERICH *(resignierend):* Ich kann machen, was ich will, alles wird immer irgendwie gegen mich verwendet.
ADELE: Wir sollten einander wirklich nicht beschuldigen. Die Unschuldsvermutung gilt für alle. Auch für Abwesende.
HERIBERT *(nachdenklich):* Wie auch immer, wir dürfen eins nicht außer Acht lassen, egal wie zivilisiert wir uns jetzt einander gegenüber verhalten: Der Mörder an Klara Gassner ist einer von uns – oder eine mit ihm verwandte Person. Auch wenn jemand Fremder in der Nacht von Samstag auf Sonntag in der Pension gewesen ist, sollten wir den großen Unbekannten aus unseren Überlegungen streichen.

*

Lang blieben sie nicht mehr, nachdem sie sich einiges an den Kopf geworfen und notdürftig ein paar der Umstände zu klären versucht hatten, die zu Klara Gassners Tod geführt haben mochten. Sie verloren noch das eine oder andere Wort darüber, welche Probleme sie im Augenblick zu Hause im trauten Heim hatten. Dann gingen sie zusammen, ohne dass man den Eindruck hatte, dass sie gemeinsam gehen wollten. Draußen würden sie wohl in alle Richtungen auseinanderstieben, sobald sich die Tür des Heller hinter ihnen geschlossen hatte. Emmerich Holub war aufgrund seiner fortgeschrittenen Alkoholisierung der Langsamste. »Ruf mir ein Taxi, Leopold«, bat er. »Und was das andere betrifft …«

»Da reden wir schon noch«, nickte Leopold. »Also nicht vergessen: übermorgen!«

»Was heißt übermorgen?«, kam es gequält aus Holubs Mund.

»Das Tarock! Ohne Tarock keine Informationen!«

»Tarock? Ach ja.« Holub klopfte sich mit der rechten Faust zweimal gegen die Stirn, um diese Verabredung damit quasi in sein Hirn zu hämmern. Dann ging auch er hinaus.

Gleich darauf läutete Leopolds Handy. »Hier Gerry Scheit«, meldete sich der Anrufer.

»Herr Scheit? Das trifft sich aber gut«, reagierte Leopold erfreut. »Was gibt es Neues?«

»Also das mit dem Mädchen um 16 Uhr hab ich nicht geschafft, das sag ich Ihnen gleich«, gestand Scheit.

»Wieso nicht? Das war doch abgesprochen.«

»Ich habe auch noch andere Auftraggeber, denen ich schon länger im Wort bin, und von denen ich bezahlt werde«, rechtfertigte Scheit sich.

»In gewissem Sinn werden Sie auch von mir bezahlt, nämlich im ideellen Sinn, indem Sie eine alte Schuld bei mir abarbeiten.«

»Um das Mädchen kümmere ich mich morgen. Dafür habe ich einiges über ihren Begleiter herausgefunden.«

»Dann will ich Ihnen noch einmal verzeihen. Erzählen Sie, aber bitte rasch. Ich habe alle Hände voll zu tun und bin im Moment ohne Unterstützung«, drängte Leopold.

»Er heißt Oliver Christ, ist 33 Jahre alt und Inhaber des Schuhgeschäftes Christ auf der Brünner Straße. Nachdem er diese Elisabeth zur Schule gebracht hat, ist er sofort wieder zurück ins Geschäft.«

Leopold kannte den alten Christ, aber nicht dessen Sohn, dem das Schuhgeschäft mittlerweile offenbar gehörte. »Verheiratet?«, wollte er wissen.

»Geschieden. Seit dem vorigen Herbst. Ein drei Jahre alter Sohn, der bei seiner Mutter lebt. So, das war's, kurz und präzise. Reicht doch fürs Erste, oder?«

Wenigstens einer, der die Konsequenzen für seine Pantscherln und schlampigen Verhältnisse hat ziehen müssen, dachte Leopold. Oder hatte sich Oliver Christ erst nach seiner Scheidung etwas mit jungen Mädchen angefangen? Egal. »Sie gehen morgen noch einmal zur Schule und schauen, ob Elisabeth wieder in Begleitung dieses Herrn Christ auftaucht«, trug Leopold Scheit auf. »Und wenn sie nachmittags aus der Schule kommt, folgen Sie ihr, aber diesmal wirklich, verstanden? Ein paar Fotos sollten Sie auch wieder machen. Dann erstatten Sie mir Bericht. Danach werden wir sehen, wie's weitergeht.«

»Sieht so aus, als würde ich nicht viel Schlaf bekommen«, seufzte Gerry Scheit.

»Ist schließlich Ihr Beruf«, entgegnete Leopold mitleidlos. Er musste diesen Mann auf Trab halten, um zu den erhofften Resultaten zu kommen. Je weniger Scheit zur Ruhe kam, desto effizienter arbeitete er.

»Und dein Beruf ist es, durstigen Menschen noch einen Schlaftrunk einzuschenken, bevor sie nach Hause gehen«, hörte Leopold da eine ihm nur allzu bekannte Stimme. Thomas Korber stand an der Theke, wartend, fordernd. Der kam ihm jetzt wie gerufen.

*

Die Lage im Café Heller war überschaubar geworden. Diejenigen, die den Tag hier ausklingen ließen, waren

Stammgäste, deren Wünsche bekannt und daher ohne großen Aufwand zu erfüllen waren. Leopold hatte den Abend auch ohne Unterstützung gut überstanden. Deshalb genehmigte er sich gemeinsam mit Korber ein Glas Bier, auf das dieser ihn eingeladen hatte.

»Ich weiß nicht, schon den ganzen Abend ziehe ich herum, habe ein paar Gläser getrunken und wäre am liebsten so benebelt, dass mir alles egal ist und ich nur mehr ins Bett falle und einschlafe. Aber irgendwie schaffe ich das heute nicht. Tausend Dinge spuken mir im Kopf herum, die ich einfach nicht los werde. Es ist richtig beängstigend«, schüttete Korber ihm sein Herz aus.

»Das ist der Fluch der bösen Tat«, meinte Leopold nur sarkastisch.

»Wiewohl es noch zu keiner bösen Tat gekommen ist«, sinnierte Korber weiter. »Wahrscheinlich ist es die Strafe dafür, dass ich ein zu freies Verhältnis wollte. Und jetzt habe ich Angst, dass Geli dasselbe im Sinn hat und sich zwischenzeitlich mit einem anderen Mann vergnügt. Ist das nicht verrückt?«

»Erkenntnis ist der erste Weg zur Besserung«, legte Leopold ein Schäuferl nach. Das Bier schmeckte ihm.

»Wie du meinst. Jedenfalls weiß ich wirklich nicht, was ich tun soll. Es zieht mich hierhin und dahin. Um die Wahrheit zu sagen, es läuft nicht mehr so in unserer Beziehung. Im Bett ist alles mehr oder minder zur Routine geworden. Zu Arbeit, verstehst du? Du darfst Geli aber nichts darüber sagen.«

»Das brauche ich nicht, das merkt sie ohnedies selber«, kam es schelmisch von Leopold.

»Genau.« Im selben Augenblick, in dem er das sagte, wurde Korber puterrot im Gesicht. Jetzt war es heraußen.

»Es läuft eben nicht mehr so richtig ... bei mir«, stotterte er. »Geht es dir nicht manchmal auch so?«

»Ich fühle keinerlei Beschwerden irgendeiner Art«, erklärte Leopold fröhlich. »Erika und ich haben viel Spaß und Abwechslung in unseren intimen Stunden.«

»Habt ihr das?« Korber klang bedrückt und skeptisch. »Na ja, jedenfalls bin ich, scheint's, nicht der Einzige mit diesem Problem. Die Leute, die sich in der Pension Vogelsang getroffen haben, waren im Grunde ja auch deswegen dort ... Sophie Kuril zum Beispiel. Sie wollte nur ein wenig raus aus der Eintönigkeit ihrer Beziehung mit dem alten Oberst. Der hat sie auch wahrlich nicht verdient!«

»Heißt das etwa, du hast sie schon wieder getroffen?«

»Ja, heute Nachmittag.« Korber sagte es so belanglos wie möglich.

»Du bist also doch nicht bereit, in dich zu gehen«, tadelte Leopold, wirkte dabei aber immer noch amüsiert.

»Einen Menschen zu treffen, bedeutet zunächst einmal überhaupt nichts«, rechtfertigte sich Korber. »Ich möchte zwar nicht leugnen, dass sie mir sympathisch ist. Aber ich glaube vor allem, dass sie in ihrer Situation jemanden braucht, bei dem sie sich ein wenig ausweinen kann.«

»Die übliche Masche also«, bemerkte Leopold knapp. »Eine Frau tut so lange auf hilflos, bis du dich als großer Held fühlen darfst, der sie aus dem Elend befreit, in das sie schuldlos geraten ist. Was gefällt dir eigentlich an dieser Sophie Kuril?«

»Vielleicht ist sie nur jemand, der mir in meiner momentanen Krise über den Weg gelaufen ist, und so wie ich in einer Krise steckt. Ich habe allerdings schon damals bei dem Englischseminar ein Auge auf sie geworfen. Sie hat eine gute, sportliche Figur und besitzt immer noch eine natürliche Schönheit, ohne sich allzu sehr herrichten zu müssen. Sie ist auch für viele Dinge offen, denke ich, und kann sehr herzlich sein.«

»Und unnahbar«, ergänzte Leopold.

»Vielleicht ... auf gewisse Weise ...« Korber wurde wieder unsicher. »Schließlich ist sie verheiratet.«

»Richtig«, stimmte Leopold zu. »Ein Faktum, das du bei gewissen Frauen konsequent zu übersehen scheinst. Was hat sie dir eigentlich über ihren Mann erzählt?«

»Diese Ehe dürfte eine ziemlich triste Angelegenheit sein«, seufzte Korber. »Ihr Mann ist pensionierter Oberst des österreichischen Bundesheeres. Er geht auf die 70 zu, ist über 20 Jahre älter als Sophie. Da spielt sich wahrscheinlich nicht mehr viel ab. Dafür ist er launisch und in hohem Maße eifersüchtig. Wenn man das Ganze noch mit einem Hang zu militärischer Disziplin verfeinert, kommt man in etwa hin, denke ich.«

»Ein potenzieller Täter also«, nickte Leopold zufrieden.

Korber schreckte von seinem Glas hoch. »Glaubst du, er hat gewusst, was seine Frau treibt?«

»Soldaten sind meistens gut organisiert, also traue ich ihm das ohne Weiteres zu. Er kommt des Nachts nachschauen, parkt seinen Wagen ein wenig entfernt, geht zur Pension Vogelsang. Dort sieht er in der Dunkelheit eine Frau stehen, die Sophies Nachthemd anhat. Für ihn ist das der Beweis ihrer Verruchtheit. Die Wut überkommt ihn, er nimmt einen von den größeren Steinen, die im oberen Garten herumliegen, und schlägt zu. Dann schleift er die Leiche die paar Schritte hinter das Haus zum Kirschbaum. Ist es wirklich so einfach?«

Korber dachte nach. Jetzt sah man, dass er doch nicht mehr ganz auf der Höhe war. »Klingt reichlich hypothetisch«, brummte er.

»Weißt du, wie Klara zu Sophies Nachthemd gekommen ist?«, ließ sich Leopold nicht beirren.

»Nein! Sophie denkt, dass es eher zufällig geschehen ist. Sie werden wohl am zweiten Tag schon alle ziemlich nackt durch die Gegend gelaufen sein. Es gab ja keinen Grund mehr, etwas zu bedecken. Das Wetter war auch schön, also wird die Bekleidung keine besondere Rolle mehr gespielt haben, und einzelne Stücke sind dann eben irgendwo herumgelegen. Trotzdem frage ich mich, ob man eine Person wegen eines Nachthemds mit einer anderen verwechseln kann.«

»Ich möchte diese Möglichkeit jedenfalls nicht ausschließen«, befand Leopold. »Aber sag, wie steht's denn eigentlich um deine Schülerin Elisabeth Dorfer?«

»Schlecht«, teilte ihm Korber mit, ohne von seinem Bierglas aufzublicken. »Sie hat schon wieder einen unanständigen Brief bekommen.«

»Was? Und was sagt dein Busenfreund Bollek dazu?«

»Ich habe ihm den Brief vorhin vorbeigebracht. Aber er hat derzeit viel zu tun. Außerdem dürfte es Probleme mit Nora geben.«

»Du hast meine Frage nicht beantwortet«, drängte Leopold.

»Die Sache ist nicht so einfach, wie du denkst. Um wirklich etwas zu erreichen, müsste man polizeiliche Befragungen in der Schule machen, aber das würde einiges Aufsehen erregen, und das will klarerweise keiner. Oder man müsste Elisabeth beschatten, aber dazu ist die Suppe noch sehr dünn – zu dünn.«

Leopold grinste über das ganze Gesicht: »Totgelaufen hat er sich, dein Inspektor.«

»Du bist unfair«, protestierte Korber.

»Komm, lass den Brief einmal sehen. Du hast sicher noch eine Kopie.«

Korber nahm ein zusammengefaltetes Stück Papier aus seiner Brusttasche und reichte es Leopold hinüber. Der las sich alles aufmerksam durch. »Da steht nicht viel Neues drin«, führte er aus. »Dieselben perversen Gelüste, derselbe unappetitliche Stil. Das Ganze zeugt nur von einer gewissen Beharrlichkeit.«

»Und Gefahr für Elisabeth«, fügte Korber hinzu.

»Deshalb müssen wir uns der Sache ein wenig annehmen, wenn dein Bollek so zurückhaltend agiert.«

»Aber was können wir tun?«

»Du wirst dich in deiner Klasse und ihrem Umfeld ein wenig umhören«, schlug Leopold vor.

»Meinst du nicht, dass das auch ein wenig auffällig ist?«, beanstandete Korber.

»Überhaupt nicht! Du musst es natürlich diskret anstellen.«

»Bitte versuch nicht schon wieder, mich da in irgendwas hineinzuziehen. Ich möchte es nicht zu weit treiben.«

»Sollst du auch nicht! Du erkundigst dich bloß nach einem gewissen Oliver Christ, und ob zwischen ihm und Elisabeth Dorfer was läuft«, erläuterte Leopold.

»Doch nicht der Christ vom Schuhgeschäft Christ?« Korber schaute wieder von seinem Bier auf.

»Genau der. Hast du noch nie beobachtet, wie er sie zur Schule bringt? Das wäre es wert, einmal vor Unterrichtsbeginn noch an die frische Luft zu gehen! Das kann

Elisabeths Klassenkameraden und auch manchen deiner Kollegen nicht verborgen geblieben sein.«

»Du hast dich ja schon ausführlich mit dem Thema befasst«, meinte Korber anerkennend.

»Was dein Inspektor Bollek kann, kann ich schon lang«, verkündete Leopold stolz. »Du brauchst nur einen kleinen Verweis auf ein sich da eventuell anbahnendes Verhältnis zu machen, dann wirst du bestimmt etwas zu hören bekommen, das uns weiterhilft.«

»Glaubst du vielleicht, die Briefe sind von ihm?«

»Ich glaube einstweilen gar nichts. Aber es ist zumindest einmal eine heiße Spur. Im Mordfall Klara Gassner sieht es nicht so rosig aus.« Leopold leerte sein Glas, dann sah er Korber bedeutungsvoll ins Gesicht und bat ihn: »Ich sage es nur ungern, aber in dieser Situation wäre es günstig, wenn du an Sophie Kuril dranbleiben würdest.«

*

Herr Heller stand plötzlich wieder hinter der Theke. Dabei machte er einen ebenso unordentlichen Eindruck wie seine Frau am Nachmittag. Sein normalerweise mit viel Gel glatt zurückgekämmtes Haar stand ihm zu Berge, und über seinen Pyjama hatte er nur notdürftig einen Morgenmantel angelegt. Die Füße steckten in alten ausrangierten Schlapfen. Er wirkte wie jemand, der eine Werbepause im Fernsehen überbrücken und nachschauen möchte, ob noch irgendwo Knabbereien aufzutreiben sind.

»Sie kommt heute nicht mehr«, sagte er nur gleichgültig vor sich her.

»Wer?«, fragte Leopold mit gespieltem Erstaunen.

»Meine Frau, die Sidonie, die Chefin. Sie wird bei

einer Freundin übernachten, hat sie g'sagt. Dabei sind ihre Sachen und ihr Zahnbürstl allesamt oben in der Wohnung. Mir ist das Ganze schleierhaft. So etwas hat sie mir noch nie g'macht. Aber was soll's, ich werd's überleben.«

»Und wenn sie morgen auch nicht kommt?« In Leopolds Kopf bröckelte die langjährige vorbildliche Ehe zwischen Herrn und Frau Heller bereits Stück für Stück auseinander.

»Das wird uns zwar ein paar Probleme bereiten, aber ich werd mir schon zu helfen wissen«, gab sich Herr Heller kämpferisch.

»Wie soll denn das weitergehen? Wer macht morgen den Mittagsteller?« Langsam dämmerten Leopold sämtliche Probleme, die durch Frau Hellers Abwesenheit auf das Kaffeehaus zukommen würden.

»Keine Sorge! Daran hab ich schon gedacht«, beteuerte Herr Heller mit erhobenem Zeigefinger. »Lassen Sie nur alles meine Sorge sein, Leopold. Meine einzige Bitte: Ich bin morgen Vormittag kurz weg. Da müssen Sie sich darum kümmern, wenn die Couch kommt. Ansonsten schaun S', dass Sie die Gäste heute pünktlich aus dem Lokal hinausexpedieren. Ich komm dann zum Zusperren noch einmal herunter.«

Herr Heller griff noch kurz in die Vitrine, nahm ein Packerl Schnitten heraus, öffnete es und warf sich drei Stück auf einmal in den Mund. Stumm, weil er mit vollem Mund nicht mehr reden konnte, ging er seines Weges. Zurück blieben ein paar Brösel auf dem Boden der kleinen Küche. Leopold konnte sich nur mehr wundern. Er tat dies mit einiger Sorge.

*

»Hallo?«

»Was willst du von mir?«

»Sophie? Schön, dass du dich noch bei mir meldest. Du hast meine SMS also erhalten?«

»Ja!«

»Ich wollte nicht anrufen, weil ich ja nicht wusste …«

»Er ist noch einmal kurz weg, aber er kommt gleich wieder. Also was willst du?«

»Wir hatten gerade unser Treffen im Café Heller. Es wäre besser für dich gewesen, wenn du auch dabei gewesen wärst.« Eugen Probst sprach mit einer gewissen Genugtuung.

»Hör zu, das wäre heute unter gar keinen Umständen gegangen. Das kannst du dir doch vorstellen, oder?«

»Du willst eine Ehe retten, die nicht mehr zu retten ist. So befreie dich doch endlich!«

»Misch dich nicht in meine Angelegenheiten, Eugen. Ich habe nicht viel Zeit. Sag endlich, was du willst.« Sophie Kuril wurde ungeduldig.

»Das müsstest du eigentlich wissen, liebe Sophie. Zur Gedächtnisauffrischung: Wir haben gestern bei der Befragung durch die Polizei beide ausgesagt, dass wir gegen zwei Uhr gemeinsam mit Klara hinauf zu den Zimmern gegangen sind. Weil wir gescheit sind. Es war wie eine Eingebung. In Sekundenbruchteilen ist uns das eingefallen. Ich habe es heute natürlich den anderen gegenüber bestätigt.«

»Ja und?«

»Morgen habe ich wieder einen Termin mit dem Oberinspektor. Was ist, wenn ich meine Meinung ändere und aussage, dass ich allein hinaufgegangen bin? Dass du mit Klara unten im Aufenthaltsraum geblieben bist?«

»Dann hast du ebenso wenig Deckung wie ich.«

»Das stimmt nicht. Ich habe immer noch Adele. Die kann bestätigen, dass ich den Rest der Nacht bei ihr gewesen bin.«

Erstmals war in Sophies Stimme eine leise Unsicherheit zu hören. »Warum solltest du deine Aussage ändern?«, forschte sie.

»Vielleicht, weil es die Wahrheit ist.« Als Sophie nicht gleich darauf reagierte, fuhr Eugen fort: »Eigentlich hast du dich mir gegenüber an diesem Wochenende sehr schlecht benommen. Du hast mir nicht die richtige Wertschätzung zukommen lassen. Das könnte sich rächen.«

»Sag, möchtest du mich jetzt erpressen oder was?«

»Nein, natürlich nicht!« Sofort war bei Probst die Selbstsicherheit gewichen, und er wirkte wieder wie ein nervöser Bittsteller: »Warum heftest du dich so an deinen Mann? Er hat dich ganz verdorben. Schau einmal, was er aus dir gemacht hat. Ich würde immer noch alles aufgeben für dich. Meine Frau will sich ohnehin von mir scheiden lassen. Dann wäre ich frei, und wir könnten gemeinsam neu anfangen.«

Wieder entstand eine kleine Pause. »Selbst wenn ich dich mehr mögen würde, als ich es derzeit tue, würde ich Theo nicht so mir nichts, dir nichts verlassen«, teilte ihm Sophie dann mit. »Es gehört sich einfach nicht, schon gar nicht, wenn er mir verzeihen sollte. Und schließlich haben wir auch noch einen Sohn.«

»Oh, der kleine Willi, Mamis Liebling! Entschuldige, er ist ja schon erwachsen. Wie ich höre, ist er wieder in den Schoß seiner Familie zurückgekehrt. Da verstehe ich, dass du die Verhältnisse intakt halten willst. Aber alles hat seinen Preis. Und es wäre nicht sehr vorteilhaft für dich, wenn ich der Polizei die Wahrheit erzählen würde. Ganz abgesehen davon, welche Einzelheiten ich noch für deinen Mann und deinen Sohn auf Lager habe …«

»Also doch Erpressung«, schnaubte Sophie.

»Wenn du nur ein klein wenig nett zu mir sein könntest!« Eugen klang beinahe flehend. »Habe ich mir deine Gefühlskälte wirklich verdient?«

»Lass mich bitte in Ruhe«, sagte Sophie tonlos. »Du widerst mich an.«

KAPITEL 10

»Er (= Freud) behandelt gegenwärtig seine Kranken, indem er sie ohne andersartige Beeinflussung eine bequeme Rückenlage auf einem Ruhebette einnehmen lässt, während er selbst, ihrem Anblick entzogen, auf einem Stuhle hinter ihnen sitzt.« (Siegmund Freud: Die Freudsche psychoanalytische Methode)

Die Welt dreht sich. Von heute auf morgen kann alles anders sein. Die großen Linien des Schicksals lassen sich oft nicht deutlich genug erkennen. Solche Gedanken kreisten Leopold im Kopf herum, als er am nächsten Morgen sah, dass Frau Heller noch immer abgängig war. Herr Heller setzte wortkarg einen Fuß vor den anderen und blickte dabei immer wieder auf die Kaffeehausuhr, die wie gewohnt der Zeit um ein paar Minuten hinterherlief. Schließlich fasste er sich ein Herz. »Ich muss jetzt weg, Leopold«, kündigte er an. »Schließlich wollen wir unseren Gästen ja wie gewohnt ein gutes Mittagessen servieren. Wenn wir da nur mit unserem alten Gulasch aufwarten können, ist das schlecht fürs Renommee.«

Leopold nahm es mit einer leichten Verbeugung zur Kenntnis. Dass Herr Heller nicht viel vom Kochen verstand, war allgemein bekannt. Was er nun zur Rettung der Situation zu unternehmen gedachte, darauf konnte man nur gespannt sein.

Nicht lange, nachdem sich Herr Heller mit äußerlich zur Schau gestellter Gleichgültigkeit in die Schlacht um den Mittagsteller geworfen hatte, kam ein untersetzter, breitschultriger Mann in einem Arbeitsoverall durch die Kaffeehaustür auf Leopold zu. Die Schweißperlen rannen ihm von der Stirn. »Eine kleine Erfrischung gefällig, der Herr?«, säuselte Leopold. »Vielleicht ein Bier zur Stärkung?«

»Ich bin Arbeiter und nix Alkoholiker«, entgegnete der Mann unbeeindruckt. »Ist hier Lokal, was benetigt eine Couchmebel?«

Ach ja, die Couch, das Möbel zum Füllen der Lücke, der ideale Platz zum Ruhen und Verweilen. Fast hätte Leopold darauf vergessen. »Kommen Sie nur weiter, meine Herren«, instruierte er die Arbeiter. »Da hinten g'hört sie hin, links hinter die Billardtische.«

Die Ledercouch, die jetzt hereingeschafft wurde, passte farblich in ihrem dezenten Hellbraun überraschend gut zum Fußboden und der übrigen Einrichtung. Natürlich wirkte sie im ersten Augenblick auf Leopold wie ein Fremdkörper. Zugegeben, die Lücke war eine Lücke gewesen, eine recht unwirtschaftliche Lücke noch dazu, aber andererseits auch eine gewohnte Lücke. Leopold erkannte sofort, dass die Couch jetzt teilweise die Sicht auf zwei der Kartentische verstellte, und dass man noch weniger sehen würde, wenn jemand auf ihr saß. Das würde es schwierig machen, gleich zu erkennen, ob jemand von den Kartenspielern einen Wunsch hatte.

War so ein Ruhemöbel wirklich notwendig? Bequem sah es schon aus, sehr bequem sogar. Gerade das konnte sich jedoch als furchtbarer Nachteil erweisen. Zu viel Bequemlichkeit konnte einen Wohlfühleffekt mit sich bringen, der die Gäste ganz und gar auf ihre leiblichen Bedürfnisse vergessen ließ. Und wenn sie wirklich, einer nach dem andern, die Couch als Schlafplatz benutzten?

Wenn man zur Sperrstunde ein ausgeklügeltes, nicht zu grobes Aufweckritual anwenden musste, um den Gast nicht zu verärgern, aber doch beizeiten aus dem Haus zu befördern? Leopold wagte an solche Folgen der mobiliaren Veränderung gar nicht zu denken.

Gedankenverloren unterschrieb er den Lieferschein. »Ja, ist denn das die Möglichkeit«, hörte er da eine begeisterte Frauenstimme hinter sich. »Eine Couch! Eine Couch im Café Heller! Die muss ich doch glatt einmal ausprobieren.« Trixi Stoisits eilte, an ihm vorüber, zielstrebig auf das lederne Möbelstück zu. Es stand ja auch wirklich einladend da, den Reiz des Neuen ausstrahlend, und weit und breit war kein Billard- oder Kartenspieler, der störte.

Leopold sah sich sofort in seinen allgemeinen Befürchtungen bestätigt. Forsch schritt er hinterher. »Entschuldigen Sie, die Dame, aber die Couch ist noch nicht betriebsbereit«, ersuchte er. »Sie muss erst abgewischt werden.«

»Abgewischt? Lächerlich!« Trixi hielt ihm ein Taschentuch entgegen, mit dem sie über die Rückenlehne gefahren war. »Die ist sauberer als so mancher Sessel hier im Umkreis. Und wie gut sie sich schon mit der Hand anfühlt! Ich setz mich da jetzt einfach drauf. Wissen Sie was? Zur feierlichen Einweihung dieser neuen Ruheoase bringen Sie uns beiden ein Glas Sekt. Sie stoßen doch mit mir an, oder?«

Leopold befand sich in der größten Verlegenheit. Da war ein Gast, der sich über seine Anordnungen hinwegsetzte, der ihn noch dazu beinahe nötigte, im Dienst und schon am Vormittag Alkohol zu trinken. Er schaute nach vor in Richtung Theke. Dort tauchte gerade wieder Herr Heller auf, in seinem Schlepptau Karoline Kühn. Beide diskutierten heftig miteinander. Es ging wohl um das Mittagessen. Es hörte sich hektisch an.

»Sehr wohl, Gnädigste! Zwei Gläser Sekt pur, mit Verlaub«, nahm er deshalb nach kurzem Überlegen die Bestellung entgegen. Er hatte plötzlich auch Sehnsucht nach Ruhe, wollte nicht unbedingt gleich Teil jenes Chaos werden, das sich da vorne anbahnte. Außerdem hatte sich die Couch in diesem Fall nicht als Bestellbremse erwiesen, sondern im Gegenteil zur Konsumation animiert. Das war doch nicht schlecht. Entschlossen trat er vor Herrn Heller hin. »Herr Chef, wie Sie wissen, mache ich seit gestern Nachmittag hier praktisch alles allein«, erklärte er. »Das hält auf die Dauer auch der Härteste nicht ohne Pause aus. Ich bitte Sie deshalb, in den nächsten Minuten selbst ein wenig auf unsere Gäste zu schauen. Ich werde nämlich zusammen mit der Dame, die soeben gekommen ist, die Couch evaluieren.«

»Evalu… was?« Herr Heller schreckte aus seinen Gedanken auf.

»E-va-lu-ie-ren«, buchstabierte Karoline Kühn, die sich gerade daranmachte, ein größeres Stück Fleisch in schnitzelähnliche Teile zu zerlegen, aus der kleinen Küche. »Eine in unserer Branche durchaus geeignete Methode zur Bewertung gewisser Maßnahmen. Allerdings bezweifle ich stark, dass dein Oberkellner etwas über die Voraussetzungen einer zielführenden Evaluierung weiß. Lass ihm bitte trotzdem seine Freude, damit wir hier nicht beim Kochen gestört werden. Und ich möchte kein schlechtes Wort über die Couch hören, schließlich stammt sie noch aus der Einrichtung des Kaffeehauses meines seligen Onkels in Puchberg am Schneeberg.«

Leopold war's recht. Er nahm die zwei großzügig eingeschenkten Gläser und begab sich wieder zu Trixi Stoisits. Die hatte es sich bereits auf der Couch bequem gemacht. »So, jetzt trinken wir einmal gemeinsam«, schlug sie vor. »Dann erzählen Sie mir, was sich gestern Abend hier getan hat.«

»Ich hoffe, Sie sind nicht zu enttäuscht, denn allzu viel Brauchbares konnte man meiner Meinung nach nicht heraushören«, eröffnete ihr Leopold, nachdem sie sich zugeprostet hatten. »Wie zu erwarten war, ist niemand überführt worden und niemand hat ein Geständnis abgelegt. Es hat sich nur gezeigt, dass sie sich gegenseitig nicht über den Weg trauen und jeder am liebsten alles auf die anderen abschiebt.«

»Wie große Kinder, natürlich! Ach, ich finde das herrlich!« Trixi war offensichtlich bester Laune. »Was war mit Eugen?«

»Er behauptet, in der fraglichen Nacht zuerst noch mit Sophie und Klara im Aufenthaltsraum gewesen zu sein. Dann ist er angeblich mit den beiden Damen hinauf zu den Schlafräumen gegangen und hat den Rest der Nacht in einem Zimmer mit Adele Kraus verbracht«, gab Leopold Auskunft. »Wohin die beiden Damen verschwunden sein könnten, ist nicht so klar herausgekommen.«

Trixi Stoisits schüttelte den Kopf, wie um zu bestätigen, was sie sich schon lange gedacht hatte. »Dann ist es offensichtlich«, stellte sie fest. »Adele deckt Eugen. Eine sonnenklare Angelegenheit. Eugen muss Sophie nachgestellt haben, alles andere wäre unlogisch.«

»Was macht Sie da so sicher?«

»Entschuldigen Sie, das können Sie ja nicht wissen. Sophie war schon immer Eugens große Liebe, bloß dass sie sich nicht für ihn entschieden hat, sondern für einen weitaus älteren Bundesheeroffizier. Sophie hat ihm während des Wochenendes vielleicht seine sexuellen Wünsche erfüllt, aber gefühlsmäßig die kalte Schulter gezeigt. Eugen hat diese Nacht dann als letzte Chance gesehen, das Blatt zu seinen Gunsten zu wenden. So stelle ich es mir jedenfalls vor.«

»Das sind ja ziemlich genaue Vorstellungen«, befand Leopold. »Sie war übrigens gestern nicht da, die Sophie.«

»Auch typisch! Wahrscheinlich hat sie Probleme mit Theo vorgeschützt. Oder mit Willi, ihrem Sohn. Der ist ja seit Neuestem wieder zu Hause.«

»Sie hat einen Sohn?«, fragte Leopold erstaunt.

Trixi Stoisits sah ihn schalkhaft an. »Die meisten von uns haben Kinder: ich, Sophie, Eugen, Emmerich, Heribert … nur Adele nicht, nein, Adele kann keine Kinder bekommen. Es ist doch nicht abwegig, dass wir für unsere Fortpflanzung gesorgt haben. Natürlich ist unser Nachwuchs schon im entsprechenden Alter: Meine Silvia ist 17, Emmerichs Ursula ebenfalls, Willi wird 20 … Nur Heriberts Kinder sind erst 12 und 15 …« Sie fuhr sich mit der Hand durchs Haar, trank aus und bat Leopold: »Ich hätte gern noch ein Glas.«

Leopold beeilte sich, nachzuschenken. In der kleinen Küche ging es immer noch um die Zubereitung der Schnitzel, ›natur‹, wie er zu hören glaubte. Schnell begab er sich wieder zu Trixi. Die war gerade dabei, ihre Schuhe abzustreifen. »Es stört Sie doch nicht, wenn ich mich hier ein wenig ausstrecke?«, erkundigte sie sich. »Das Ding hier fühlt sich verdammt gut an, geradezu genial.«

»Tun Sie nur, wie Ihnen beliebt«, ließ Leopold sie, nach außen hin ruhig, gewähren. Natürlich hatte er alles kommen sehen. Da stand sie jetzt, die Couch, diese Versuchung zum Liegen, sich Rekeln und Wegdösen. Kein Wunder, dass schon die erste Testperson diese Möglichkeiten nutzen wollte.

»Hätten Sie eigentlich auch gern bei einem solchen Wochenende mitgemacht?«, rutschte es Leopold plötzlich heraus.

»Ich hätte auf jeden Fall gern gewusst, wie so etwas ist«, antwortete Trixi. »Das ist der Vorteil meiner früheren Klassenkameraden, auch wenn sie jetzt bis zum Hals im Dreck stecken: Sie wissen Bescheid. Sie haben Erfahrungswerte und eine Vorstellung davon, ob sie es noch einmal machen würden. Ich habe nichts von alledem, nur manchmal ein gefährliches Kribbeln, das mich unruhig macht.«

Oh Gott, nur nicht hinsehen, das tut ein grundanständiger Oberkellner nicht! Trixi Stoisits lag da, die Augen halb geschlossen, die Beine leicht angewinkelt. Der Rock war ihr übers Knie gerutscht und gab Einsichten frei, die auch bei Leopold ein Kribbeln auslösten, doch es schien sie nicht zu kümmern. »Ich bin ja selbst schuld«, fuhr sie fort. »Ich habe mich dazu entschlossen, dem langweiligsten Mann, den ich kenne, treu zu bleiben. Das hat einige Vorteile. Aber es kribbelt eben nur, wenn sich meine Fantasie von ihm wegbewegt, hin zu anderen Dingen.«

»Die Sie gern näher kennenlernen würden.«

»Es wäre eine nette Gelegenheit gewesen, ich geb's ja zu. Aber es hat eben nicht sollen sein.«

»Und warum nicht? Warum nahm man Klara und nicht Sie?«

»Ach du meine Güte! Ich glaube, solche Dinge kann

man gar nicht richtig begründen. Es ist einfach so«, sagte Trixi beiläufig vor sich hin. »Da findet sich eine Gruppe und heckt gemeinsam etwas aus. Von da an wird der Zusammenhalt innerhalb dieser Gruppe stärker. Andere gehören ab einem gewissen Zeitpunkt nicht mehr dazu, so wie ich. Als sie dann draufgekommen sind, dass eine gerade Teilnehmerzahl besser für ihre Spielchen passen würde, kam Emmerich mit Klara daher. Sie war genau der ordinäre Typ Weib, der ihn anturnt.«

»Und was könnte Ihrer Meinung nach der Grund für ihren Tod gewesen sein?«, stellte Leopold die wichtigste Frage.

»Klara war meiner Einschätzung zufolge jemand, der aus jeder Situation einen Nutzen für sich schlagen wollte. Was können wir daraus folgern?«

»Dass sie jemanden erpresst hat?«

»Das liegt zumindest nahe. Ich kann mir jedenfalls so alles am besten erklären. Aber ich möchte jetzt nicht mehr über den Mord sprechen. Was ich über Eugen wissen wollte, habe ich ja von Ihnen erfahren. Er lügt wieder einmal wie gedruckt. Und natürlich verschafft er sich für die Mordzeit ein Alibi. Höchstwahrscheinlich allerdings ein falsches Alibi.«

Trixi Stoisits machte einen sehr entspannten Eindruck. Fast schien es, als würde sie jeden Augenblick einschlafen. Jene Stelle, die Leopold irritierte, blieb nach wie vor eine nur mehr in letzter Instanz verhüllte Versuchung. Er erinnerte sich daran, wie er als pubertierender Schüler jede Gelegenheit genutzt hatte, seinen Mitschülerinnen und Lehrerinnen unter den Rock zu schauen. Dann waren bei den Damen die Hosen in Mode gekommen und hatten solchen Einblicken leider ein Ende bereitet. »Es ist schon witzig«, hörte er Trixi mit halblauter Stimme sprechen. »Wissen Sie, woran ich gerade denke? Warum ich ausgerechnet meinen Mann Robert geheiratet habe. Was habe ich bloß an ihm gefunden?«

»Und? Sind Sie schon draufgekommen?«, konnte Leopold seine Neugier nicht verbergen.

»Ich denke, es liegt irgendwie in meiner Kindheit begründet«, erklärte Trixi. »Ich war verliebt in meinen Vater. Mein Vater war ein sehr ruhiger, unauffälliger Mann, aber eine starke Persönlichkeit. Ich habe mich zu ihm hingezogen gefühlt. Er war jemand, der mir Geborgenheit gab. Natürlich waren meine Gefühle ganz harmlos, und doch war ich irgendwie verliebt in ihn ... Ich habe mich später immer gefragt, was gewesen wäre, wenn etwas gewesen wäre. Ob es mich aus der Bahn geworfen hätte. Ich war ja noch sehr jung damals, mein Gott war ich jung ... Ob er es wohl gemerkt hat? Wir haben nie, auch später nicht, darüber gesprochen ... Robert war jedenfalls ein ganz ähnlicher Typ, und es hat sofort bei mir gefunkt. Nur empfinde ich die Ruhe, die ich an meinem Vater mochte, bei ihm mittlerweile als langweilig.«

Das ist mir auch noch selten passiert, dass jemand, den ich kaum kenne, solche intimen Details aus seinem Leben und seiner Kindheit vor mir ausbreitet, überlegte Leopold. Woran es wohl liegen mochte? Trixi Stoisits sah immer noch beinahe so aus, als wolle sie sich mit ihrer Geschichte in den Schlaf wiegen. Doch da schlug sie plötzlich ihre Augen wieder vollständig auf. »Glauben Sie, dass es anderen auch so geht? Dass ihre frühere Beziehung zu ihrem Vater oder ihrer Mutter ein entscheidender Faktor für ihre Partnerwahl ist?«, wollte sie wissen.

»Da g'hört jetzt ein G'scheiterer her«, antwortete Leopold ausweichend. »Lebt Ihr Vater noch?«

»Ja«, nickte sie. »Er ist gesund und munter. Und immer noch um einiges faszinierender für mich als Robert.«

»Waren Sie dort?«, fragte Leopold plötzlich messerscharf.

»Wo?«

»Bei der Pension Vogelsang.«

»Denken Sie darüber nach«, zwinkerte Trixi ihm zu und erhob sich von der Couch. »Sie sind immer noch derselbe neugierige Kerl wie früher, also finden Sie's heraus. Wenn Sie allerdings mitgedacht haben, werden Sie draufkommen, dass einige Leute, was den Mord betrifft, weitaus mehr Probleme haben als ich. Ich möchte jetzt keine Namen nennen. Vielen Dank jedenfalls für die Auskunft, leider muss ich Sie wieder verlassen. Aber ich komme sicher bald wieder. Diese Couch war eine gute Investition, sie ist wirklich bequem.«

Während Trixi Stoisits bezahlte und sich zum Gehen wandte, wurde es bei der Theke sehr laut. Leopold meinte, dabei auch die Stimme seiner Chefin zu hören. Als er dic Glastür, die den Raucherbereich vom Nichtraucherbereich trennte, öffnete, konnte er die Unterhaltung besser verstehen.

»Jetzt kocht sie auch schon. Offenbar ist es nur mehr eine Frage der Zeit, bis sie das Kaffeehaus endgültig an sich reißen wird«, regte Frau Heller sich auf.

»Was hätte ich denn machen sollen? Unsere Gäste verhungern lassen? Du warst ja nicht da«, ereiferte sich Herr Heller.

»Sehen Sie doch ein, dass ich nur eine Notlösung bin«,

rief Karoline Kühn aus der kleinen Küche, während das Fleisch in der Pfanne brutzelte.

»Notlösung? Da kann ich nur lachen! Und was ist mit der Couch?«, ätzte Frau Heller.

»Ein wertvolles Stück aus unserem Familienbesitz«, teilte Frau Kühn ihr mit.

»Wir haben doch schon lang nach so etwas gesucht«, erinnerte Herr Heller seine Gattin. »Sie passt, objektiv betrachtet, ausgezeichnet in die Lücke zwischen den Billard- und den Kartentischen.«

»Das ist mir wurscht! Die Couch kommt wieder weg, und zwar sofort«, forderte Frau Heller.

Jetzt befand es Leopold für an der Zeit, sich in die Debatte einzumischen. »Die Couch bleibt da, wo sie jetzt steht«, erklärte er mit ungewohnter Schärfe und Entschlossenheit. »Ich habe sie soeben mit einem Gast getestet, und die Dame war hellauf begeistert. Wenn das so weitergeht, können wir bald Liegekarten zu fünf Euro das Stück verkaufen. Mittlerweile hängt auch mein Herz an diesem Stück, und solange ich da bin, wird kein Mensch die Couch wieder forttragen.«

Frau Heller stand da wie vom Blitz getroffen. Das kampfeslustige Funkeln war aus ihren Augen gewichen. Resignierend zündete sie sich eine Zigarette an und bemerkte lapidar: »Man wird ja noch etwas sagen dürfen.«

*

Karoline Kühns Naturschnitzel mit Reis und Saft kamen im Allgemeinen beim Kaffeehauspublikum gut an, nur zwei Gäste vertraten die Auffassung, das Fleisch sei ›ein wenig schwer zum Beißen‹ gewesen. Einer erkundigte sich zurückhaltend danach, wann denn Frau Heller wieder gedenke, das Mittagessen selbst zuzubereiten. Sie hörte es mit Freuden, beantwortete die Frage jedoch nicht, sondern setzte sich schweigend an den Cheftisch und begann, Patiencen zu legen. Karoline Kühn hatte es für das Beste gehalten, das Heller nach ihrer kleinen Hilfsaktion schleunigst wieder zu verlassen. Herr Heller fragte noch kurz: »Kommt der Herr Sedlacek heute zum Schachspielen?« Als niemand etwas dahingehend wusste, verschwand auch er ohne nähere Angaben. Dann senkte sich die tägliche Mittagsruhe über das Kaffeehaus.

In dieser beklemmenden Situation war Leopold doppelt froh, als ihn Oberinspektor Richard Juricek kurz vor seiner Ablöse noch einen Sprung besuchen kam. »Richard, schön, dass du da bist! Mir fällt ein Stein vom Herzen«, begrüßte er ihn jovial.

»Na, hast du schon Entzugserscheinungen?«, lächelte Juricek. »Wartest du, dass ich mit der richtigen Droge, sprich Information, aufwarte? Du könntest enttäuscht sein. Ich habe das Gefühl, wir stehen immer noch ganz am Anfang.« Er hängte wie gewohnt seinen Sombrero an die Garderobe, bestellte einen großen Braunen und gesellte sich dann zu Leopold an die Theke.

»Wenn du Bedarf an Verdächtigen hast, kann ich dir eine gewisse Trixi Stoisits nennen. Sie war gerade hier.« Leopold berichtete Juricek kurz von seiner vormittäglichen Begegnung.

»Das ist genau das, was ich meine«, erklärte ihm der Oberinspektor. »Die Zahl derjenigen, die als Täter infrage kommen, steigt ständig. Die Situation ist reichlich unübersichtlich, sowohl am Tatort als auch bei unseren Befragungen.«

»Wenn man alle Freunde, Bekannten und Verwandten der Wochenendpartie in Betracht ziehen würde …« Leopold machte eine Geste, um anzudeuten, dass er diese Aufgabe für beinahe unlösbar hielt.

»Ich habe mir zunächst einmal zwei Fragen gestellt«, resümierte Juricek. »Frage eins: Was für ein Mensch war Klara Gassner? Frage zwei: Welcher zeitliche Ablauf ergibt sich durch die Aussagen der Teilnehmer an diesem Sexwochenende?«

»Und zu welchem Resultat bist du gekommen?«

»Klara Gassner war, wie wir bereits am Sonntag feststellen konnten, unverheiratet. Ihre Ehe dauerte nur drei Jahre und wurde dann geschieden. Schon damals scheint sie einiges getrunken zu haben, was wahrscheinlich mit ein Grund für die Trennung war. Beruflich unstete Laufbahn, immer wieder journalistisch tätig, zuletzt arbeitslos. Keine Kinder. Lockere, vor allem auf Sex aufgebaute mehr oder weniger kurze Beziehungen zu Männern.«

»Glaubst du, dass sie jemanden von den anderen erpresst hat?«

»Möglicherweise. Sie hatte ja ihnen gegenüber einen Vorteil. Sie war die Einzige, die sich nicht davor fürchten musste, dass etwas aufflog, zumindest sieht es auf den ersten Blick so aus. Sie hat auch einige Fotos mit ihrem Handy geschossen. Kontaktiert hat sie allerdings niemanden, außer …« Juricek machte eine künstliche Pause.

»Außer wem?« Leopold spürte, dass eine entscheidende Mitteilung auf ihn wartete.

»Außer dem ehemaligen Betreiber der Pension Vogelsang, Sebastian Fink.«

*

Ein paar Gäste, die sich durch Leopolds Unterhaltung mit Juricek in ihrer Mittagsruhe gestört fühlten, schauten vorwurfsvoll in Richtung Theke. Nicht nur deshalb, sondern damit ja niemand zu viel von dem Gespräch mitbekam, dämpfte Leopold seine Stimme, bevor er fragte: »Was hat denn Fink dazu gesagt?«

»Dass Frau Gassner eine Auskunft bezüglich des vorhandenen Küchengeschirrs wollte«, antwortete Juricek. »Das mag ihm glauben, wer will.«

»Denkst du, dass Fink mit Klara Gassner zusammengearbeitet hat?«

Juricek verneinte und schleckte dabei seinen Kaffeelöffel ab. »Er hätte wahrscheinlich Erpressungsopfer werden sollen. Bei ihm konnte sie das ausspielen, was bei den anderen nicht einmal so wichtig war: ihren Kontakt zur Presse. Seine ehemalige Pension nun in aller Öffentlichkeit als Liebesnest – das konnte für ihn äußerst unangenehm werden und ihn zu einer Kurzschlusshandlung verleiten, die – so komisch das klingt – letztendlich denselben Effekt zeitigte.«

Leopold überlegte: »Ein cholerischer, unbedachter Mensch ist dieser Fink schon. Andererseits …«

»Wir sollten zur zweiten Frage kommen, nämlich zum zeitlichen Ablauf«, drängte Juricek mit einem Blick auf die Uhr. »Dazu würde ich allerdings gern wissen, was von den Verdächtigen gestern im Kaffeehaus so geredet wurde.«

»Du weißt …?«, äußerte Leopold zögerlich.

»Natürlich, ich bin ja nicht blöd. Wir schauen uns schon an, was diese Leute so tun. Gestern haben sich zumindest einige hier getroffen. Also?«

Mehr oder minder bereitwillig gab Leopold Auskunft. Er durfte es sich mit Juricek nicht verscherzen. Noch brauchte er ihn. »Du siehst, sie haben sich ganz schön auf den Holub eingeschossen«, schloss er.

»Das ist wirklich keine Überraschung«, kommentierte Juricek. »Aber rekapitulieren wir doch einmal, wie sich die Nacht abgespielt haben könnte – bis auf den Mord natürlich. Zunächst einmal vergnügen sich alle in den Betten. Das dauert bis etwa ein Uhr früh. Wer bleibt danach auf den Zimmern?«

»Emmerich Holub und Adele Kraus.«

»Gut aufgepasst, Leopold. Kurz nach eins gehen Heribert Garger und Klara Gassner eine rauchen. Im Aufenthaltsraum sitzen zu dieser Zeit Eugen Probst und Sophie Kuril und trinken etwas. Was sagt uns das?«

Leopold gefiel dieses Frage- und Antwortspiel. Es beschäftigte seine Gehirnwindungen. Wie aus der Pistole geschossen antwortete er: »Falls die Leute in der Pension Vogelsang um diese Zeit Besuch bekommen haben, wissen Eugen und Sophie am genauesten darüber Bescheid.«

»Bingo! Bekanntlich will aber außer Emmerich Holub niemand etwas gehört haben. Gut! Klara Gassner gesellt sich zu Eugen und Sophie, Heribert geht hinauf auf sein Zimmer. Gegen zwei Uhr folgen ihm die anderen drei nach – angeblich. Eugen schlüpft ins Zimmer zu Adele. Die beiden geben sich gegenseitig ein Alibi. Und die anderen?«

»Heribert Garger allein und ohne Zeugen am Zimmer,

Emmerich Holub allein oder zusammen mit Klara Gassner, Sophie Kuril irgendwo im Haus.«

»Nach eigenen Angaben im hintersten Zimmer rechts, weil sie für sich sein und auf keinen Fall bei Holub bleiben wollte«, ergänzte Juricek. »Vielleicht hatte sie eine ruhige Nacht, vielleicht auch nicht. Niemand ist da, der das bezeugen kann. Nun noch zu Emmerich Holub: Er hat getrunken, bekommt aus irgendeinem Grund einen Wutanfall und schreit.«

»Aber keiner weiß, ob er wütend auf Klara Gassner ist oder allein herumbrüllt. Er öffnet die Tür, verlässt unter Umständen noch einmal sein Zimmer«, spann Leopold den Faden weiter.

»Wir nähern uns jetzt schon der Tatzeit, es ist zwei Uhr oder kurz danach. Und es gibt eine wichtige Frage zu beantworten.«

»Die da wäre?«

»Wenn Klara Gassner nicht vor Emmerich Holub Reißaus genommen hat, was hat sie dann dazu bewogen, noch einmal in den Garten zu gehen? Nur die Sucht nach einer Zigarette?«

»Du siehst, es sind noch viele Punkte offen.«

»Beinahe alle Punkte«, seufzte Juricek. »Deshalb ist es wichtig, dass du weiterhin die Ohren offen hältst. Aber das brauche ich dir ja nicht zu sagen. Bleib bitte diskret, sofern dir das möglich ist, und vergiss nicht, mich zu informieren.«

Leopold wollte sich da nicht festlegen. Er kassierte das Geld für den Kaffee von Juricek und verabschiedete sich von ihm mit einigen freundlichen, aber nichtssagenden Worten. Inzwischen war Waldemar ›Waldi‹ Waldbauer zu seinem Dienstantritt hereingeschlichen. Ihm war es offenbar peinlich, dem Oberinspektor zu begegnen. Als Juricek gegangen war, atmete er auf. »Hat er was g'sagt wegen mir?«, erkundigte er sich nervös bei Leopold.

»Einstweilen nicht, aber das kommt schon noch«, teilte Leopold ihm mit. »Und warum? Weil du dir die falschen Freunde aussuchst. Der Fink ist momentan unser Hauptverdächtiger.«

KAPITEL 11

»DIE JUNGE FRAU: Was bin ich für eine leichtsinnige Person! Wer mir das vorausgesagt hätte … noch vor acht Tagen … noch gestern …« (Schnitzler: Reigen)

Die meisten Männer bleiben ihr Leben lang große Kinder. Sie spielen gern, und eines ihrer beliebtesten Spiele ist, etwas herauszufinden, so wie sie als Buben schon immer geheime Entdeckungen machen wollten. Dass sich Leopold diese Eigenschaft in sein Leben als Erwachsener mitgenommen hatte, dahinter war Erika Haller schnell gekommen. Wenn er sich für das Kriminalistische interessierte, tat er das natürlich auch, um der Gerechtigkeit zum Sieg zu verhelfen, doch hauptsächlich, weil es ihm Spaß machte, Rätsel zu lösen, Rätsel mit und um Menschen. Es war etwas, mit dem Erika Haller hoffte, leben zu können, wenn es ihr gelang, die Dinge innerhalb gewisser Grenzen zu halten. Sie mochte ihr Schnucki ja und gönnte ihm das bisschen Spielen. Was sie hingegen weniger mochte, war, wenn er sie bat, mitzuspielen.

Als er sie dennoch gebeten hatte, hatte sie zuerst abgelehnt, nach langem Hin und Her aber schweren Herzens zugestimmt. Schuhe kaufen sollte sie, oder zumindest so tun als ob, und dabei dem Besitzer des Geschäftes schöne Augen machen. Wenn das nur gut ging. Leopold hatte ihr jedenfalls eingeredet, dass das für sie ein Kinderspiel sein und ihm in der Angelegenheit Elisabeth Dorfer enorm weiterhelfen würde. Da hatte sie nachgegeben. Wohl fühlte sie sich dennoch nicht in ihrer Haut.

Sie schaute auf die Uhr. Es war sechs vorbei. Gerade die richtige Zeit, hatte Leopold gemeint, denn das Geschäft sperrte um halb sieben zu. So ging sie eben hinein.

Außer ihr war, wie Leopold gehofft hatte, niemand mehr drinnen. Sie erkannte Oliver Christ gleich vom Foto auf der Homepage: blond, Brille, sportlich, das Hemd halb offen. Er sah gut aus. Er telefonierte gerade. »Einen Augenblick bitte«, rief er ihr zu. Nachdem er aufgelegt hatte, fragte er: »Wie kann ich Ihnen behilflich sein?«

Ganz gegen ihre sonstigen Gewohnheiten trug Erika Haller diesmal keine Jeans oder eine andere Hose, sondern ein leichtes, luftiges Sommerkleid. Immer nur lächeln, hatte Leopold gesagt. Sie tat es. »Ich suche offene Schuhe für die schöne Jahreszeit, ein Paar hübsche Sandalen«, antwortete sie.

»Welche Größe?«

»39.«

»Ich nehme an, sie sollen zu dem Kleid passen.« Christ nahm dies gleich als Entschuldigung, Erika ausgiebig von oben bis unten zu betrachten.

Locker bleiben, dachte Erika. Stell dir vor, du willst ganz normal Schuhe kaufen. »Ja, aber auch zu einigen anderen Kleidern, die ich habe«, gab sie Auskunft. »Ich suche etwas Neutrales. Ich habe schon lang keine Sommersandalen mehr gekauft, deshalb bin ich ein wenig unsicher.«

»Wir werden schon etwas finden für das zarte Fußerl«, versicherte Christ ihr. »Nehmen Sie doch Platz.« Dann stellte er mehrere Schachteln und Modelle schwungvoll vor sie hin. »Das hier wäre ein sehr schöner Schuh, wenn Sie niedrige Absätze bevorzugen. Probieren Sie ihn einmal an.«

»Würden Sie mir dabei bitte helfen?« Oh Gott, normalerweise sagte Erika so etwas nie. Aber jetzt musste sie es tun. Christ nahm ihr Angebot dankend an. Er war sofort die Zuvorkommenheit in Person, plauderte fachmännisch, wies auf diese und jene Vorzüge hin und half Erika beim Aus- und Anziehen der Schuhe. So, als würde sie das Gleichgewicht verlieren, griff sie ihm dabei einmal auf die Schulter und gewährte ihm, als er aufschaute, einen kurzen Blick in ihren Ausschnitt. Ich will das alles nicht, redete sie sich ein, während es ihr vor Nervosität heiß und kalt über den Rücken lief. Sie wusste, dass sie noch ein bisschen weiter gehen musste. »Fühlt sich sehr angenehm an«, sagte sie mit geschlossenen Augen, immer noch die Hand auf seiner Schulter.

»Der Schuh? Haben wir etwas Passendes gefunden?«, erkundigte Christ sich.

»Ich weiß noch nicht. Ich meinte eher Ihre Hände. Sie sind so sanft zu meinen Fußsohlen«, turtelte Erika Haller und blinzelte ihm dabei zu.

»Sie haben auch ganz außergewöhnliche Fußsohlen, die etwas Außergewöhnliches verdienen«, nahm Christ den Faden auf.

»Es ist schwierig. Es sind einige schöne Modelle dabei. Ich bin mir nicht sicher, ob ich da heute noch zu einer Entscheidung komme«, entschuldigte Erika sich. Sie machte ihre wieder geöffneten Augen dabei so groß wie möglich.

»Warum kommen Sie nicht am Samstag, knapp vor Mittag?«, schlug Christ in vertraulichem Ton vor. »Um zwölf sperre ich zu, und dann haben wir genügend Zeit, damit wir unser kleines Problem in einer etwas ungezwungeneren Atmosphäre lösen.« Er streichelte sie im

Aufstehen mit zwei Fingern am Hals. Es war für Erika der unangenehmste Teil dieser heiklen Mission. Sie hatte Angst, dass Christ gleich ungeniert mit dem Austeilen von Zärtlichkeiten fortfahren würde.

Doch zu ihrem Glück öffnete sich die Tür. Ein junges, dunkelblondes, auf den ersten Blick eher unauffälliges Mädchen betrat das Geschäft, ohne auch nur ein Wort zu sagen. Erika erkannte sie von dem Foto, das ihr Leopold gezeigt hatte. Es war Elisabeth Dorfer. »Einen Moment«, lächelte Christ verkrampft und ging auf Elisabeth zu. Er deutete in Richtung eines Raums hinter dem Geschäftslokal – Büro, Lager oder was auch immer. Wahrscheinlich handelte es sich um jenen Raum, in dem die privaten Schuhanproben vorgesehen waren. Erika Haller schüttelte sich kurz ab.

»Eine Kusine«, informierte sie Oliver Christ beim Zurückkommen. »Ich habe ihr versprochen, sie zum Essen auszuführen. Dabei weiß ich gar nicht, ob ich heute so viel verdient habe, dass sich das ausgeht. Jedenfalls muss ich jetzt schließen. Sie kommen doch am Samstag noch einmal vorbei, oder?« Er zwinkerte ihr einladend zu und wollte ihr die Hand vertraulich auf die Schulter legen.

Erika Haller konnte jetzt nicht mehr verbergen, was sich in ihrem Inneren abspielte. Ihr Gesicht lief puterrot an. Hinaus, bloß hinaus, das war ihr einziger Gedanke. Was hatte sie da vorhin eigentlich getan? Warum hatte sie zugelassen, dass sie ein anderer Mann außer ihrem Schnucki zärtlich berührte? Weshalb hatte sie bei diesem kindischen Spiel bloß mitgemacht?

Sie drehte sich von Christ weg und bewegte sich in einer schnurgeraden Linie auf den Ausgang zu. »Vielleicht … vielleicht auch nicht«, murmelte sie so undeutlich, dass Christ es wahrscheinlich gar nicht mehr verstand.

*

Jetzt will sie sich von mir scheiden lassen, die Elfriede. Wie ihr das wieder eing'schossen ist, ist mir schleierhaft. Dass sie weint - ja! Dass sie schimpft – von mir aus! Das kenn ich, das hab ich bis jetzt immer noch hinbiegen können. Aber dass sie sich so stante pede von mir trennen möcht …

Ich persönlich glaub, das Geschreibsel in den Zeitungen ist schuld. Überall steht was drinnen von der mörderischen Orgie in der Pension Vogelsang. Da geniert sie sich natürlich, dass sie mit mir verheiratet ist. Was nützt es mir, wenn sie schreiben: ›Emmerich H.‹? Ist das anonym? Wer heißt heutzutage schon Emmerich? Da wissen doch alle gleich alles. So ein beschissener Name! Meine Eltern müssen auf dem Trip g'wesen sein, wie ihnen das eing'fallen ist. Pepi wenn s' mich 'tauft hätten, oder Franz. ›Der 43-jährige Josef H.‹, das klingt doch gleich viel besser – und macht weniger Aufsehen.

Und dann sind da noch ihre Freundinnen, diese Tratschtanten! »Der hat dich nicht verdient«, wird die Hedwig g'sagt haben, und »Sei froh, wenn's d' ihn jetzt auf die Elegante loswirst«, die Iris. Da hat's plötzlich eine Kraft g'spürt. Normalerweise traut sie sich ja so was nicht, mir gegenüber von Scheidung reden, so Aug' in Aug'. Da schau ich sie einmal scharf an, schon verschlagt's ihr die Red'. Aber diesmal hat sie's durchgezogen. Gegen solche Einflüsse von außen ist man offenbar machtlos.

Wenigstens mein Töchterl, die Ursula, hält zu mir. An sich ist es eine Sauerei von der Elfriede, dass sie das Mädchen in alles eingeweiht hat, und zwar natürlich einseitig, nur von ihrer Warte aus. Wenn das Kind jetzt in der Schule, im Gymnasium, was Schlimmes über mich hört, wird ihm das zu Hause auch noch bestätigt, statt dass man mich in Schutz nimmt. Ich hab mir dann ein Herz g'nommen und der Ursula unter vier Augen g'sagt: »Es tut mir leid, dass du jetzt wahrscheinlich ein schlechtes Bild von den Männern hast, aber dein Vater ist halt auch nur ein Mensch. Und denk an eins: Jeder ist mir das Vergnügen neidig, das man glaubt, dass ich vielleicht g'habt hab, jedoch sieht kein Mensch, wie ich seither leide, und unschuldig verdächtigt werd ich auch noch. Natürlich leide ich noch mehr, wenn du mich gar nicht mehr magst.« Sie hat so eine typische Handbewegung g'macht, ich soll mir keine Sorgen machen. »Ich mag dich eh noch, Papa«, hat sie g'sagt. »Weil viel anders wie früher bist du jetzt auch nicht.« Da hab ich wieder einen Mut bekommen. Ja, die Kinder sind halt noch ehrlich. Das heißt, die Ursula ist ja jetzt schon 17, aber wurscht. Die kann noch unterscheiden zwischen haltlosen Vorwürfen und der Wahrheit. Wenigstens eine, die zu mir hält. Andererseits ist es nur recht und billig, sie hat ja immer alles haben können von mir. Ich kann ihr noch heute keine Bitte abschlagen. Wenn sie sagt: »Papa, bitte!«, dann frag ich nicht lang, sondern mach es einfach.

Wie das mit der Elfriede weitergeht, weiß ich jetzt freilich nicht. Ich hoff, dass da noch nicht das letzte Wort gesprochen ist. Aufgeben tut man ja bekanntlich einen Brief. Ich werd einfach abwarten, bis sich die Sache beruhigt und der schändliche Einfluss von außen gelegt hat.

Dann wird das schon wieder. Ich glaub nicht, dass die Elfriede es in letzter Konsequenz durchzieht. Dazu ist sie zu schwach. Außerdem hat sie niemanden außer mir.

Die anderen Schwierigkeiten bereiten mir mehr Sorgen. Da weiß ich nicht: Spinn ich, oder spinnen alle andern. Die Klara soll noch einmal bei mir auf dem Zimmer g'wesen sein. Herumgebrüllt soll ich haben. Ich hab ein paar Bilder in mir, aber es sind bloß Ahnungen. Ich kann nix zuordnen, das ist der Jammer. Ich kann mich nicht mehr g'scheit erinnern. Und die anderen probieren, wie sie daraus den größten Nutzen ziehen können. Der Schnaps ist ein Luder. Ich sollt wirklich beim Bier bleiben. Ist auch viel besser für den Hals …

Ich muss jedenfalls schauen, was sich der Leopold für eine Meinung gebildet hat. Stratege ist er ja ein Guter. Nur, G'schichtl lass ich mir keins hineindrücken vom Herrn Oberkellner, so viel steht fest, weil … Jessas Maria, das Tarock! Das auch noch! Mir bleibt nix erspart. Ich weiß gar nicht mehr, wann ich das letzte Mal eine Karte angegriffen hab …

Jetzt sag mir noch einer, wo ich heute Nacht schlafen soll. Ich glaub, ich bleib gleich im Wohnzimmer und zieh das Sofa aus. Dann kann sie sich wenigstens nicht über mich beschweren, die Elfriede. Und ich kann noch fernsehen. Und ein Bier trinken. Dabei bleibt's dann aber. Nur keinen Schnaps …

*

Thomas Korber hatte zwei Nachrichten auf seinem Handy, als er vor dem Zubettgehen aus der Dusche kam. Die erste war von Geli:

»Hallo Thomas! Habe viel zu tun und muss nachdenken. Ruf nicht an, ich melde mich wieder. Geli.«

Jetzt haben wir die Bescherung, dachte er. Dieser Bernd hat ihr den Kopf verdreht. Andererseits war es wie eine Bestätigung seiner Theorie: Eine Partnerschaft, die auf ständiger Treue aufgebaut war, konnte nicht funktionieren. Der Mensch brauchte seine Freiheit, er ließ sich nicht freiwillig einsperren. Leider war es eine Laune des Schicksals, dass Korber dies zu spüren bekam, noch ehe er es Geli spüren lassen konnte.

Nervös und zittrig öffnete Korber die zweite SMS. Sie kam von Sophie Kuril:

»Komm morgen bitte 16h Konditorei Janecek. Wichtig! Ich liebe dich! Ruf nicht an wegen Theo. Bussi, Sophie.«

Diese Botschaft gefiel ihm schon besser. Im Stillen hatte er es gehofft, aber nicht daran zu glauben gewagt: Sophie Kuril mochte ihn. Wenn sie ihm das bis jetzt nicht so gezeigt hatte, musste man bedenken, dass sie teilweise enormen Stresssituationen ausgesetzt gewesen war. Außerdem war sie verheiratet und musste schauen, wie es in ihrer Ehe weiterging. Dass sie sich ihm gegenüber jetzt öffnete, bewies, dass er hier gute Aussichten hatte, vielleicht bessere als in seiner alten Beziehung.

Er freute sich jedenfalls darauf, Sophie rasch wiederzusehen. Dabei konnten sie alle Probleme in einem vertraulichen Gespräch behandeln und nach Lösungswegen suchen. Korber musste seine Situation ja erst einmal überdenken. Es war sicher nicht das Schlechteste, sich auf etwas Neues einzulassen. Er überprüfte noch rasch seinen Arbeitsplan für den kommenden Tag. Dabei sah er keine Hindernisse. Die Konditorei war nicht weit weg, am Franz Jonas-Platz. Er würde keine Schwierigkeiten haben, nach der Probe für den Schnitzler-Abend rechtzeitig dort zu sein.

Das erste Mal seit Langem schlief Korber wieder ruhig und entspannt ein.

*

Oliver Christ hatte Elisabeth Dorfer auch am Dienstag frühmorgens zur Schule begleitet, sich diesmal allerdings schon vorher, beim Durchgang unter der Bahn, von ihr getrennt. Mit dem richtigen Gespür für die Situation hatte Gerry Scheit dem Paar bereits dort aufgelauert, ein paar eindeutige Fotos des Abschiednehmens geschossen und diese als MMS an Erika Haller weitergeleitet. Am Nachmittag hatte er Elisabeth Dorfer dann weiter beobachtet. Sie war nach der Schule nach Hause zu ihren Eltern gegangen, hatte die Wohnung gegen 18 Uhr aber in Begleitung einer Freundin wieder verlassen. Diese Freundin war allerdings nur bis zur Straßenbahnstation mit ihr gegangen, von wo Elisabeth allein in Richtung Schuhgeschäft Christ gefahren war. Erst um 20 Uhr war sie durch einen Hintereingang wieder aus dem Geschäft herausgekommen.

Soweit der Bericht Gerry Scheits an Leopold. Ein guter und aufschlussreicher Bericht. Zufrieden legte sich Leopold neben Erika ins Bett.

»So etwas darfst du mir nicht mehr antun, Schnucki«, rügte sie ihn, streichelte dabei aber zärtlich seinen Unterarm.

»Warum denn?«, fragte Leopold arglos.

»Dieser Christ – dieser Oliver – war zuerst ganz normal, aber sobald ich ihn habe spüren lassen, dass ich Sympathie für ihn empfinde, hat sich der Schalter bei ihm umgelegt. Da wollte er nur mehr das eine. Das hat man ganz deutlich an seinen Augen gesehen.«

»Das war ja gut und irrsinnig wichtig für mich, beinahe noch wichtiger als Elisabeth Dorfers Besuch bei ihm.«

»Schnucki, du verstehst mich nicht. Dieser Mann würde mich am Samstag wahrscheinlich sofort vernaschen, wenn ich bei ihm vorbeischauen würde. Er wirkt jung und sportlich und schaut gut aus. Hast du dir schon einmal überlegt, dass mir so ein Schäferstündchen mit ihm Spaß machen könnte?«

Jetzt reagierte Leopold sofort. »Was soll denn das heißen?«, protestierte er. »Dich kann man ja gar nirgends mehr allein hinlassen.«

»Oh doch«, stellte Erika klar. »Nur wäre es besser, wenn du eine Frau, von der du möchtest, dass sie dir treu bleibt, nicht bittest, ihre Verführungskünste bei einem anderen Mann einzusetzen.«

»Das war doch nur einmal und im Dienst der guten Sache«, erklärte Leopold.

»Du hast aber nicht an die Folgen gedacht. Ich hätte wirklich gute Lust, Oliver Christ am Samstag abermals zu besuchen. Immerhin würdest du dann über sein Verhalten Frauen gegenüber noch besser Bescheid wissen«, wurde Erika sehr deutlich.

»Untersteh dich«, befahl ihr Leopold beinahe grob. »Wenn du diesem Herrn Christ auch nur noch einmal schöne Augen machst, ist es mit uns aus und vorbei.«

Erika kraulte ihn noch einmal am Unterarm. »Danke, dass du das gesagt hast, Schnucki«, beruhigte sie ihn. »Glaubst du wirklich, ich will was von dem Schnösel?

Ich möchte nur, dass du einsiehst, dass so ein Schuss für dich auch einmal nach hinten losgehen kann. Und jetzt schlaf gut!«

Sie wollte ihm einen flüchtigen Gutenachtkuss geben. Aber seine Zunge war sofort in ihr, und seine rechte Hand griff unter ihr Nachthemd und suchte jene Stelle, in die er ohne großartiges Vorspiel einzudringen gedachte, hier und jetzt.

»Schnucki!«, mahnte sie ihn, kurz Luft schöpfend, ließ aber alles Weitere gern und ohne Widerstand mit sich geschehen.

KAPITEL 12

»Unglaublich, weswegen sich die Leut' totschießen! Wie kann man überhaupt nur eifersüchtig sein? … Mein Lebtag hab ich so was nicht gekannt.« (Schnitzler: Leutnant Gustl)

»Hallo, wer spricht?« Diese Stimme war offenbar immer aufdringlich und laut.

»Herr Fink? Hier spricht Leopold, der Oberkellner vom Café Heller.«

Einen Augenblick lang war es still in der Leitung. »Und? Was wollen Sie?«

»Herr Fink, ich bin der Kollege vom Waldi Waldbauer. Er macht sich große Vorwürfe wegen der Sache vom Wochenende … na, Sie wissen schon. Dass Sie jetzt praktisch wegen ihm in einen Mordfall verwickelt sind.«

»Der soll sich bei mir nicht so schnell wieder blicken lassen. Dem zieh ich das Fell über die Ohren.« Finks Blutdruck war auf mindestens 200, das hörte man.

»Vielleicht kann ich Ihnen helfen«, schlug Leopold vor.

»Ich wüsste nicht, wie. Derzeit habe ich die Polizei und danach sicher das Finanzamt am Hals. Da kann ich nicht noch Wichtigtuer und Besserwisser wie Sie brauchen. Sagen Sie Ihrem Kollegen nur, dass ich mich bei ihm schadlos halten werde. Der kann sich auf einiges gefasst machen.«

»Sie verstehen mich offenbar falsch, Herr Fink. Es geht jetzt nicht darum, einander zu bekriegen und Dinge vorzuhalten, sondern zu schauen, wie man den Schaden begrenzen kann. Vielleicht gelingt es mir, einen Teil von dem wiedergutzumachen, was mein Freund und Kollege Waldi da verbockt hat. Wie ich höre, sind Sie in schwerer Bedrängnis. Das heißt, die Polizei verdächtigt auch Sie des Mordes.«

Man hörte Fink kurz sarkastisch lachen. »Woher wollen Sie das wissen, Sie Scherzküberl?«

»Erstens sprechen sich solche Sachen schnell herum, zweitens haben Sie gerade selbst erwähnt, dass Sie in Schwierigkeiten sind, und drittens hör ich schon an Ihrer Stimme, wie hochgradig nervös Sie sind. Ja, ja, da ruft einen ein Mensch an in der Nacht, sagt einem ein paar nicht sehr freundliche Worte, und am nächsten Tag ist er tot. Bedauerlich und doppelt unangenehm.«

Fink hielt einige Augenblicke lang inne. Leopold schien einen Nerv getroffen zu haben. »Hat Ihnen Waldi etwas erzählt?«, erkundigte er sich vorsichtig. Dann wurde er sofort wieder wütend: »Ich bring ihn um, den Gauner!«

»Er hat sich völlig richtig verhalten, denn wenn man nichts weiß, kann man auch nichts tun«, erklärte Leopold unbeirrt. »Wir sollten nach einer Lösung des Problems suchen. Was wollte Klara Gassner von Ihnen?«

»Sie hat sich darüber beschwert, dass es zu wenig Gläser und Geschirr gibt, wenn es Sie schon so brennend interessiert. Dabei war sie ganz schön alkoholisiert. Das habe ich der Polizei auch gesagt.«

»Das glaube ich Ihnen gern, Herr Fink. Der springende Punkt ist, dass es nicht stimmt«, stellte Leopold fest.

Fink spielte mit dem Gedanken, das Gespräch zu beenden. Doch dazu war er letzten Endes viel zu aufgeregt. »Die Polizei hat es mir jedenfalls geglaubt«, schnaubte er. »Also können Sie es mir ruhig auch glauben.«

»Formulieren wir es so: Die Polizei lässt Sie im Augenblick in Ruhe. Man wiegt Sie in Sicherheit. Aber natürlich wird Ihre Aussage jetzt bis ins Detail überprüft. Baustein für Baustein werden alle Fakten zusammengesetzt. Dabei wird die Schlinge, die Sie um den Hals haben, immer enger zugezogen. Und wenn schließlich bewiesen ist, dass Sie gelogen haben, sitzen Sie tiefer in der Tinte als jemals zuvor. Ein alter Trick, doch sehr wirksam«, versuchte es Leopold mit seiner ganzen Überzeugungskunst.

Er erreichte sein Ziel. »Was hat sie mir Ihrer Meinung nach dann mitgeteilt?«, fragte Fink um einiges leiser als zuvor.

»Dass in Ihrer Pension, die es offiziell ja nicht mehr gibt, gerade ein versautes Wochenende abläuft. Dass es überlegenswert wäre, die Presse darüber zu informieren. Dass es dann einen schönen Bericht geben würde, mit einem Aufmacher wie etwa ›Ehemalige Pension wird zum geheimen Liebesnest‹, oder ›Pensionsbesitzer veranstaltet wilde Sexpartys‹. Dass sie die geeigneten Fotos dafür habe. Dann könnte Frau Gassner Sie gefragt haben, was es Ihnen wert wäre, wenn sie das nicht täte.«

Schweigen. Offenbar musste Fink erst einmal schlucken und alles, was er gehört hatte, verdauen. Für Leopold war es ein Zeichen, dass er mit seinen Behauptungen richtig lag. »Nehmen wir einmal an, es war ungefähr so«, setzte er deshalb nach. »Was könnte ein Mensch wie Sie, der mitten in der Nacht angerufen wird und mitbekommt, was sich in seinem Haus abspielt, getan haben?«

»Fantasien … nichts als Fantasien«, rang Fink mit brüchiger Stimme nach Worten.

»Also ich an Ihrer Stelle wäre hingefahren und hätte

mir ein Bild gemacht«, ließ Leopold ihn wissen. »Und ich glaube, das haben Sie auch getan.«

»Ich war nicht dort«, protestierte Fink mit der Sturheit eines ungezogenen Kindes.

»So denken Sie doch daran, was ich Ihnen gerade gesagt habe! Es ist ungeschickt, Tatsachen abzustreiten, bis man sie Ihnen beweisen kann. Wenn Sie in der fraglichen Nacht zur Pension Vogelsang gefahren sind, würde ich mich an Ihrer Stelle schleunigst daran erinnern. Vielleicht haben Sie dort auch etwas Wichtiges gesehen oder bemerkt, das bei der Lösung des Falles helfen kann. Und unter uns: Sie müssen damit ja nicht gleich zur Polizei rennen. Schauen Sie einfach bei mir im Kaffeehaus vorbei. Der Waldi weiß, wann ich Dienst hab. Ich mein's nur gut mit Ihnen.«

Am anderen Ende der Leitung herrschte Funkstille.

»Herr Fink, sind Sie noch da?«

»Scheren Sie sich zum Teufel«, grummelte Fink und legte auf.

*

Korber saß im Konferenzzimmer des Floridsdorfer Gymnasiums und versuchte, sich während seiner Supplierbereitschaft auf die nächsten Stunden vorzubereiten. Er dachte dabei allerdings an andere Dinge: ein bisschen an die Geschichte mit Elisabeth Dorfer, mehr noch an Gelis distanzierte Haltung ihm gegenüber und sehr, sehr viel an Sophie Kuril. Er merkte dabei gar nicht, dass Margarethe Vollnhofer neben ihm stand und ihn offenbar zu sprechen wünschte. »Haben Sie einen Augenblick Zeit, Herr Kollege?«, schnarrte sie. Es klang ein wenig nach Frau Pohanka; auf jeden Fall nicht gut.

»Natürlich.« Korber legte seine Unterlagen zur Seite. »Ich nehme an, es geht um den weiteren Verlauf unseres Projekts.«

»Richtig. Es geht vor allem darum, dass keine Missverständnisse entstehen«, machte Margarethe Vollnhofer ihn aufmerksam. »Wenn wir auch derzeit getrennt in Kleingruppen arbeiten, so verfolgen wir doch ein gemeinsames Ziel. Leider höre ich beständig von den Mitgliedern meiner Gruppe, dass es bei Ihnen – wie heißt es so schön – ›viel lockerer und freizügiger‹ als bei mir zugeht. Sogar von einigen Kussszenen ist die Rede. Haben Sie denn unser Gespräch mit dem Direktor vergessen? Wir müssen an unseren pädagogischen Auftrag denken und dürfen gerade bei so frivolen Texten wie bei Schnitzler nichts einreißen lassen.«

»Also ich bin mir im Augenblick keiner Schuld bewusst«, verteidigte Korber sich. Er hatte keine Lust, mit seiner Kollegin zu streiten. Sie war der ihm von Direktor Marksteiner zur Seite gestellte Anstandswauwau. Zu sehr in sein künstlerisches Konzept eingreifen lassen wollte er sie allerdings auch nicht.

»Wir werden ja sehen, wie Sie die einzelnen Szenen einstudiert haben«, teilte sie ihm mit. »Ich werde das nächste Woche genau prüfen. Mir fiel schon von Beginn an auf, wie sehr Sie sich um die Abschnitte mit den pikanteren Textstellen bemüht haben. Dazu kommt noch das Problem mit dem unanständigen Brief, das auch ausgerechnet in Ihrer Gruppe aufgetaucht ist.«

Immerhin weiß sie noch nichts von dem zweiten Brief, dachte Korber. »Wollen Sie mich für dieses Schreiben verantwortlich machen?«, fragte er.

»Ich bin immer noch der altmodischen Ansicht, dass

es Situationen und Stimmungen gibt, die gewisse Entwicklungen fördern«, führte die Vollnhofer aus. »Seit Beginn des Projekts häufen sich die unmoralischen Vorkommnisse in Ihrer Gruppe: Im Unterricht wird heimlich pornografische Lektüre gelesen. Der laszive Umgang der Schüler und Schülerinnen miteinander nimmt zu. Ich konnte unlängst nur mit Mühe einen eindeutigen Annäherungsversuch vom Kern Pepi an unser Sorgenkind, Elisabeth Dorfer, unterbinden.«

Vom Kern Pepi? Das war ja etwas ganz Neues. War etwa er der Verfasser der unanständigen Zeilen? Ein in heimlicher Liebe zu Elisabeth Entbrannter, der sich für ihre Abweisung auf diese Weise zu revanchieren suchte? Vorstellbar war es, wenngleich der Stil seiner Aufsätze von dem der Briefe um einiges abwich. »Wenn Sie meinen, dass er der Schuldige ist, sammeln Sie bitte Beweise, damit wir die Sache aufklären können«, forderte Korber. Gleichzeitig ging er zum Angriff über: »Es gibt da allerdings noch jemanden, der sich für Elisabeth interessiert. Man hat sie vor der Schule das eine oder andere Mal mit einem Herrn Christ gesehen.«

»Glauben Sie, ich habe keine Augen im Kopf? Und merken Sie nicht, worauf ich hinauswill?«, belehrte ihn Margarethe Vollnhofer. »Es ist ein Klima der Unzucht, das sich hier zusammenbraut. Liebeleien, wohin man auch blickt. Dieser Herr Christ, seines Zeichens Besitzer eines Schuhgeschäftes, scheint in letzter Zeit überhaupt Gefallen an unseren Schülerinnen gefunden haben. Vor Fräulein Dorfer soll es schon mindestens eine andere gegeben haben. Nun stellt sich uns die Frage: Können wir es verhindern?«

»Nein«, antwortete Korber.

»Einerseits haben Sie recht, Herr Kollege«, stimmte sie ihm zu. »Die Eltern würden uns nicht glauben, wenn wir ihnen, wie im Fall der sonst ja recht eifrigen und zuverlässigen Dorfer, die Illusion von der unschuldigen Tochter nehmen. Sie würden es nicht begreifen. Sie würden uns beschuldigen, mit klischeehaften Vorurteilen zu arbeiten. Wir können uns als Lehrer nicht in die Privatangelegenheiten unserer heranwachsenden Jugend einmischen. Insofern sind wir machtlos.«

Korber nickte nur. Seine Kollegin hingegen redete ungebremst weiter: »Andererseits haben wir unseren pädagogischen Auftrag. Einmal mehr zeigt sich, wie wichtig es ist, nicht einmal in die Nähe von Anschuldigungen zu kommen, wir hätten gewisse Dinge durch unser Verhalten begünstigt. In einer Welt, in der sich die Leute gegenseitig in den Sack lügen und eine immer zweifelhaftere Moral besitzen, ist das unsere einzige Chance. Wir müssen unangreifbar sein, verstehen Sie? Mich interessiert es in Wirklichkeit nicht, dass es jemanden gibt, der sich daran ergötzt, Fräulein Dorfer mit ein paar obszönen Zeilen zu verunsichern. Wahrscheinlich ist sie daran gar nicht einmal so unschuldig. Ich verstehe die Aufregung nicht. Soll sie selber schauen, wie sie damit fertig wird. Vielleicht ist es bloß Teil eines Spaßes, den wir nicht kapieren. Aber eins möchte ich, und das nicht nur in dieser Situation: mir sittlich nichts vorwerfen müssen.«

»Dann ist es aber auch unsere Aufgabe, Elisabeth Dorfer zu helfen«, stellte Korber klar.

Margarethe Vollnhofer lächelte bitter. »Sagen Sie mir doch, wie? Habe ich Ihnen jetzt alles umsonst erklärt? Wir verbrennen uns nur die Finger, wenn wir uns hier einmischen. Ihre eigenen Eltern könnten in die Affäre verstrickt sein.«

»Das glauben Sie doch selbst nicht«, entfuhr es Korber.

»Sie finden zwar Gefallen an bedenklichen Frivolitäten, haben aber keine Ahnung von den wirklichen Perversionen dieser Welt«, konstatierte die Vollnhofer. »Eltern und ihre Kinder – das ist doch überhaupt das sexuelle Laster unserer Zeit. Der Brief wurde, da sind wir uns einig, höchstwahrscheinlich von einem Erwachsenen geschrieben. Passt in dem Zusammenhang vorzüglich. Ach was rede ich! Hände weg, das ist die einzige Möglichkeit.«

Wer hat da jetzt die perverseren Gedanken, ich oder sie, ging es Korber durch den Kopf. »Sie wollen sich also aus allem heraushalten?«, fragte er.

»Ja, das will ich«, bekräftigte sie. »Gleichzeitig ersuche ich Sie um einen sauberen, moralisch einwandfreien Unterricht, besonders in der letzten Phase unserer Projektvorbereitung. Was wir der Jugend vorleben, das bekommen wir von ihr zurück.«

»Und wenn Elisabeth etwas zustößt? Ich meine, etwas Ernstes?«

»Nicht unser Problem!« Mit diesen Worten drehte sich Margarethe Vollnhofer um, ging hinaus und ließ Thomas Korber mit seinen Vorbereitungsunterlagen allein im Konferenzzimmer zurück.

*

Im Café Heller war wieder die gewohnte Ruhe nach dem Mittagessen eingetreten. Frau Heller saß am Haustisch und legte Patiencen. Herr Heller war nicht da. Die beiden gingen sich allem Anschein nach jetzt lieber aus dem

Weg. Frau Heller kam um die Mittagszeit und verließ das Café am Abend, nachdem Herr Heller, der schon frühmorgens das Weite suchte, wieder aufgetaucht war. Beide wechselten kaum ein Wort miteinander. Es herrschte eisiges Schweigen. Auch zu Leopold sagte Frau Heller kaum mehr als dienstlich notwendig. Sie war ernst – sehr ernst sogar.

Für Leopold ging das an die Grenzen dessen, was er auszuhalten gewillt war. Sollte er wirklich aufgrund der Umstände gezwungen werden, sich in seinem Alter – er war ja schon um einiges über die 50 – um einen neuen Posten umzusehen, dann musste er sich wohl oder übel damit abfinden. Aber diese Reduzierung der Kommunikation auf ein paar hingeworfene Worte verleidete ihm die Arbeit gehörig. Er war ja nicht dazu verpflichtet, dabei schwermütig zu werden.

Plötzlich hatte er eine Idee. Auf leisen Sohlen, damit ja keiner seiner Gäste beim Zeitungslesen oder Umrühren in seinem Kaffee gestört wurde, pirschte sich Leopold an seine Chefin heran. »Was sagen Sie eigentlich zu unserer neuen Couch?«, fragte er.

Irritiert fuhr ihr Kopf hoch. »Am liebsten würde ich sie zwangsversteigern lassen oder verbrennen«, kam ihr knapper Kommentar.

»Wenn ich mir die Bemerkung erlauben darf: Bis jetzt ist sie bei unseren Gästen gut angekommen«, erwähnte Leopold vorsichtig.

»Tatsächlich?« Frau Heller legte die Herz-Dame auf dem Kreuz-König ab. Ihre Miene verzog sie dabei kein bisschen.

»Ja! Ich bin nämlich gerade dabei, den Nutzen dieses Möbels für unser Haus zu evaluieren.«

»Evakuieren wäre besser«, blieb Frau Heller unbeeindruckt.

»So schauen Sie sich das gute Stück doch einmal aus der Nähe an und probieren Sie es aus«, schlug Leopold vor. »Jetzt ist grad nicht viel los, und unsere Gäste wollen ohnehin ihre Ruhe nach dem Mittagessen. Ich schau nur schnell nach, ob noch jemand einen Wunsch hat.«

Frau Heller starrte nach vorn. Sie hatte Schwierigkeiten, die Szene mit ihren Augen zu fokussieren. Auch das, was sie hörte, lief auf seltsame Weise an ihrem Gehirn vorbei. Die Patience war ebenfalls nicht aufgegangen. Schon die dritte heute mit ungünstigem Verlauf, ärgerte sie sich. Vielleicht war es wirklich besser, sich ein wenig abzulenken. Also ging sie nach hinten zur Couch, setzte sich darauf, lehnte sich zurück, betastete das Leder mit beiden Händen. »Ich verstehe nicht, was die Leute daran finden, in unseren Thonetsesseln sitzt man viel bequemer«, rief sie Leopold entgegen, als er nachschauen kam.

»So funktioniert das auch überhaupt nicht«, bedeutete Leopold ihr. »Sie müssen versuchen, sich zu entspannen. Ich würde vorschlagen, Sie trinken erst einmal ein Glas vom Feinsten und vergessen alles um sich herum. Dann werden wir sehen, ob sich die gewünschte Wirkung einstellt.«

Auf Leopolds Vorschlag hin bestellte Frau Heller ein Glas Sekt. Als er zurückkam, hatte sie ihre Schuhe abgestreift und war dabei, eine liegende Haltung einzunehmen. »So geht es«, meinte sie. »Beim Sitzen kann man sich nicht optimal zurücklehnen, aber so geht es.«

Leopold reichte ihr das Glas, ein zweites hatte er sich selbst eingeschenkt. Sie prosteten einander zu. Danach glitt Frau Heller immer mehr in die Waagrechte. Leopold prüfte aus dem Augenwinkel, ob alles in Ordnung war. Der Rock reichte bei nur leicht angewinkelten Beinen züchtig übers Knie.

»Es ist nicht unangenehm«, gab Frau Heller zu. »Meine Güte, nur ein paar Augenblicke ausruhen und an nichts denken, aber ich glaube, das schaffe ich nicht.«

»Sie denken wohl ständig an Ihren Mann?«, forschte Leopold.

»Natürlich! Obwohl er es überhaupt nicht verdient.«

»Glauben Sie wirklich, dass er etwas Schlimmes gemacht hat?«

»Was heißt *glauben*«, antwortete sie. »Ich *weiß* es! Und das nach beinahe 30 Ehejahren. Man denkt, er kommt frisch und mit Kräften von der Kur zurück, nur um zu sehen, wie ihn eine andere umgarnt und sein wollüstiger Blick nicht mehr von ihr lässt. Das ist einfach niederschmetternd.«

»Er lässt sich jedenfalls kaum mehr anschauen«, stellte Leopold fest.

»Weil ich es ihm verboten habe«, erläuterte Frau Heller. »Abends darf er kommen und hier schlafen, wenn er möchte, das ist aber auch schon alles. Ich habe derweil eine andere Bleibe.«

»Sind das nicht fürchterliche Zustände?«, konnte sich Leopold nicht verkneifen zu sagen.

»Nennen Sie es, wie Sie wollen.« Frau Heller schloss nun ihre Augen. So etwas wie der Anflug eines Lächelns spielte um ihre Mundwinkel. »Wissen Sie, was ich jetzt am liebsten täte?«, fragte sie dann. »Ich würde mir gern einen jungen Burschen anlachen, nur für eine Nacht, koste es, was es wolle. So einen schlanken, muskulösen Typ mit Haaren auf der Brust und einem knackigen Popscherl. Heutzutage gibt es ja schon alles. Da wird man sich doch so einen Kerl über das Internet oder sonst wie engagieren können.«

»Aber Frau Chefin! Glauben Sie wirklich, dass das g'scheit ist?«, gab Leopold zu bedenken.

»Ich war lang genug g'scheit. Ich fang mir auch sicher mit keinem Mann mehr was an. Mein Heinrich und ich haben bisher eine gute Ehe geführt. Da merkt man nicht, wie selbstverständlich alles wird, wie man nach dem G'schäft ins Bett fällt, ohne dass sich noch irgendetwas regt. So etwas kenne ich mittlerweile in- und auswendig. Aber auf so einen Jungen hätte ich jetzt einen richtigen Gusto, einen, der mich oben knetet und unten kitzelt. Wofür hab ich mir denn ein bisschen Geld zusammengespart, wenn nicht für solche kleinen Freuden? Keine Verantwortung, keine Gefühle, nur das, was der Körper im Augenblick will. Dann bin einmal ich der Kunde und kann anschaffen. Und so ein neckischer junger Mann legt sich über mich …«

In Erwartung lüsterner Momente brachte Frau Heller ihre Beine nun in eine Position, die Leopold die Schamröte ins Gesicht trieb. Der Rock war eindeutig zu hoch übers Knie hinaufgerutscht. »Frau Chefin, ich bitte um Diskretion«, ersuchte er dringend.

Plötzlich wurde Frau Heller sentimental. Tränen kullerten in ihr Glas, als sie, nun wieder züchtig seitwärts liegend, versuchte, daraus zu trinken. »Es ist ja meine Schuld! Oh, ich bin an allem schuld«, brach es aus ihr hervor.

»Warum denn?«, war Leopold begierig zu wissen.

»Seit Beginn meiner Ehe mit Heinrich habe ich mir ausgemalt, wie es wäre, ihn heimlich zu betrügen«, schluchzte Frau Heller. »Ich kann nicht behaupten, dass ich es herbeigesehnt hätte, aber in meinen Träumen habe ich es mir immer sehr schön vorgestellt. Wir hatten damals im Kaffeehaus einen Stammgast, den Herrn Joschi, der war fesch und hat mir gut gefallen. Er hat auch immer Augen auf mich gehabt. Wie oft habe ich mir ausgemalt, wie wohl so eine Nacht mit diesem Joschi wäre. Letzten Endes habe ich mich nicht getraut. Aber schon der Gedanke war eine Sünde, die ich stillschweigend mit mir herumgetragen habe. Damit war der Knacks in unserer Ehe vorherbestimmt.«

»So schlimm wird's schon nicht gewesen sein«, versuchte Leopold, seine Chefin zu beruhigen. »Manchmal kommen einem halt so Gedanken. Das hat noch gar nichts zu bedeuten.«

»Es bedeutet, dass ich die Krise heraufbeschworen habe. Mein Gott, ich weiß gar nicht, warum ich Ihnen das alles erzähl.« Frau Heller richtete sich auf und schaute sich um, als wäre sie aus einem leichten Schlummer erwacht. Ihre Augen tränten noch leicht, aber sie wirkte um einiges munterer und lebendiger als zuvor. Sie rückte ihre Brille zurecht, erhob sich, trank aus und ging nach vor zur Theke, wahrscheinlich von dem Wunsch beseelt, eine Zigarette zu rauchen. Das Thema Couch war damit für sie abgeschlossen, ohne dass sie sich ein endgültiges Urteil gebildet hatte.

Leopold folgte seiner Chefin und wunderte sich ein wenig über das, was er soeben alles von ihr gehört hatte, und was so gar nicht seinem Bild von ihr entsprach. Aber *dass* er solche Dinge von ihr gehört hatte, war offensichtlich zu einem wesentlichen Teil der neuen Couch zuzuschreiben. Seine Vermutung hatte sich bestätigt: Die

Entspannung, das zwanglose Liegen, der gute Tropfen, der die Zunge löste – all das befreite die Menschen von selbst auferlegten Zwängen und ließ ihre Träume sowie ihr Unbewusstes zutage treten.

Er war sich sicher, dass ihm die Couch bei der Lösung des Mordfalles noch gute Dienste leisten würde.

*

Korber blickte zufrieden auf seine Uhr. Wieder war sich alles prächtig ausgegangen, sodass er nach den Proben und Besprechungen in der Schule keine Schwierigkeiten hatte, den Termin mit Sophie Kuril, dem er entgegenfieberte, einzuhalten. Zusätzlich war es ihm gelungen, in einem kurzen Vieraugengespräch mit Robert Schneider bestätigt zu bekommen, dass an den Gerüchten um Elisabeth Dorfer und Oliver Christ etwas Wahres dran war. Robert war sich ziemlich sicher, dass die beiden etwas miteinander hatten, obwohl für ihn nicht genau feststand, wie weit es dabei schon gekommen war. Mit einem Mädchen der Nachbarklasse, Dolores Wilczek, habe Christ ebenfalls einmal ein Verhältnis gehabt, diese Beziehung sei aber schon eine Zeit lang aus. Korber hatte auch beobachten können, dass der Schüler Josef Kern tatsächlich mehr als nur kameradschaftliches Interesse für Elisabeth Dorfer empfand. Wenn man genau hinschaute, suchte er ihre Nähe, das Gespräch mit ihr, folgte ihren Bewegungen mit seinen Augen. Elisabeth blieb dabei kühl und distanziert. Seltsam, dass einem so etwas erst auffällt, wenn man es von anderen hört, dachte Korber. Dann rief er rasch bei Leopold an, um ihm diese letzten Informationen mitzuteilen.

Leopold zeigte sich darüber äußerst erfreut. Als Korber ihn noch wissen ließ, dass ein weiteres Treffen mit Sophie Kuril unmittelbar bevorstand, munterte er ihn auf: »Bleib an ihr dran.«

Das brauchte er Korber nicht zweimal zu sagen. Der betrat frohgemut und voller Wiedersehensfreude die Konditorei Janecek am Franz-Jonas-Platz. Doch von Sophie Kuril war weder im Lokal noch im Schanigarten etwas zu sehen. Korber setzte sich also an einen Tisch im Freien, um zu warten, bis sie kam. Er wollte gerade etwas bestellen, als plötzlich ein älterer, aber durchaus gut aussehender, großer gepflegter Mann mit grauem Haar vor ihm stand und ihn anredete: »Herr Korber?«

Verdutzt hob Korber seinen Kopf: »Ja?«

»Sie wollten sich doch hier mit Sophie Kuril treffen. Es tut mir leid, Ihnen sagen zu müssen, dass sie nicht kommen kann. Aufgrund der letzten Ereignisse sind Umstände eingetreten, die das bedauerlicherweise verhindern. Aber wenn Sie ein wenig Zeit haben und mit mir vorlieb nehmen, würde ich gern ein paar Worte mit Ihnen wechseln. Ich bin nämlich Herr Scholz, Sophies Vater.«

»Aha! Sehr erfreut!« Noch immer überrascht und natürlich vor allem enttäuscht drückte Korber dem fremden Mann die Hand.

»Für einen alten Herrn wie mich sind die süßen Sachen nicht mehr ideal«, lächelte der Mann. »Es ist ein schöner Tag. Gehen wir doch ein bisschen in Richtung Alter Donau spazieren, wenn es Ihnen nichts ausmacht.«

»Durchaus nicht!« Noch immer tat sich Korber schwer, seine Enttäuschung zu verbergen. Aber vielleicht hatte der Vater etwas auf dem Herzen, das auch für ihn von Wichtigkeit war.

»Ich sehe, dass Sie sich über mein Erscheinen wundern«, fuhr der Mann fort, während sie gemächlich weiterspazierten. »Aber vermutlich kennen Sie die Schwierigkeiten, die Sophie derzeit hat. Da müssen Sie verstehen, dass ich mir Sorgen mache.«

Korber hatte keine Ahnung, wie viel sein Gegenüber wusste. »Meinen Sie damit das vergangene Wochenende?«, deutete er vorsichtig an.

»Ich meine vor allem ihre Situation zu Hause, die sich dramatisch zugespitzt hat. Kennen Sie Sophies Ehemann, Herrn Kuril?«

»Bedauernswerterweise nein!«

»Sie bedauern es? Was hat Ihnen Sophie über Theodor erzählt?«

»Nun, ich denke, er ist streng und gibt ihr wenig Freiraum«, sagte Korber so dahin und fühlte sich gar nicht wohl dabei.

»Im Wesentlichen haben Sie die Lage erkannt«, bestätigte der Fremde nachdenklich. »Lassen Sie mich jetzt zum heiklen Punkt unseres Gesprächs kommen. Meine Tochter behauptet, dass sie Sie liebt und dass sie insgeheim hofft, dass Sie sie aus dieser verzwickten Situation befreien. Was sagen Sie dazu?«

Korber war für einen Augenblick sprachlos. Nie hatte er damit gerechnet, mit einem Mal Sophies Vater Rede und Antwort zu stehen. Er beschloss, sich dem alten Herrn dennoch ein wenig anzuvertrauen. Schließlich war er froh, mit jemandem über dieses Thema sprechen zu können, das ihm sehr am Herzen lag. »Ich weiß nicht, ob die Zeit seit unserem Wiedersehen ausreicht, um das zu beurteilen«, blieb er allerdings abwartend.

»Ich sage Ihnen, meine Tochter ist Feuer und Flamme für Sie!«

»Ich bin mir da nicht so sicher.«

»Und wenn ich Ihnen mitteilen muss, dass sie zu Hause den schlimmsten Schikanen ausgesetzt ist? Dass ihr Mann ihr das Leben zur Hölle macht? Dass sie Angst vor ihm hat? Wären Sie dann bereit, sie aus den Fängen dieses Tyrannen zu befreien?«

»Ja«, antwortete Korber nun ohne langes Überlegen.

»Danke! Sie wissen gar nicht, wie wichtig dieses Wort für mich ist. Ihre Gefühle für Sophie sind also echt? Wie würden Sie das beschreiben, was Sie für meine Tochter empfinden?«

Korber dachte nochmals nach. Sollte er vor diesem fremden Herrn wirklich sein Herz ausschütten? Irgendwie drängte es ihn, das loszuwerden, was er Sophie gegenüber zu bekennen sich bisher nicht getraut hatte. Und was sollte schon sein? Sophie hatte ja in ihrer SMS ihre Liebe zu ihm bekundet und offenbar auch ihren Vater darüber eingeweiht. »Es ist, wie gesagt, einige Zeit seit meinem ersten Zusammentreffen mit Sophie und unserem Wiedersehen vergangen«, begann er deshalb. »Ich habe sofort wieder große Sympathie für sie verspürt. Ich glaube, wir sind uns schnell nähergekommen – schneller, als es Sophie vielleicht lieb war. Sie ist ja schließlich verheiratet und ist gezwungen, darauf Rücksicht zu nehmen. Wenn sie jedoch bereit ist, ihre unglückliche Ehe zu beenden, werde ich sie mit all jenen Zärtlichkeiten verwöhnen, die sie schon so lange vermissen musste.«

Jetzt war es heraußen. Der Alte schritt weiterhin bedächtig neben Korber einher und nickte zwischendurch immer nur. Er schien einen solchen oder ähnlichen Wortlaut erwartet zu haben. »Es ist gut, dass Sie ehrlich sind«, versicherte er. »Es ermutigt mich, Ihnen etwas mitzuteilen. Warten Sie bitte einen Augenblick.«

Sie gingen gerade durch die große im Volksmund ›FAC-Bau‹[3] genannte Wohnhausanlage des Paul-Speiser-Hofes. Die Innenhöfe lagen ruhig da. Keine Menschenseele außer einem jungen Mann in Jeans und einer leichten blauen Jacke war zu sehen. Auf ihn steuerte der Alte zu und flüsterte ihm etwas ins Ohr. Dann lächelte er Korber zu.

Der Bursche aber stürzte sich mit einem Mal auf Korber und gab ihm links und rechts je eine derbe Ohrfeige. Kaum hatte sich Korber von dem Schock erholt, hörte er die gar nicht mehr freundliche Stimme seines Begleiters: »Das ist Sophies Sohn Willibald, müssen Sie wissen, und ich bin nicht ihr Vater, sondern Theodor, der furchtbare Ehemann. Hast du dich genügend abreagiert, Willi?«

»Ich mag ihn nicht sehen. Ich mag nicht in sein Gesicht gucken, sonst vergesse ich mich«, zeterte Willi.

»Du gibst jetzt Ruhe, Willi! Das ist ein Befehl«, trug Theodor Kuril seinem Sohn auf. »Willi ist nämlich sehr sensibel, was seine Mutter betrifft, und ich bin es auch«, ließ er Korber dann wissen. »Wir sind unter Umständen bereit, ihr den törichten Ausrutscher vom Wochenende zu verzeihen, aber dass sie sich nun auf eine Herzensromanze mit Ihnen einlassen möchte, ist untragbar. So etwas werden wir nicht zulassen.«

Korber war noch immer ganz verdattert. »Sie verstehen die Situation völlig falsch«, stieß er hervor.

»Ach so?«, entgegnete Kuril mit bitterem Sarkasmus. »Ich habe Ihnen soeben die Gelegenheit gegeben, Ihre

3 Die Anlage war bis 1948 nach dem Floridsdorfer Athletik-Club, einem Fußballverein mit heute nur mehr regionaler Bedeutung, benannt.

Gefühle, meine Frau betreffend, in aller Klarheit darzustellen. Ich glaube nicht, dass Ihre Schilderung etwas an Eindeutigkeit zu wünschen übrig lässt. Sie sind hinter meiner Frau her, und sie spielt mit. Sollten auch nur irgendwelche Zweifel bestehen, so gibt es Fotos, die den Tatbestand eindeutig beweisen.«

Kuril griff in seine Jacketttasche und fischte daraus zwei Fotografien hervor. Die eine davon zeigte Korber und Sophie an jenem Sonntagvormittag, als Klara Gassners Leiche gefunden wurde. Korber umarmte Sophie gerade, um sie zu beruhigen. Auf dem zweiten Foto sah man, wie er Sophie einen Tag später nach dem Heurigenbesuch zum Abschied küsste.

»Das kann ich erklären«, verteidigte sich Korber. »In beiden Fällen sind die Berührungen nur freundschaftlich. Es hat überhaupt nichts mit den Gefühlen zu tun, die Sie mir vorwerfen.«

»Wer's glaubt, wird selig«, meinte Kuril nur lakonisch. »Die Bilder sprechen eine deutliche Sprache. Außerdem hatten Sie sich in beiden Fällen hinter meinem Rücken mit meiner Frau verabredet.«

»Es hatte … mit den besonderen Umständen zu tun«, betonte Korber, nun schon etwas vorsichtiger.

»Das nehme ich Ihnen nicht ab. Sie sind ein Lügner«, warf Kuril ihm vor. »Heute waren Sie schon wieder auf ein Tête-à-tête mit meiner Gattin aus. Die besonderen Umstände bestanden darin, dass ich Ihnen von Sophies Handy aus eine SMS geschrieben und nicht vergessen habe, den schönen Satz ›Ich liebe dich‹ einzufügen. Darauf sind Sie natürlich prompt hereingefallen.«

»Sie wollen uns meine Mutter wegnehmen«, schnaubte Willibald Kuril mit geballter Faust.

»Das ist genau der springende Punkt«, ergänzte sein Vater. »Dass Sophie eine Hure ist, diese schmerzliche Erfahrung haben wir beide, Willi und ich, bereits machen müssen. Aber Sie wollen sich damit nicht zufriedengeben. Sie möchten sie ganz für sich haben. Sie wollen unsere Familie zerstören!«

»Das ist alles nicht wahr, so glauben Sie mir doch!«

»Ich glaube in erster Linie das, was ich höre und sehe. Ich bin dafür auch extra in die Rolle von Sophies Vater geschlüpft. Es hat mir großes Vergnügen bereitet, Sie auf diese Weise zu entlarven. Aber jetzt spüre ich nur Enttäuschung und Bitterkeit.«

»Sie verkennen die Situation total. Ich sehe schon, Sie sind wirklich der bornierte und selbstgefällige alte Mann, wie ich ihn mir vorgestellt habe«, ging Korber nun in die Offensive. »Das Einzige, was Sie können, ist, Befehle zu erteilen und anderen Leuten nachzuspionieren. Sie glauben, wenn Sie Ihre Frau einsperren, läuft sie Ihnen nicht davon. Damit täuschen Sie sich allerdings auf allen Linien.«

Sie kamen zu einem der zahlreichen Durchgänge der großen Anlage. Gerade in diesem Augenblick wirkte alles wie ausgestorben, kein Mensch war zu sehen. Mit einem raschen Griff packte Willibald Kuril Korber und fixierte ihn an der Wand. Sein Vater hatte plötzlich eine Pistole in der Hand und zielte auf Korbers Geschlechtsteil.

»Jetzt hören Sie einmal zu, Sie Witzbold«, sagte er mit eisiger Stimme. »Ich glaube, dass Sie es sind, der die Situation verkennt. Das ist nicht der Augenblick, mir Moralpredigten zu halten. Trotz meiner Disziplin als ehemaliger Soldat könnte ich jetzt so außer mir sein, dass ich Ihre gesamte Männlichkeit wegpuste. Das dauert nicht einmal eine Sekunde. Ich komme dann zwar ins Gefängnis, aber jede Minute hinter Gittern würde ich mir vergegenwärtigen, wie verstümmelt und ohne Hoffnung Sie gerade durchs Leben gehen – wenn Sie dazu noch in der Lage sind. Es wäre mir ein unendlicher Trost.«

Korber standen die Schweißperlen auf der Stirn. War denn niemand da, der sah, wie ihm mitgespielt wurde? Seine Kehle war trocken. Selbst wenn er einen Laut hervorgebracht hätte, hätte er nicht gewagt zu schreien. Theodor Kuril meinte es offenbar sehr, sehr ernst.

»Es hat keinen Sinn, vor mir davonzulaufen«, redete Kuril mit derselben Bestimmtheit weiter. »Ich werde Sie immer finden. Und ich kenne eine Menge Leute. Sollten Sie also weiterhin so unverfroren sein, sich meiner Frau zu nähern, ist Ihr Leben keinen Pfifferling mehr wert. Ein Schuss ist schnell abgefeuert. Für gewöhnlich treffen meine Freunde und ich auch ziemlich genau. Das Beste ist also, Sie lassen Sophie in Ruhe – für immer!«

»Was werden Sie mit ihr tun?«, rutschte es Korber heraus.

Kurils Hand hielt die Waffe ganz ruhig, er schien keine Angst zu haben, bei seinem Strafgericht gestört zu werden. Ganz leicht hob er eine Augenbraue. »Möchten Sie bei ihrer Bestrafung zusehen?«, fragte er. »Ich lade Sie gern dazu ein. Ich warne Sie jedoch: Es wird eine betrübliche Angelegenheit werden. Wahrscheinlich bin ich der Einzige, der sich daran weidet.«

Aus Richtung Alter Donau kam jetzt jemand, eine gebrechlich scheinende Frau mit Rollator. Noch einmal überlegte Korber, ob er schreien sollte. Er spürte gar nicht, dass Willibald Kuril ihn bereits losgelassen hatte. Auch aus Theodor Kurils Hand war die Pistole plötzlich wieder verschwunden, als er ihm riet: »Denken Sie heute Abend an Sophie. Sie wird es brauchen können.«

»Sie … Sie sind gemeingefährlich«, stotterte Korber.

Kuril schien ihn nicht zu hören. »Noch etwas«, fügte er hinzu. »Sie haben da eine Freundin, eine kluge, attraktive, vernünftige Frau mit Namen Angela Bauer. Kümmern Sie sich wieder ein wenig mehr um sie. Es wäre schade, wenn ihr etwas zustoßen würde.«

Daraufhin drehten sich Willibald und Theodor Kuril ohne ein weiteres Wort um und gingen flotten Schrittes durch die Anlage zurück in Richtung Gymnasium und Bahnhof. Korber schaute ihnen nach, dann schaute er wieder auf die Frau, die sich langsam mit dem Rollator weiterbewegte. Er lehnte immer noch an der Wand und war unfähig, sich zu rühren. Seine Knie schlotterten. Es schien ihm eine Ewigkeit, bis dieser Zustand nachließ.

Kaum konnte er wieder halbwegs einen Fuß vor den anderen setzen überlegte er, welche Möglichkeiten es gab, Sophie Kuril aus dem Schlamassel herauszuhelfen und es dem eingebildeten Altmilitaristen zu zeigen. Schließlich hatte auch er, Thomas Korber, eine Ehre. Die zwei Ohrfeigen, die gefährlichen Drohungen – sollte er das alles so einfach auf sich sitzen lassen? Früher, zur Zeit Schnitzlers, hatte es in so einem Fall eine beliebte Lösung gegeben: ein Duell. Ganz so einfach war die Sache nun aber auch wieder nicht. Schnitzler behandelte das Thema in der berühmten Erzählung ›Leutnant Gustl‹, die Korber mit seinen Schülern derzeit einstudierte. In dieser Geschichte wird ein junger Leutnant nach einem Konzert von einem Bäckermeister insultiert, kann sich aber nicht mit ihm duellieren, da der Bäckermeister als Zivilist nicht satisfaktionsfähig ist. Daraufhin irrt dieser Leutnant

Gustl eine Nacht lang verzweifelt durch Wien und den Prater. Wenn alles aufkommt, wenn der Bäckermeister es herumerzählte, wäre er gesellschaftlich erledigt. Der einzige Ausweg, der ihm bleibt, ist Selbstmord. Doch siehe da, den Bäckermeister ereilt in derselben Nacht ein Schlaganfall, und Gustl ist gerettet. Das alles wird in einem großartigen inneren Monolog dargestellt.

Also konnte, genau genommen, weder Korber Kuril noch Kuril Korber fordern, abgesehen davon, dass Duelle schon immer verboten und natürlich auch nicht mehr zeitgemäß waren. Es sah fast so aus, als müsse Korber alles hinnehmen. Dabei musste er sich eingestehen, dass er in der Angelegenheit nicht ganz so unschuldig war, wie er aus Notwehr getan hatte. Natürlich hatte er sich in Sophie verschaut. Natürlich hatte er von Beginn an damit spekuliert, sie ins Bett zu bekommen, wenn nicht sogar ein Verhältnis mit ihr anzufangen. Irgendwie hatte er aus Angst vor dem Eingesperrtsein in seiner Beziehung überreagiert, und das war jetzt die brutale Konsequenz davon.

Und Sophie? Nein, Korber konnte ihr nicht helfen, musste sich sogar einreden, dass er ihr nicht helfen wollte. Er kannte sie zu wenig. Er wusste gar nicht, aus welchen Motiven sie ihn zeitweise näher an sich herangelassen hatte. Jetzt erst schoss ihm ein, wie wenig er von ihr wusste. Obwohl sich alles in ihm wehrte, daran zu glauben, bestand sogar die Möglichkeit, dass Sophie die Mörderin war.

Hände weg, redete sich Korber ein, endgültig Hände weg. Gleichzeitig schob sich aus den hinteren Regionen seines Gedächtnisses wieder ein Name in den Vordergrund: Geli Bauer. Merkwürdig, dass auch ihr Theodor Kurils Drohungen gegolten hatten. Woher wusste er überhaupt von Geli? Und woher hatte er die zweideutigen Fotos von ihm und Sophie?

Nervös nahm Korber sein Handy heraus. Das Wichtigste schien ihm zunächst einmal, sicherzugehen, dass mit Geli alles in Ordnung war. Anrufen sollte er sie ja nicht, also schrieb er eine SMS:

»Hallo Geli! Bitte schreib mir kurz, ob es dir gut geht. Würde dich gerne wieder sehen.«

Sein Handy vibrierte schneller, als er zu hoffen gewagt hatte. Geli hatte geantwortet. Er las:

»Es geht mir blendend. Hast du Zeit am Wochenende?«

KAPITEL 13

»Da hinten ist der Tisch, wo die immer Tarock spielen.« (Schnitzler: Leutnant Gustl)

Wieder erschien Emmerich Holub etwas zu früh im Kaffeehaus. Die anderen Tarockierer waren noch nicht da. Er wirkte relativ nüchtern, aber unausgeschlafen und ramponiert. Sofort winkte er Leopold herbei: »Komm und nimm dir ein paar Minuten Zeit für mich. Du kannst mich nicht den ganzen Abend auf die Folter spannen. Du musst mir deine Meinung zu unserer Diskussion von vorgestern sagen, sonst rühre ich die Karten nicht an.«

»Sie sehen ja, dass ich zu tun hab«, bremste Leopold ihn ein. »Zaubern kann ich auch nicht! Sie verbreiten immer so eine unnötige Hektik. Was hätten Sie denn gern zu trinken?«

»Eine Flasche Bier! Aber hör einmal …«

Leopold schaute, ob die Couch frei war. Leider saß ein junges Pärchen drauf und tauschte schüchterne Zärtlichkeiten aus. Aber er konnte sich ohnehin nicht vorstellen, dass sich Holub im Augenblick so entspannt hinlegen würde wie am Vortag Trixi Stoisits oder vor ein paar Stunden Frau Heller. »Setzen Sie sich nach hinten zu den Kartentischen«, ersuchte er ihn deshalb. »Ich komme, sobald ich Zeit hab.«

Holub tat, wie ihm geheißen. Man sah ihm die Spannung deutlich an. Anscheinend hielt er es vor lauter Nervosität kaum aus. »Da bist du ja endlich«, empfing er Leopold voll Ungeduld, als der ihm mit einer kleinen

Verspätung sein Bier brachte. »Es bleibt uns nicht mehr viel Zeit. Du weißt, ich bin in der Bredouille. Offenbar wollen die anderen mir den Mord in die Schuhe schieben. Zumindest legen sie alles gegen mich aus. Du bist meine große Hoffnung. Hast du eine Idee, was man da machen kann?«

»Nur immer mit der Ruhe, Herr Holub.« Leopold schenkte dem Gast das Glas voll, sodass eine schöne Schaumkrone entstand. »Wenn ich ehrlich bin, weiß ich viel zu wenig, um Ihnen zu helfen.«

»Heißt das etwa, dass du vorgestern gar nicht aufgepasst hast? Du trau dich mir noch einmal unter die Augen, du …« Holub hielt es kaum auf seinem Sitz.

Leopold schüttelte nur ganz entschieden den Kopf. »Das heißt es überhaupt nicht«, stellte er dezidiert fest. »Es heißt vielmehr, dass ich nur das weiß, was die anderen behaupten, aber nicht, wie Sie dazu stehen. Wie soll man Ihnen helfen, wenn Sie zu keinem der Vorwürfe, die gegen Sie erhoben werden, Stellung beziehen können? Sie können sich das alles nicht erklären, das ist das Einzige, was ich von Ihnen höre.«

»Quäl mich nicht. Du weißt, ich habe Gedächtnislücken«, stöhnte Holub.

»Das ist leider das unübersehbare Problem«, erwiderte Leopold. »Versuchen wir einmal, uns auf die wesentlichen Dinge zu konzentrieren. Zu diesem Zweck bitte ich Sie, mir ein paar kleine Fragen zu beantworten. Frage eins: Wie laut war es denn so im Durchschnitt auf der Party?«

»Willst du mich auf den Arm nehmen?«

»Beantworten Sie bitte meine Frage, ich erkläre es Ihnen dann schon.«

»Sagen wir so: Es war nie übertrieben laut«, begann Holub. »Es war ja in unserem eigenen Interesse, dass nicht gleich die ganze Umgebung mitbekam, was sich abspielte. Am Freitag haben wir uns ein wenig eingestimmt, mit Musik und Alkohol. Wir mussten ja erst locker werden. Wenn wir uns dann auf den Zimmern vergnügt haben, hat man es im Haus sicherlich gehört, aber wir haben nicht so darauf geachtet, wir waren zu sehr miteinander beschäftigt. Danach gingen Klara, Sophie und Eugen meist vors Haus eine rauchen. Dabei waren sie ruhig, vor allem, wenn es schon spät war. Zum Plaudern gingen wir in den Aufenthaltsraum, aber der Lärm hielt sich auch dort in Grenzen.«

»Na sehen Sie! Kommen Sie schon drauf, was ich meine? Wenn es laut ist, fällt es einem im ersten Stock nicht so auf, wenn jemand Fremder kommt und es eine kleine Diskussion oder Auseinandersetzung gibt. Ist es aber relativ ruhig, müsste man so etwas auch oben hören. Laut Ihrer Auskunft waren die Voraussetzungen dafür gegeben, Besucher von den Zimmern aus akustisch wahrzunehmen. Sie sagen, es war jemand da, Ihre Kollegen behaupten das Gegenteil. Die Frage ist jetzt, wer flunkert: Sie oder die anderen?«

»Was ich gehört habe, habe ich gehört«, wich Holub nicht von seiner Version ab.

»Wie waren die Stimmen denn? Laut oder leise? Männlich oder weiblich? Bekannt oder unbekannt?«

»Du bist mir keine große Hilfe. Das hat mich die Polizei auch alles gefragt.«

»Und? Was haben Sie gesagt?«, ließ Leopold nicht locker.

»Ich kann es eben nicht so genau beschreiben. Am

ehesten klang es, als ob Klara mit einer fremden Person geredet und es später eine Auseinandersetzung gegeben hätte. Aber ich habe es nicht exakt herausgehört. Die Tür zum Aufenthaltsraum muss geschlossen gewesen sein, und das hat alles ein wenig gedämpft.«

»War Klara nachher bei Ihnen im Zimmer?«

»Nein … ich glaube nicht …« Holub stockte.

»Und Sophie Kuril?«

»Auch nicht. Natürlich kann ich es nicht garantieren. Ich muss zwischendurch einmal eingenickt sein. Da merkt man es doch nicht, wenn sich jemand ins Zimmer stiehlt und nachher wieder verschwindet.«

»Zweite Frage: Weshalb haben Sie einen Wutanfall bekommen und durch die Gegend gebrüllt, Herr Holub?«

»Ich habe nicht gebrüllt«, wurde Holub sofort lauter, bekam sich aber mit Mühe wieder unter Kontrolle. »Du solltest mich nicht befragen, sondern mir einen Rat geben, Leopold. Aber offensichtlich ist das überhaupt nicht deine Absicht. Du kannst mich gern haben.«

»Einen Augenblick, Monsieur«, entgegnete Leopold ebenso barsch. »Ich habe Ihnen schon gesagt, dass ich Ihnen nur helfen kann, wenn ich mich auskenne. Das ist jedoch nach Ihren Ausführungen kaum möglich. Alles ist völlig unklar. Da müssen Sie es sich schon gefallen lassen, wenn man es ein bisschen hinterfragt. Und eines bin ich mir sicher: Gebrüllt haben Sie! Das haben sich die anderen nicht aus den Fingern gesogen, sondern man konnte es überall hören, weil es sonst nämlich im Haus recht ruhig war. Was hat Sie denn auf einmal so wütend gemacht?«

»Es ist mir alles selbst ein Rätsel«, gab Holub, bei dem

nun die Verzweiflung durchschlug, zu. »Was soll ich bloß tun?«

»Versuchen Sie, sich an möglichst viele Details jener Nacht zu erinnern«, riet Leopold ihm. »Gehen Sie den Ablauf Punkt für Punkt systematisch durch, sofern Sie das können. Fragen Sie ab, was in Ihrem Hirn noch da ist, sonst sehe ich schwarz für Sie. Es ist ja wirklich die einfachste Sache der Welt, Ihnen mit folgendem Szenario einen Strick zu drehen: Das Mordopfer befindet sich in Ihrem Zimmer. Auf einmal rasten Sie aus und schreien Klara an. Die bekommt es mit der Angst zu tun und flüchtet vors Haus. Einige Augenblicke sind Sie sich nicht sicher, was Sie tun sollen, dann gehen Sie ihr nach, nehmen einen Stein und erschlagen sie.«

»Was für ein Motiv soll ich denn gehabt haben? Sagen Sie mir das bitte!«

»Sexuelle Enttäuschung. Aggression durch Alkohol. Erpressung durch Klara. Sonst noch etwas gefällig?«

Holub war ernst und schweigsam geworden. Er klammerte sich an sein Bierglas wie an einen rettenden Strohhalm.

»Dritte Frage: Weshalb haben Sie gerade Klara Gassner als sechste Teilnehmerin für das Wochenende auserkoren?«, ließ ihm Leopold keine Ruhe.

»Das ist relativ schnell erklärt«, berichtete Holub und schaute dabei von seinem Glas auf. »Gerade als unsere Pläne für dieses Treffen konkreter wurden, traf ich Klara wieder. Sie war mir schon aus der Schulzeit bekannt, nur war sie um einige Jahre jünger und ging in eine niedrigere Klasse. Ich habe sie vorsichtig in unsere Fantasien eingeweiht, da war sie sofort Feuer und Flamme. Den Rest weißt du.«

»Herr Holub, Sie verschweigen mir schon wieder etwas. Man spricht eine Dame nicht so mir nichts dir nichts auf eine schweinische Orgie an. Da muss es noch einen Grund geben.«

Holub seufzte. »Wenn du es unbedingt wissen willst: Ich war schon als Schüler vernarrt in die Kleine, aber damals war sie gerade erst einmal 15, und ich habe mich nicht getraut. Ich habe mir einfach plötzlich irrsinnig gut vorstellen können, wie es wäre, gewisse Dinge mit ihr nachzuholen, und da habe ich erstaunlich schnell den Mut gefunden, sie diesbezüglich zu fragen.«

»Und? Wie war's?«, nahm sich Leopold kein Blatt vor den Mund.

»Das werde ich gerade dir auf die Nase binden, du Indiskretion in Person«, schnaubte Holub ihn an.

»Dann sagen Sie mir bitte, welchen Eindruck Sie sonst von ihr hatten. Was für ein Mensch war sie?«

Dazu schien Holub nicht viel einzufallen. »Sie war sehr lebenslustig, hatte viel Energie«, meinte er achselzuckend.

»Mit einer Vorliebe dafür, andere Leute zu erpressen?«

»Was redest du da schon wieder daher? Also davon weiß ich nichts.«

»Wirklich nicht? Sic scheinen ja kaum etwas über Klara Gassner zu wissen«, konstatierte Leopold. »Und trotzdem haben Sie sich für sie als sechste Teilnehmerin an dem Liebesreigen entschieden, nur weil Sie einmal kurz in sie verknallt waren. Das finde ich schon eigenartig. Warum zum Beispiel nicht für Trixi Stoisits? Die kam aus Ihrer Klasse, ist recht fesch und ebenfalls kein Kind von Traurigkeit.«

»Muss ich dir jetzt meine Präferenzen auseinandersetzen, was Frauen angeht?«, reagierte Holub unwirsch.

»Dazu nur so viel: Trixi ist eine alte Intrigantin, und ihr Mann ist Anwalt. Genügt dir das?«

Leopold wollte weitere Fragen stellen, aber da kamen beinahe gleichzeitig der Herr Adi, der Herr Kammersänger und der pensionierte Herr Kanzleirat zur Tür herein, die zusammen mit dem heute abwesenden Herrn Hofbauer die legendäre Tarockrunde des Café Heller bildeten. »Ah, da sitzt ja schon unser Einspringer«, rief der Herr Kammersänger. Dann begrüßte man einander und unterhielt sich kurz über die Spielregeln.

»Beim Farbensolo müssen Sie bei uns mindestens sechs Farben im Blatt haben«, erwähnte der Herr Adi. »Ich sage Ihnen das, weil in den meisten Tarockrunden fünf Farben genügen. Aber wir haben das schon immer so gespielt.«

Leopold nahm indessen den Herrn Kanzleirat zur Seite. »Ihr seid doch eine trinkfeste Runde, nicht wahr?«, versicherte er sich.

»Eigentlich schon«, bestätigte sein Gegenüber. »Warum?«

»Ich möchte, dass Sie zur Feier des Tages ein, zwei Runden Marillenschnaps schmeißen«, sagte Leopold vertraulich. »Das geht selbstverständlich aufs Haus, das heißt auf mich, aber bestellen müssen Sie.«

Der Herr Kanzleirat erkannte sofort Leopolds Absicht. »Willst du ihn besoffen machen?«, fragte er.

»Ich möchte sehen, wie er sich verhält, wenn er Schnaps getrunken hat«, weihte Leopold ihn ein.

Der Herr Kanzleirat zog seine Augenbrauen hoch. Er sah nicht so aus, als würde er viel von dieser Idee halten. »Und wenn er randaliert?«, wollte er wissen.

»Dann bringen wir ihn schon wieder zur Raison. Aber

die Sache hätte ihren Zweck erfüllt«, teilte Leopold ihm augenzwinkernd mit.

*

Leopold brachte gerade die dritte Runde Schnaps nach hinten. Vorn an der Theke schlürfte Thomas Korber Mineralwasser, während sich Inspektor Bollek einen weißen Spritzer genehmigte. Beide waren schweigend in Gedanken vertieft. »Irgendwie schade«, seufzte Korber dann.

»Was?«, gab Bollek von sich, ohne seine Lippen wirklich zu öffnen.

»Dass man im Leben dieselbe Chance nicht zweimal erhält.«

»Ach, das meinst du.« Bollek trank, den Blick geradeaus, ohne wirkliches Ziel. »Sie soll es nur versuchen«, knurrte er und umklammerte sein Glas so fest, dass man Angst haben musste, es würde zersplittern.

»Wer?«, erkundigte sich Korber ohne wirkliches Interesse.

»Meine Nora natürlich«, antwortete Bollek. »Es würde mich ja wirklich interessieren, ob sie es schafft, mir untreu zu werden. Es gibt bessere Männer als dich, hat sie mir ins Gesicht geschrien. Danach hat sie mir einige körperliche Vorzüge aufgezählt, über die ich in einem anständigen Lokal wie diesem lieber den Mantel des Schweigens breiten möchte.«

»Sie ist halt ang'fressen auf dich.«

»Kindereien! Nichts als Kindereien! Sie will mich unter Druck setzen, eifersüchtig machen, tut so, als hätte sie was in petto. Aber sie soll sich nur trauen.«

»Du solltest ihr mehr Zeit widmen. Noch ist nichts verloren«, schlug Korber vor.

»Ach was! Ich habe einen harten Beruf! Da muss es wenigstens im Privatleben stimmen«, erklärte Bollek dezidiert. »Wenn Nora mit meinen Prinzipien nicht einverstanden ist, dann soll sie schauen, ob sie etwas Besseres bekommt. Du wirst sehen, die macht mir schon wieder ein Friedensangebot.«

»Du bist ein Optimist«, bemerkte Korber. »Ich wünsche dir jedenfalls das Beste. Ich fürchte halt, ich habe meine Chance bei Geli schon vertan. Ich habe zu lange gezögert und ihr nie das Gefühl gegeben, dass ich zu ihr stehe und für sie da bin. Und jetzt ist sie allem Anschein nach mit diesem Bernd zusammen.«

»So negativ würde ich die Lage nicht sehen«, munterte ihn Bollek nach einem weiteren Schluck auf.

»Ich müsste noch eine Gelegenheit bekommen, verstehst du? Das wäre unheimlich wichtig.«

Leopold hatte den letzten Teil des Gesprächs beim Zurückkommen belauscht. »Wieso ist dir das plötzlich wieder wichtig?«, ätzte er in Richtung Korber. »Weil du bei der anderen, der Sophie, die Hoffnung hast fahren lassen müssen?«

»Bitte erspare mir deine unqualifizierten Bemerkungen«, ersuchte Korber. »Dafür habe ich heute schon zu viel mitgemacht. Eigentlich müsste ich diesen eingebildeten Militaristen ja anzeigen: Nötigung, gefährliche Drohung, leichte Körperverletzung und so weiter.«

»Darüber haben wir schon auf dem Kommissariat gesprochen. Ich halte es nach wie vor für keine gute Idee«, informierte ihn Bollek. »Du hast dich nämlich nicht sehr geschickt und sensibel verhalten. Offenbar hast du dir ja tatsächlich mit seiner Frau was anfangen wollen, und das in einer Phase, wo Willibald, der verloren geglaubte Sohn, nach langen Differenzen mit seinen Eltern wieder zu ihnen gezogen ist. Da musst du die Erregung bei Willi und dem alten Kuril schon verstehen.«

»Es war ein zufälliges Wiedersehen ohne große Hintergedanken«, wehrte sich Korber. »Wir fanden uns sympathisch. Zwischen uns war rein gar nichts. Sophie wollte sich bei mir ein bisschen ausweinen, mehr nicht.«

»Wer's glaubt, wird selig«, gab Leopold, mit dem Rücken zu den Gästen Gläser einräumend, seinen Kommentar ab.

»Zweitens: Wo sind deine Beweise?«, fuhr Bollek indes fort. »Hat jemand etwas gesehen oder gehört? Sollen wir nach der ominösen Frau mit dem Rollator fahnden und sie fragen, wie sie die Situation eingestuft hat?«

»Bravo, Herr Inspektor! Ich bin zwar nicht immer Ihr Freund, aber diesmal haben Sie vollkommen recht«, meldete sich Leopold wieder zu Wort.

»Wenn Sie glauben, dass ich Ihnen für dieses Lob etwas über den Stand der Ermittlungen mitteile, haben Sie sich leider getäuscht, Herr Hofer«, meinte Bollek nur sarkastisch. »Dafür möchte ich zahlen. Ich habe ja noch Dienst. Wie sich Nora vorstellt, dass ich bei meinem Arbeitsrhythmus mehr Zeit für sie abzwacken kann, ist mir schleierhaft.«

Im selben Augenblick drang Lärm von den Kartentischen nach vorn. »Das können S' doch nicht machen«, hörte man den Herrn Kammersänger verzweifelt argumentieren. »Das ist gegen jede Raison!«

»Wieso kann ich es nicht machen?«, regte sich Holub lautstark auf.

»Ich bin der starke Mann, ich habe den Kontra gegeben! Der Solospieler sitzt hinten, und Sie schießen mich ständig mit einer toten Farbe an. Somit muss ich trumpfen und werde natürlich jedes Mal vom Adi überstochen. Wir hätten das Spiel zehnmal gewonnen. Aber so …« Der Herr Kammersänger ließ seinem Ärger freien Lauf.

»So was hat die Welt noch ned g'sehn«, stöhnte auch der Herr Kanzleirat. »Eine Pik, wenn Sie bringen …«

»Wollen Sie mir vielleicht in mein Spiel dreinreden?«, ereiferte sich Holub.

»Tut's das ja nicht. Wenn ich einen Solo spiel', darf er das noch etliche Male so machen«, frohlockte der Herr Adi. »Immerhin hab ich das Spiel gewonnen, und zwar mit Kontra. Macht 80 Cent pro Mann.«

Es wurde noch ein wenig weiter heftig diskutiert, dann wurde Leopold gerufen. Wieder bestellte jemand eine Runde Schnaps. Leopold brachte die klare hochprozentige Flüssigkeit auf einem Tablett nach hinten. »Es geht schon los, wie ich es mir erwartet habe«, meldete er Korber zufrieden, als er zurück zur Theke kam. »Natürlich hat sich dein Freund, der Inspektor, davongemacht, bevor es vielleicht ernst wird. Ist mir nicht einmal so unangenehm. Eigentlich wollte ich mit ihm noch ein wenig über den Mord fachsimpeln, aber so werde ich das eben mit dir tun. Du bist heute reuig und angenehm nüchtern, eine gute Mischung.«

Korber verdrehte die Augen. »Muss das sein?«

»Sicher«, ließ ihm Leopold keine Wahl. »Ich möchte nämlich mit dir zunächst einmal über deine derzeitige Lieblingsfamilie, die Kurils, sprechen. Nehmen wir als Ersten den jungen Willibald. Ohne Zweifel zornig und schlagkräftig, wie du am eigenen Leib zu spüren bekommen hast. Wie schätzt du ihn ein?«

»Er ist auf jeden Fall gefährlich und unsympathisch, unausgeglichen, schnell beleidigt und redet nicht viel«, gab Korber Auskunft. »Aber warum hätte er Klara Gassner umbringen sollen?«

»Ein Motiv müssten wir erst herausfinden. Vielleicht hat Klara ihn in Wut gebracht. Vielleicht hat sie seine Mutter beleidigt, und er hat zugeschlagen. Die Frage ist, warum er bei der Pension Vogelsang war, wenn er dort war! Vielleicht hat er auch Sophie und Klara miteinander verwechselt, immerhin hat Klara Sophies Nachthemd getragen. Wir müssten mehr über das komplizierte Verhältnis zwischen Mutter und Sohn in Erfahrung bringen. Eine Menge offene Punkte, wie du siehst.«

»Ja, aber du glaubst doch nicht, dass der Bub vorhatte, seine Mutter umzubringen«, widersprach Korber. »Dann eher der Mann seine Frau. Theodor Kuril ist zynisch, berechnend und in hohem Grad eifersüchtig. Aufgrund seines fortgeschrittenen Alters hat er offenbar ständig Angst, dass ihm seine Frau davonläuft.«

»Laut deinen Mitteilungen ist die kleine Orgie am Wochenende für Sophie zumindest ohne schlimmere Folgen seinerseits geblieben .«

»Bei ihm weiß man nie, wie man wirklich dran ist. Er kann sich unheimlich gut verstellen. Und wenn er wirklich plante, seine Frau zu töten und dann auf seinen Fehler draufgekommen ist, wäre das Vortäuschen von Verzeihen ja eine ideale Taktik, um von ihm als Verdächtigem abzulenken.«

»Da magst du recht haben. Leider kenne ich bis jetzt weder den Vater noch den Sohn. Aber da wird mir schon etwas einfallen. Genial finde ich jedenfalls den Trick, wie der alte Kuril dich hereingelegt hat. Hat dir einfach eine SMS vom Handy seiner Frau geschickt, und schon warst du hin und weg. Den Schmäh muss ich mir unbedingt merken.«

»Wühle nicht in meinen offenen Wunden«, bat Korber. Dann machte er wieder einmal einen braven Schluck von seinem Mineralwasser. Er versuchte offenbar wirklich, sich zu bessern.

»Das habe ich nicht vor«, versicherte Leopold ihm. »Ein bisschen müssen wir freilich auch deine kurzzeitige Favoritin unter die Lupe nehmen. So sanft, arm und tugendhaft sie dir auch erscheinen mag: Sie hatte mit Sicherheit ein Motiv und sie hatte die Möglichkeit.«

»Sophie? Mach dich nicht lächerlich«, widersprach Korber.

»Sie könnte von Klara erpresst worden sein. Und sie musste auf jeden Fall mit schlimmen Folgen für sich rechnen, wenn ihr Gatte etwas über das Wochenende herausbekam. Zur Tatzeit war sie angeblich irgendwo im ersten Stock, aber dazu gibt es nur die Aussage Eugen Probsts, und der könnte, aus welchen Gründen auch immer, ein wenig geschummelt haben. Klara könnte mit Sophie im Aufenthaltsraum geblieben sein. Ein Streit entbrennt, Klara geht vors Haus, Sophie ihr nach, sie nimmt einen Stein … Patsch, den Rest kennen wir!«

»Klara war doch angeblich noch einmal mit Holub im Zimmer.«

»Angeblich, aber diese Annahme ist mit äußerster Vorsicht zu genießen. Klara ist tot, Holub kann sich nicht erinnern, und wenn vom Rest jemand etwas weiß, hat er es noch nicht erzählt. Theoretisch könnte Klara Gassner auch mit Sophie in einem Zimmer gewesen sein, und das ganze Szenario hat sich von dort aus entwickelt. Ich wüsste nur zu gern, was Holub gehört und was ihn nachher so aufgeregt hat, dass er herumbrüllte.«

Als nun wieder der Name Holubs fiel, braute sich bei den Kartentischen erneut ein Gewitter zusammen. Die Diskussion nahm rasch an Lautstärke zu und weitete sich zu einer regelrechten Auseinandersetzung aus. »Her mit der Marie«, schrie Holub. »Ihr seid's Valat gegangen. Keinen Stich habt's ihr g'macht! Zahlt's, Bürscherln, aber flott!«

»Das Spiel ist ungültig, lieber Herr«, beharrte der Herr Adi. »Sie haben nur fünf Farben gehabt. Ich habe Ihnen doch gesagt, dass Sie bei uns beim Farbensolo sechs Farben brauchen.«

»Erstens bin ich nicht Ihr lieber Herr, und zweitens ist das die blödeste Regel, von der ich jemals gehört habe«, tobte Holub mit beträchtlichem Zungenschlag.

»Wir haben es Ihnen aber gesagt«, lenkte der Herr Kammersänger ein.

»Das interessiert mich nicht. Ihr habt's verloren, also zahlt's!«

Nach einem kurzen weiteren Wortgefecht hörte man, wie die Geldtazerln samt Inhalt zu Boden fielen. Holub, der sich in eine immer größere Wut hineinsteigerte, konnte gerade noch daran gehindert werden, den ganzen Kartentisch umzuwerfen. »Ihr seid's keine Menschen, ihr seid's Drecksäue«, grölte er und verlor dabei jegliche Beherrschung. Dann trampelte er, ohne nach links oder rechts zu schauen, mit starrem Blick zur Tür hinaus.

Die Aufregung legte sich nur langsam. Der pensionierte Herr Kanzleirat, der offenbar das letzte Glas

Schnaps ins Gesicht bekommen hatte, ging mit hochrotem Gesicht auf Leopold zu. »Was ist dir denn eingefallen, uns so einen zu bringen? Und ihn dann auch noch mit Alkohol vollzupumpen?«, fuhr er ihn an. »Der ist ja schlimmer als ein wildgewordenes Rhinozeros. Willst du unsere Kartenrunde aus eurem Kaffeehaus vertreiben? Dann mach nur weiter so!«

»Die Getränke gehen aufs Haus«, machte Leopold einen schüchternen Beschwichtigungsversuch.

»Und wer zahlt die Putzerei für mein Sakko?«

»Da kommen Sie halt auch mit der Rechnung zu mir! Machen Sie jetzt bitte nur kein großes Aufsehen. Es tut mir leid!«

»Soso, es tut dir leid! Ich weiß zwar nicht, was du da im Schild geführt hast, aber es wird dich in nächster Zeit noch etliche Runden Getränke kosten, bis wir dir das verziehen haben«, blieb der Herr Kanzleirat unbeugsam.

Leopold beteuerte so unterwürfig, wie er nur konnte, dass er alles unternehmen würde, um den Schaden, den die legendären Tarockspieler erlitten hatten, wieder gut zu machen. Im Stillen dachte er: Wenn man über ein paar unangenehme Randerscheinungen hinwegsieht, ist die Tarockpartie so verlaufen, wie ich es mir vorgestellt habe. Wie Holub auf übermäßigen Schnapskonsum reagiert, weiß ich jetzt jedenfalls genau!

*

Schließlich hatte sich das Geschehen wieder beruhigt. Herr Heller, den der Wirbel offensichtlich in seiner Wohnung oberhalb des Kaffeehauses aufgeschreckt hatte, war herunter gekommen, um nach dem Rechten zu sehen.

Zur selben Zeit hatte auch Herr Sedlacek seinen Fuß wieder einmal ins Kaffeehaus gesetzt, um zu sehen, ob sein Schachpartner schon wieder von der Kur zurück war. Beide spielten nun eine Partie am Cheftisch.

Thomas Korber nuckelte an einer zweiten Flasche Mineralwasser. »Jetzt verdächtigst du den Holub wahrscheinlich auch«, bemerkte er.

»Natürlich«, konstatierte Leopold. »Im Prinzip ist immer jeder verdächtig, und man muss sich genau alle Gründe anschauen, die für ihn oder sie als Täter sprechen. Das haben wir bei den Kurils getan, und das geht jetzt einfach so weiter. Du hast gerade selbst erlebt, wie unbeherrscht dieser Holub ist. Ein schwerwiegendes Indiz!«

»Er hat gerade einmal ein bisschen herumgewütet, aber niemanden verletzt oder umgebracht«, widersprach Korber.

»Ja, weil es bloß um ein paar lächerliche Cent gegangen ist. Stell dir einmal vor, da steht mehr auf dem Spiel, weil Klara ihn etwa erpresst oder sich ihm verweigert hat. Da kann er sich sicher noch gewaltig steigern.«

»Und wen hast du noch auf deiner Liste?«

Leopold begann aufzuzählen: »Genügend Leute. Da gibt es etwa einen Eugen Probst, der angeblich immer noch für deine Sophie Kuril schwärmt, und der sicher auch nicht wollte, dass Klara seiner Frau davon erzählt. Die Frau selber verdächtigt ihn schwer der Tat. Bisher habe ich sie nicht gesehen, doch ich kann mir vorstellen, dass sie ganz schön eifersüchtig ist, wenn's drauf ankommt. Dann haben wir eine Trixi Stoisits, die aus für sie nicht nachvollziehbaren Gründen nicht zu dem Wochenende eingeladen wurde und seither ungewöhnliches Interesse an den Vorkommnissen zeigt. War sie etwa dort? War sie so wütend darüber, dass Klara der Vorzug ihr gegenüber gegeben wurde, dass sie zuschlug? Was ist mit Heribert Garger und Adele Kraus? Über sie wissen wir sehr wenig. Kann man ihnen oder ihren Ehegemahlen einen Mord zutrauen? Oder doch eher einem gewissen Sebastian Fink, der so sehr um sein Geld und seinen guten Ruf fürchtet, dass er außer Kontrolle gerät? Ganz zu schweigen von Leuten aus Klaras Bekanntenkreis, die wir noch gar nicht kennen ...«

»Schach«, vermeldete Herr Heller vom Cheftisch.

»Schön! Aber was willst du unternehmen?«, fragte Korber. »Du hast doch noch so gut wie nichts Konkretes in der Hand.«

»Ich muss mir ein Bild machen«, sinnierte Leopold. »Das kann ich nur, wenn gewisse Leute endlich mit der Wahrheit herausrücken. Und das geht wiederum nur, wenn ich mit den Leuten sprechen kann. Das heißt, ich brauche sie hier, im Kaffeehaus.«

»Und wie möchtest du das bewerkstelligen?«, blieb Korber skeptisch.

»Da habe ich schon eine Idee. Mir wird einer helfen, der dir und mir gegenüber einiges gutzumachen hat. Und du natürlich auch, vor allem, wenn es um Sophie geht.«

»Was?« Korber ging sofort in Abwehrhaltung. »Das kannst du nicht von mir verlangen. Nicht nach dem, was heute Nachmittag passiert ist.«

»Schach«, kam es wieder vom Cheftisch.

»Ich kann es«, versicherte Leopold seinem Freund. »Es wird schon nicht so wild, verlass dich drauf. Lass dich einfach überraschen. Näheres erfährst du morgen. Sag mir aber bitte noch schnell, bevor du gehst: Was gedenkt Bollek im Fall Elisabeth Dorfer zu unternehmen?«

Korber versuchte, sich zu entspannen. »Er meint, er brauche noch weitere Hinweise. Er könne nicht einfach im Gymnasium auftauchen und einzelne Schüler verhören, nur weil sie Komplikationen in ihrem Liebesleben haben. Er glaubt, die Briefe sind von einem abartigen Verehrer.«

»Nicht sehr unternehmungslustig, dein Inspektor. Das könnte sich fatal auswirken. Also Josef Kern heißt der Schüler aus deiner Klasse, der Elisabeth nachstellt, und Dolores Wilczek heißt die frühere Freundin von Christ. Aus welcher Klasse ist die? Kennst du sie gut?«

»Sie ist aus der Parallelklasse, der 7B. Die Klasse unterrichte ich nicht, also kenne ich sie nur vage.«

»Wie sieht sie aus?«

»Mein Gott, wie ein durchschnittliches Mädchen in diesem Alter eben aussieht. Sie putzt sich ein bisschen heraus, glaube ich.« Korber wurde ungeduldig. »Wir haben alle Schülerfotos online. Warum schaust du nicht einfach im Netz auf der Homepage unserer Schule nach?«

»Ich – das heißt Erika – kann es ja einmal probieren«, meinte Leopold nicht gerade begeistert. Alles, was mit Computern und Internet zu tun hatte, war ihm nach wie vor ein Gräuel. »Wir müssen in der Sache auf jeden Fall bald auf einen grünen Zweig kommen«, stellte er dann fest. »Das Dumme ist, dass ich das Gefühl habe, dass Elisabeth in Gefahr ist, es aber kaum begründen kann und noch weniger weiß, woher diese Gefahr kommen könnte. Wann findet denn die Aufführung statt?«

»In der Schule nächsten Freitag, hier im Heller am Samstag. Dazu gibt es übrigens Plakate, zum Beispiel da vorn auf dem Fenster und auf der Eingangstür. Ich sage das nur, falls du sie in den vergangenen drei Wochen nicht bemerkt hast. Die meisten Schüler haben bereits ihre Kostüme. Morgen sind noch Elisabeth und ein, zwei andere dran, sie zu holen, und dann geht's in die entscheidende Phase.«

»Dann denke ich, dass uns nicht mehr viel Zeit bleibt«, resümierte Leopold. »Wir sollten auf alles gefasst sein. Da von Bollek kaum Unterstützung zu erwarten ist, achte bitte von morgen an in der Schule auf jede Kleinigkeit und verständige mich sofort, wenn dir etwas auffällt. Und lass dein Handy aufgedreht, hörst du? Dann können wir uns jederzeit kurzschließen.«

»Wenn man dich reden hört, bekommt man ja richtig Angst«, befand Korber, mit mehr Pflichtbewusstsein als Vergnügen sein Glas leerend.

»Einfach wird das alles nicht«, teilte ihm Leopold nachdenklich mit.

»So einfach ist das nicht, Herr Heller«, triumphierte jetzt auch Herr Sedlacek. »Sie geben Schach, ich gehe mit dem König auf f2. Sie geben noch einmal Schach, ich gehe auf g3. Dann fängt dasselbe Spiel von vorne an, immer so weiter, bis zur Sperrstunde. Von mir aus auch länger. Ich habe Zeit. Jedenfalls ist es ein klassisches Remis, denn sobald Sie nicht mehr Schach geben, hole ich mir mit dem Bauern die Dame.«

Herr Heller betrachtete die Situation auf dem Schachbrett mit trübem Blick. Es war tatsächlich so, dass ein Remis für ihn in dieser Partie die beste Möglichkeit bedeutete.

Nicht einmal den Sedlacek schlage ich mehr, dachte er. Nicht einmal gegen dieses Stiefkindl kann ich gewinnen. Es ist eine richtige Schande. Wohin wird diese ganze blöde Geschichte nur führen?

KAPITEL 14

»THEODOR: Ich bitt dich, mach keine Dummheiten, es kann eine Falle sein …« (Schnitzler: Liebelei)

Kaum beruhigte sich das Geschäft im Heller am nächsten Vormittag etwas, griff Leopold zum Telefon. »Guten Morgen, Herr Scheit, hier Leopold«, meldete er sich. »Ich habe noch einen kleinen Auftrag für Sie.«

»Von mir aus«, antwortete Gerry Scheit schroff. »Aber diesmal bitte zu meinen üblichen Konditionen.«

»Das würde ich nicht so sehen«, machte ihm Leopold von Anfang an keine Hoffnungen. »Sie haben nämlich einen Freund von mir ganz schön in die Klemme gebracht. Das war nicht fair!«

Scheit schien einiges zu dämmern. »Sie meinen …«

»Jawohl, ich meine, und zwar wie einseitig Sie bei der Observierung meines Freundes Thomas Korber vorgegangen sind. War das wirklich notwendig? Sie kennen ihn ja.«

Scheit druckste herum. »Es war ein Auftrag, und da musste ich …«

»Gar nichts mussten Sie«, unterbrach Leopold. »Sie haben ihn hingestellt, als habe er ein Liebesverhältnis mit Frau Kuril, obwohl er quasi nur in *meinem* Auftrag ermittelt und versucht hat, an Informationen im Mordfall Klara Gassner heranzukommen. Was war das Resultat? Herr Kuril und sein Sohn haben Thomas Korber attackiert und mit gefährlichen Drohungen bedacht. Der einzige Grund dafür waren Ihre Fotos und Ihr Bericht. Herr Korber hat eine Stinkwut im Bauch!«

Scheit wurde jetzt kleinlaut. »Weiß er den schon, dass …?«

»Nein, er weiß noch nicht, dass Sie der Urheber seines Unglücks sind, und unter Umständen vergesse ich auch darauf, es ihm zu sagen. Das heißt aber, dass Sie mir noch einmal helfen müssen. Und zwar unentgeltlich und sofort!«

»Die Situation ist im Augenblick äußerst ungünstig. Ich habe …«

»Sie haben im Augenblick nichts zu tun, außer mir zuzuhören und meine Anweisungen zu befolgen«, instruierte Leopold den Detektiv. »Es geht noch einmal um Elisabeth Dorfer. Sie wird das Gymnasium wieder um ca. 16.00 Uhr verlassen. Ich nehme an, dass sie zunächst ihr Kostüm für die Aufführung nächste Woche holen geht. Was sie dann macht, weiß ich nicht. Sie beobachten sie auf jeden Fall, und wenn Ihnen auch nur eine Kleinigkeit verdächtig vorkommt, verständigen Sie mich sofort. Im Notfall greifen Sie auch selbst ein. Das Mädel schwebt vermutlich in höchster Gefahr.«

Scheit überlegte. »Gut, von mir aus. Und wie lange …?«

»Wenn sich nichts tut, auf jeden Fall bis zum Wochenende. Dann werde ich sehen, was sich machen lässt.«

»Hören Sie, das sind drei Tage. Ich kann Ihnen nicht garantieren …«

»Genauso wird es gemacht, verstanden?«, wurde Leopold unwirsch. »Sonst lasse ich Sie mit Ihren Methoden auffliegen.«

»Ich werde sehen, was sich machen lässt. Also dann …«

»Einen Augenblick, Herr Scheit, wir sind noch nicht fertig!« Leopold holte kurz Luft. »Ich bitte Sie auch um ein kleines Arrangement für morgen. Sie sorgen mir dafür, dass Theodor und Willibald Kuril am Nachmittag ins Heller kommen.«

»Was heißt denn das schon wieder? Ich kann doch nicht …«

»Keine Angst, Herr Scheit, Sie können. Sie sagen einfach, dass sich Sophie Kuril hier mit Thomas Korber treffen wird – was in gewisser Weise auch stimmt. Dann kommen die beiden 100%ig. Aber bitte nicht vor 16.00 Uhr!«

»Jetzt verlangen *Sie* von *mir* ein unseriöses Vorgehen? Das ist doch …«

»Sie schaffen das schon, den Rest erledige ohnehin ich. Dazu brauche ich allerdings bis heute Mittag noch ein paar Telefonnummern.« Leopold zählte dem nach wie vor protestierenden Gerry Scheit in aller Ruhe die Namen einiger Verdächtiger im Mordfall Klara Gassner auf. Für den morgigen Freitag hatte er sich einen kleinen Plan zurechtgelegt. Da er Elisabeth Dorfer vorläufig unter Scheits Obhut wähnte, hoffte er, sich ganz auf dieses Unterfangen konzentrieren zu können.

*

Als am späten Vormittag Oberinspektor Juricek das Heller betrat, hatte Leopold im ersten Augenblick Angst, er würde etwas von seiner geplanten Aktion ahnen. »Eigentlich gibt es nicht viel Neues, Richard«, begrüßte er ihn deshalb zurückhaltend.

»Außer der Geschichte mit deinem Freund Thomas Korber«, korrigierte Juricek ihn, während er seinen großen Braunen in kleinen Schlucken genoss. »Der hat sich ja wieder einmal schön in die Nesseln gesetzt. Bollek hat mich bereits ausreichend darüber informiert.« Er lauerte.

Schließlich ließ er die Katze aus dem Sack: »Dafür habe ich Neuigkeiten für dich. Der Fall ist so gut wie gelöst. Wir haben soeben Sebastian Fink verhaftet.«

Leopold war so baff, dass er einen Teil von dem Apfelsaft für Frau Günther daneben schüttete. »Den Fink habt ihr verhaftet?«, fragte er perplex.

Interessiert sah Juricek ihm zu, wie er alles mit einem Küchentuch wieder sauber machte. »Ja, den Fink«, bestätigte er dann. »Irgendwie hat es sich abgezeichnet.«

»Wie meinst du das?«

»Ich hab dir ja schon gesagt, dass Fink von Klara Gassner angerufen wurde. Seine Version des Gespräches war natürlich falsch. Sie hat ihn auf eine unschöne Art erpresst, das hat er mittlerweile zugegeben.«

»Die Tat hat er also noch nicht gestanden?«, erkundigte Leopold sich neugierig.

»Nein, so weit haben wir ihn noch nicht«, bedauerte Juricek. »Aber die Sachlage ist ziemlich eindeutig. Wir haben seine DNA auf der Leiche gefunden. Beide sind einander vorher nie begegnet. Die Spuren können also nur von dem Mord stammen.«

»Sag das nicht«, entgegnete Leopold. »Er kann Klara erst angefasst haben, nachdem sie schon tot war. Zum Beispiel, indem er die Leiche unter den Kirschbaum transportierte.«

»Das dachte ich mir, dass du jetzt seinen Verteidiger spielst«, grinste Juricek. »Tatsächlich hat Fink es so geschildert. Er sei spätnachts von der betrunkenen Frau angerufen worden und habe sich dann auf den Weg zu seiner Pension gemacht. Dort habe er die Leiche vor seiner Haustür entdeckt. Er habe gar nicht gewusst, um wen es sich handle, habe nur Panik bekommen, dass der erstbeste Passant dieselbe Entdeckung machen und es dann einen Sensationsbericht samt Aufmacher in der Zeitung geben würde. Darum habe er die Leiche nach hinten zum Kirschbaum getragen, damit sie von draußen nicht so leicht zu sehen ist.« Juricek grinste noch immer. »Die Geschichte entbehrt natürlich einer gewissen Logik. Fink konnte durch seine Aktion nichts zu seinen Gunsten ändern. Die ganze Sache ist aufgeflogen, so oder so. Also gehen wir davon aus, dass er sie nicht nur wegtransportiert, sondern auch vorher mit einem Stein erschlagen hat.«

»Also ich sehe an Finks Darstellung nichts Unlogisches«, widersprach Leopold. »Er ist gerade darüber informiert worden, was in seinem Haus so abläuft. Er sieht eine Tote vor seiner Tür liegen – ermordet. Er bekommt es mit der Angst zu tun, auch weil er nicht weiß, mit welchen Leuten er es hier zu tun hat. Gleichzeitig möchte er die Sache vertuschen. In der Panik fällt ihm nichts anderes ein, als die Leiche irgendwo hinzubringen, wo sie fürs Erste niemand sieht. In der Eile findet er natürlich kein gutes Versteck. Er denkt auch nicht daran, dass ihn seine Aktion im Nachhinein erst recht in Bedrängnis bringen kann. Er räumt einfach etwas auf die Seite, das ihn wahnsinnig stört. Stell dir Fink doch einmal vor, wie wir ihn kennen, dann ist alles ganz plausibel.«

»Da ist noch etwas. Er hat sein Auto nicht am Karl-Benz-Weg geparkt, sondern etwas entfernt und ist die letzten 100 Meter zu Fuß gegangen. Sieht ganz so aus, als wollte er nicht auffallen. Offensichtlich hat er schon damit gerechnet, dass er Klara Gassner unter Umständen Gewalt antun würde. Er kennt sein Haus samt Garten, also weiß er auch, dass da für seinen Plan genügend Steine in geeigneter Größe herumliegen. Wenn wir uns Fink schon so vorstellen wollen, wie wir ihn kennen, sollten wir außerdem in Betracht ziehen, dass der Bursche stark cholerisch veranlagt ist.«

Juricek meinte es ernst, er bluffte nicht. Aber Leopold fand all diese Erklärungsversuche zu einfach: »Erstens: Um das Auto ein wenig abseits stehen zu lassen, damit einen nicht jeder gleich bemerkt, wenn man in eine stille Wohnsiedlung fährt, muss man nicht unbedingt der Mörder sein. Zweitens: Die großen Steine im Vorgarten der Pension sieht ein Blinder, dazu muss man das Haus nicht kennen. Und drittens: Gerade Finks cholerische Veranlagung lässt mich stark daran zweifeln, dass er der Täter ist. Er hätte das nie und nimmer so still und leise zuwege gebracht, dass ihn niemand hört. Er hätte zunächst einmal hemmungslos herumgeschrien und gewütet. Unser Mörder ist einer, der schnell und ohne große Kommentare zuschlägt.«

»Ich glaube, du bist nur enttäuscht, weil die Jagd aller Voraussicht nach zu Ende ist«, konstatierte Juricek. »Für *dich* ist sie jedenfalls zu Ende. Es geht nicht an, dass du jetzt noch hinter unserem Rücken Leute bedrängst und hochnotpeinlich befragst, die letztlich unschuldig sind. Die Indizien liegen klar auf der Hand, und ein Geständnis ist nur mehr eine Frage der Zeit.«

»Ist die Mordwaffe eigentlich jemals gefunden worden?«

»Nein, aber das ist mittlerweile unerheblich. Komm, löse dich schön langsam von dem Fall. Deine Erika wird sich freuen, wenn du wieder mehr Zeit für sie hast.«

»Und wenn ihr euch täuscht? Richard, ich glaube das

einfach nicht. Fink hat sich nur unheimlich patschert verhalten«, machte Leopold einen letzten Versuch, Juricek umzustimmen.

Doch der hatte bereits ein paar Münzen auf die Theke gelegt und seinen Sombrero aufgesetzt. Zum Gruß tippte er mit zwei Fingern an den Krempenrand. »Die Gedanken sind frei«, verabschiedete er sich. »Aber nimm dir zu Herzen, was ich dir gesagt habe, und halte dich ab jetzt aus der Angelegenheit heraus.«

Leopold schüttelte fassungslos den Kopf. Von der Polizei fühlte er sich gewaltig vor den Kopf gestoßen. Die unschönen Briefe an Elisabeth Dorfer schienen sie nicht zu kümmern, dafür zauberte sie im Fall Klara Gassner plötzlich einen mehr als unwahrscheinlichen Täter aus dem Hut, nur um ihn auszuschalten. Leopold war überzeugt, dass Juricek sich irrte. Selbst wenn Fink die Tat aus einem Impuls heraus begangen und sich dabei so leise verhalten hätte, dass ihn niemand hörte, würde er nicht behaupten, er sei unschuldig, wenn es nicht stimmte. Dazu war er nicht Durchhaltetyp genug. Wahrscheinlich hätte er sofort alles zugegeben, um sein Gewissen zu erleichtern. So erschien Leopold Juriceks Version mehr als fragwürdig.

Am meisten ärgerte ihn, dass man ihm gerade jetzt, wo er sich sehr nahe an der tatsächlichen Lösung des Falles glaubte, weitere Nachforschungen verbieten wollte. Natürlich würde er sich nicht an dieses Verbot halten. Es war ja geradezu lachhaft. Er würde seine Aktionen am morgigen Freitag wie geplant durchführen, basta! Vielleicht konnte er damit schon einen entscheidenden Schritt setzen.

Ans Aufgeben dachte er jedenfalls noch lange nicht.

*

»Ich weiß nicht, was heute mit dir los ist, Schnucki. Du wirkst ausgesprochen nervös. Da hättest du gar nicht zu mir ins Geschäft kommen brauchen. Deine Stimmung überträgt sich nämlich schnell auf meine Kunden, weißt du?« Wenn Erika Haller etwas auf die Nerven ging, dann, wenn Leopold ihr oder der Kundschaft ihrer Papeterie ständig im Weg herumstand, durch seine Mithilfe den Arbeitsprozess verkomplizierte und die Leute beim falschen Namen ansprach.

»Erstens hatte ich heute Ärger mit Richard. Und zweitens muss ich mir die Seite im Internet anschauen, auf der die Klassenfotos vom Floridsdorfer Gymnasium sind«, erklärte ihr Leopold.

»Ach so, es geht wieder einmal ums Kriminalistische«, begriff sie. »Das kannst du mir ja gleich sagen.«

»Ich wollte dich nicht in deiner Arbeit stören, Erika.«

»Also wie du mich zu diesem Heini ins Schuhgeschäft geschickt hast, warst du nicht so schüchtern, Schnucki. Mir ist lieber, du teilst mir mit, was du brauchst, und gibst dann eine Ruhe. Noch lieber wäre es mir, wenn wir einmal eine kleine Einschulung am Computer machen würden. Du bist wirklich einer der ganz wenigen, die sich so gut wie gar nicht auskennen.«

»Früher hat mir Thomas immer geholfen. Und wann brauche ich den Computer schon? Es ist ja nur …«, faselte Leopold hektisch.

Erika Haller sagte lieber nichts, sondern klickte auf die Homepage des Floridsdorfer Gymnasiums. »Welche Klassen brauchst du?«, fragte sie geduldig.

»Die 7A und die 7B.«

Sie zeigte ihm, wie er auf relativ einfache Art und Weise die Gesichter der einzelnen Schüler und Schülerinnen betrachten konnte. Zuerst schaute sich Leopold einmal den Kern Pepi an. Er wirkte eher zurückhaltend und scheu, vielleicht noch eine Spur zu unreif für sein Alter. Das blonde Haar unfrisiert und ein wenig durcheinander. Zwei, drei rote Tüpfelchen auf der Stirn, die von unreiner Haut zeugten. Ein verklemmter Bursche, der im Unterricht pornographische Literatur las und sich dadurch zu unanständigen Briefen inspirieren ließ, die er an seine Angebetete schickte, die ihn nicht erhörte? Leopold war sich nicht sicher.

Dann ging er zu Elisabeth Dorfer. Sie wirkte unauffällig, erfrischend natürlich, gar nicht so wie ein Mädchen, das sich etwas mit einem um einige Jahre älteren Erwachsenen anfängt. Vielleicht bestand gerade darin das Geheimnis ihrer Ausstrahlung auf Oliver Christ und den Kern Pepi.

Jetzt klickte Leopold auf die 7B und das Foto von Dolores Wilczek. Was war das für ein gewaltiger Unterschied! Stark geschminkt, die Haare offenbar schwarz gefärbt, volle dunkelrot angestrichene Lippen, die verführerisch in die Kamera lächelten. Das war schon eher eine, die einem reifen Mann den Kopf verdrehen konnte. Oliver Christ hatte jedenfalls bei ihr angebissen, wenn auch nur für kurze Zeit. Wollte sie sich deswegen bei Elisabeth Dorfer revanchieren? War sie die Verfasserin der abstoßenden Zeilen? Auch hier war sich Leopold keineswegs sicher.

Aber dann, beim Zurückklicken, stieß er auf etwas, das seine Augen groß und größer werden ließ. »Das gibt's doch nicht«, rief er so laut, dass sich Erika Haller irritiert umdrehte. Und ob es das gab, ganz deutlich sichtbar, so deutlich, dass ihm jetzt alle Zusammenhänge klar wurden.

Er ahnte mehr denn je, dass ihm nicht mehr viel Zeit blieb, wenn er Elisabeth Dorfer helfen wollte.

KAPITEL 15

»Nackt stehe ich da. Dorsday reißt die Augen auf. Jetzt endlich glaubt er es. Der Filou steht auf. Seine Augen leuchten.« (Schnitzler: Fräulein Else)

Elisabeth Dorfer musste noch ihr Kostüm für den Schnitzler-Abend vom Kostümverleih abholen. Sie wollte sich beeilen, denn am Abend hieß es für die Lateinschularbeit am Anfang der nächsten Woche lernen. Latein war Elisabeths große Schwäche. Eine negative Schularbeit konnte schlimme Folgen haben.

Vor dem Schultor sah sie Dolores Wilczek stehen. Beide waren schon längere Zeit nicht gut aufeinander zu sprechen. Offenbar hatte ihr Dolores nicht verziehen, dass sie ihr zu Beginn des Jahres Oliver Christ ausgespannt hatte. Dabei war ›ausgespannt‹ nicht das passende Wort. Oliver hatte sich einfach in sie verliebt. Hätte sie ihn abweisen und damit auf die vielen schönen heimlichen Stunden mit ihm verzichten sollen, nur damit eine Kollegin aus der Nachbarklasse nicht beleidigt war? Nein und nochmals nein!

Elisabeth machte sich daran, wortlos und in großem Bogen an Dolores vorbeizugehen. Doch da redete Dolores sie an: »Elisabeth, hast du einen Augenblick Zeit?«

Widerwillig blieb sie stehen. »Was willst du? Ich muss ins Kostümhaus.«

»Ich möchte kurz mit dir wegen Oliver reden. Ich glaube, es ist notwendig, damit es keine Missverständnisse gibt.«

»Welche Missverständnisse? Von mir aus ist alles klar. Oliver und ich gehen miteinander. Das ist einfach so. Ich kann nichts dafür, dass er sich letztendlich für mich entschieden hat«, erklärte Elisabeth schroff.

»Glaubst du denn, ich bin böse?« Das Gesicht von Dolores zeigte den Anflug eines Lächelns.

»Was soll ich sonst glauben? Kannst du dich denn nicht mehr an die reizenden Worte erinnern, die du mir damals entgegengeschleudert hast? Dass du mir am liebsten die Augen auskratzen würdest? Du hast noch nie verlieren können.«

»Komm, reg dich ab. Das war damals. Natürlich war ich sauer. Aber so etwas hält doch nicht ewig an, oder? Wenn Oliver glaubt, dass er mit dir glücklicher wird, akzeptiere ich das selbstverständlich.«

»Das musst du auch!«

»Sei nicht so stur, Elisabeth! Es zahlt sich doch nicht aus, dass wir uns wegen einer solchen Geschichte böse sind.«

Elisabeth Dorfer überlegte kurz, was sie von dem Friedensangebot halten sollte. »Glaubst du wirklich, dass wir auf einmal Freundinnen werden?«, fragte sie. »Das waren wir nämlich nie.«

»Spinnefeind ist auch keine Lösung.«

»Ist schon gut. Jetzt muss ich aber rasch ins Kostümhaus.«

»Warte«, hielt Dolores sie zurück. »Ich hab doch auch Lateinschularbeit am Montag. Du weißt ja, dass beide Klassen dieselbe Angabe bekommen, weil der Rössler und die Schmitz das Thema gemeinsam erstellt haben. Und nun rate einmal, was ich weiß.«

Elisabeth Dorfer wurde ungeduldig. »Na was?«

»Ich weiß, welche Stelle zum Übersetzen kommt.«

Jetzt war Elisabeth ganz Ohr. Sie durfte die Schularbeit nicht verhauen, sonst standen garantiert Probleme ins Haus, die bis zu einem ›Nicht genügend‹ im Zeugnis führen konnten. »Woher weißt du …?«, erkundigte sie sich mit einem Mal begierig.

»Du kennst doch den Rössler«, machte Dolores eine abfällige Handbewegung. »Er ist immer so zerstreut. Vorgestern hat er doch tatsächlich ein Blatt mit der Angabe neben den Übungsblättern liegen gehabt. Ich habe es zufällig gesehen, weil er mich zum Austeilen der Übung bestimmt hat. Es war etwas von Livius, Livius II 13. Er hat mich gleich weggestampert und dabei einen roten Kopf bekommen. Da habe ich gewusst, dass es wirklich die Schularbeitsangabe ist.«

»Ja und?« Elisabeth hing jetzt förmlich an Dolores' Lippen.

»Ich habe mir die Bezeichnung der Stelle und die Anfangsworte gemerkt, ›Ergo ita honorata virtute‹, oder so ähnlich. Meine Mutter kennt einen ehemaligen Lateinprofessor, Herrn Habeler, dem haben wir alles telefonisch durchgegeben. Er hat die Stelle tatsächlich gefunden, für mich übersetzt, und den Inhalt für die Verständnisfragen erklärt.«

»Und du gibst die Übersetzung jetzt an alle weiter?«

»Bist du wahnsinnig?« Dolores bekam einen gespielten Lachanfall. »Das fällt doch auf, wenn plötzlich jeder dasselbe hat, und wenn es noch dazu richtig ist. Außerdem gibt es immer einen, der den Mund nicht halten kann. Dann sind wir aufgeflogen, und unser ganzer schöner Plan ist beim Teufel. Nein, ich dachte, das bleibt unter uns, und wir zwei …«

»Wir zwei?« Elisabeth Dorfer strahlte einen Augenblick vor Glück.

»Ja! Wir teilen uns das Geheimnis! Sozusagen als kleine Versöhnungsgeste. Du kannst es ja brauchen, habe ich gehört, oder?«

»Hast du die Übersetzung und das andere Zeug da?«

»Nein, so einfach ist es natürlich nicht«, erläuterte Dolores. »Ich habe die Lösung selbst noch nicht. Der Professor hat gesagt, man muss sie bei ihm abholen. Er hat kein Internet, oder was weiß ich, was der Grund ist, auf jeden Fall ist er sehr altmodisch. Aber wenn du schon zum Kostümhaus gehst, könntest du die Sachen eigentlich gleich selber holen und mir morgen früh in die Schule bringen. Es ist nicht weit, fast daneben. Ich gebe dir die Adresse. Das wäre ein netter Zug von dir.«

Elisabeth sah nicht glücklich drein. »Geht das nicht anders?«

»Also hör mal! Da ist doch nichts dabei. Maul bitte nicht, sondern freu dich, dass wir so ein Glück haben. Ein bisschen was solltest du schon auch dafür tun.«

»Und wenn es gar nicht die richtige Stelle ist? Wenn etwas ganz anderes kommt? Dann bin ich die Blöde«, suchte Elisabeth immer noch nach dem Haken an der Sache.

»Weißt du was? Du kannst es ruhig bleiben lassen, wenn du mir nicht vertraust«, wurde Dolores ungeduldig. »Ich kann mir das auch allein organisieren. Ich will dir bloß helfen. Also: Willst du, oder willst du nicht?«

Elisabeth hatte zwar weiterhin große Bedenken, aber die Versuchung war zu groß. Ihr bot sich eine wirklich einmalige Chance, ihre Lateinprobleme mit einem Schlag loszuwerden. Deshalb ließ sie sich von Dolores die Adresse des Lateinprofessors geben, bedankte sich bei ihr und beeilte sich dann, ins Kostümhaus zu kommen.

*

Elisabeth Dorfer hatte ein flaues Gefühl im Magen. Plötzlich kam sie sich sehr verlassen vor. Obwohl sie praktisch schon erwachsen war, hätte sie in diesen Augenblicken gern jemanden an ihrer Seite gehabt. Aber Oliver Christ musste in seinem Geschäft arbeiten. Außerdem hatte er noch einen Termin und hatte sie deswegen gebeten, ihn, wenn überhaupt, erst später am Abend anzurufen. Es war komisch, sogar einer ihrer beiden Elternteile wäre ihr jetzt als Begleitung recht gewesen. Oder ein aufdringlicher Mitschüler wie der Kern Pepi.

Zuerst hatte sie diesen Mann bemerkt. Sie kannte ihn, er war ihr schon vorgestern aufgefallen. Es beunruhigte sie, dass er an zwei verschiedenen Orten, damals in der Nähe ihrer Wohnung und vorhin in der Leopoldauer Straße, in einigem Abstand zu ihr aufgetaucht war. Der Mann hatte leicht angegrautes Haar und trug eine Sonnenbrille. Irgendwie fühlte sie sich von ihm verfolgt. Sie musste wieder an die schweinischen Briefe denken. Der Mann sah genauso aus wie jemand, der einen solchen Brief schreiben würde.

Im Kostümverleih hatte sie dann gebeten, sie beim Hintereingang hinauszulassen. Das hatte geholfen. Der Mann war nicht mehr da. Dennoch klopfte Elisabeth Dorfer das Herz bis zum Hals. Jetzt stand sie vor dem Haus in der Mengergasse, in dem der Professor wohnte. Ein altes Haus. So etwas mochte sie überhaupt nicht. Drinnen roch es meist nach abgestandener Luft und nach

Menschen, die nicht mehr dort lebten, weil sie schon gestorben waren. Und man hatte immer das Gefühl, dass jemand oder etwas aus einer finsteren Ecke hervorkommen und sich einem in den Weg stellen könnte.

Elisabeth zögerte kurz, weil bei Nummer 12 kein Name auf der Gegensprechanlage stand, läutete schließlich aber doch an. Sie hörte eine kaum verständliche Stimme, dann wurde ihr per Knopfdruck die Tür geöffnet. Sie musste hinauf in den dritten Stock, ohne Lift. Im ganzen Haus war es mucksmäuschenstill, nur das Echo der eigenen Schritte hallte im Stiegenhaus nach. Elisabeth spürte ihre Beine, als sie die Türklingel betätigte.

»Professor Habeler?«, fragte sie kaum hörbar den Mann, der ihr aufmachte.

»Ja«, klang es misstrauisch durch den Spalt. »Sind Sie das junge Fräulein?«

»Ich heiße Elisabeth Dorfer«, stellte sie sich immer noch ganz leise vor. »Ich komme wegen der Lateinschularbeit.«

Der Professor musste wirklich schon lang in Pension sein. Er war ein kleines Männchen mit einem weißen Haarkranz um sein sonst kahlköpfiges Haupt. Eine altmodische Brille saß sehr weit unten auf seiner Nase. Der Anflug eines Lächelns spielte jetzt um seinen Mund. »Kommen Sie nur herein«, begrüßte er Elisabeth mit einer hohen Fistelstimme. »Martha, das junge Fräulein ist da«, rief er dann nach hinten.

Eine dickliche Frau mit ausladender Oberweite, die kaum größer war als der Mann, betrat den Vorraum. »Das ist meine Schwester Martha«, stellte der Professor sie vor.

Elisabeth interessierte das alles nicht. »Haben Sie die Übersetzung?«, erkundigte sie sich.

»Möchten Sie etwas trinken?«, mischte Martha sich ein. »Einen Kaffee? Oder einen Tee? Oder vielleicht einen Kakao?«

»Nein danke«, lehnte Elisabeth ab. »Eigentlich bin ich nur wegen der Übersetzung gekommen.«

Der Professor schaute sie sich genau an. Dabei rutschte die Brille noch weiter auf seiner Nase hinunter. »Die Übersetzung?«, dachte er nach. »Ach so! Aha! Gehen Sie doch bitte zunächst einmal ins Wohnzimmer.«

Das Wohnzimmer war karg eingerichtet. Ein Tisch mit vier hölzernen Sesseln herum, ein Kasten, eine Kommode, auf der ein alter Radioapparat stand. Ein kleiner Schreibtisch, auf dem sich Bücher und Papier häuften. Links hinten im Eck, beinahe unsichtbar, ein kleiner Fernseher. Ein alter Holzboden und ein wahrscheinlich ebenso alter Teppich. Zwei dunkle Vorhänge, die Habeler mit zwei ruckartigen Bewegungen zuzog.

»Was tun Sie da?«, fragte Elisabeth verwirrt. Es war noch nicht so spät, und draußen schien die Abendsonne.

»Ich schließe die Vorhänge. Es braucht ja nicht jeder hereinzuschauen«, erklärte Habeler, mit dem Rücken zu ihr stehend. »Ist es Ihnen recht, wenn wir dann beginnen?«

»Sie brauchen mir bloß die Übersetzung und die Erklärungen dazu zu geben. Es ist diese Liviusstelle. Dolores hat sie Ihnen geschickt, Dolores Wilczek. Wir brauchen sie für die Schularbeit nächste Woche.« Elisabeth redete jetzt laut und deutlich. Sie hatte nicht den Eindruck, dass Habeler mitbekam, was sie wollte.

»Sie wollen etwas für die Schularbeit in Latein? Ein unerlaubtes Hilfsmittel? Sie haben vor, Ihre Lehrer zu betrügen? Das höre ich aber gar nicht gern.« Habelers

Fistelstimme klang jetzt gereizt. »Schlagen Sie sich das aus dem Kopf, und schauen wir, dass wir mit der anderen Sache anfangen. Ich denke, das ist auch in Ihrem Sinn.« Er ging hinter den Schreibtisch, stützte sich mit beiden Händen auf den Rand und bemühte sich wieder um etwas mehr Freundlichkeit. »Wenn Sie jetzt bitte so liebenswürdig wären, sich hier gegenüber von mir aufzustellen und sich auszuziehen.«

»Ich soll mich … was?« Elisabeth fuhr sich vor Schreck mit der Hand an den Hals.

»Sie sollen das tun, weshalb ich Ihren Vater gebeten habe, Sie herzuschicken: sich ausziehen, damit ich Sie nackt betrachten kann. Keine Angst, ich tue Ihnen nichts, ich möchte Sie mir nur in aller Ruhe anschauen, und zwar zehn Minuten lang.« Er drehte die Schreibtischlampe auf und richtete den Lichtstrahl direkt auf Elisabeths Körper.

»Mein Vater hat mich nicht zu Ihnen geschickt. Das war Dolores, ich habe es Ihnen schon gesagt.« Elisabeth Dorfer war verwirrt. Sie wusste überhaupt nicht mehr, was sie von allem halten sollte.

»Ich habe ihm aber Geld gegeben, Fräulein Dorfer. Nicht einmal so wenig Geld. Und jetzt erwarte ich, dass Sie etwas dafür tun und sich entkleiden, und zwar vollständig bitte! Irgendeinen kunstvollen Tanz können Sie sich dabei aber sparen, darauf lege ich keinen Wert.«

»Hören Sie, wenn Sie die Übersetzung nicht für mich haben, dann … dann gehe ich jetzt. Ich denke, das ist alles ein Missverständnis. Also … auf Wiedersehen.« Elisabeth drehte sich um. Raus hier, nur schnell raus, war ihr einziger Gedanke.

»Sie bleiben!« Habelers Ton war jetzt der Befehlston des ehemaligen Lehrers. »Sie können hier nicht weg. Ich habe bezahlt! Ich will etwas sehen! Martha, du hast doch die Tür zugesperrt, oder?«

»Ja natürlich«, kam es von irgendwo draußen.

Habeler wurde unruhig: »Ich mag es zwar, wenn sich Mädchen ein bisschen zieren, aber jetzt ist es schön langsam genug, gell? Stellen Sie sich bitte schön in das Licht und ziehen Sie sich aus.«

»Joachim, das Mädchen sieht ein bisschen müde aus. Soll ich ihr nicht doch noch vorher einen Kakao machen?«, schlug Martha vor, die den Kopf zur Tür hereinhielt.

»Nichts da! Es muss flott gehen. Ich halte es ja vor Aufregung schon nicht mehr aus. Außerdem beharre ich auf meinem Recht. Wer zahlt, schafft an.« Habeler bedeutete seiner Schwester, zu verschwinden.

Die Sache hing mit den unanständigen Briefen zusammen, so viel hatte Elisabeth mittlerweile verstanden, aber wie, das war ihr ein Rätsel. Dafür packte sie der Ekel und trieb ihr die Tränen in die Augen. Sie ertrug den greisen Lustmolch mit seiner hohen Fistelstimme einfach nicht mehr. Sie trat aus dem Lichtkegel und flehte: »Bitte lassen Sie mich gehen!«

Habeler machte zwei Schritte auf sie zu. »Das kommt gar nicht infrage«, zischte er. »Sie haben mich 250 Euro gekostet. Ich sehe schon, Sie nützen meine Situation nur aus. Es ist schwer für einen alten Mann, sich ein Mädchen quasi in natura rundum so anzuschauen, wie es Gott geschaffen hat. Dabei haben wir dasselbe Recht darauf wie ein junger Bursch. Aber da wenden sich alle ab und denken sich, was will der alte Trottel? Was, wenn ich ein Künstler wäre? Bei einem Maler reißen sich junge Frauen nur so darum, sich nackt in eine laszive Pose zu werfen.

Warum nicht bei mir? Wo liegt da der Unterschied? Also wenn Sie schon Schwierigkeiten haben, dann stellen Sie sich doch einfach vor, ich bin Maler, und hören Sie endlich auf mit dem Getue!«

Er war in beängstigende Nähe zu ihr getreten. Elisabeth fühlte Panik in sich aufsteigen. »Ich schreie gleich ganz laut um Hilfe«, warnte sie ihn.

»Ich verspreche Ihnen, dass ich Sie nicht anrühre!«

»Trotzdem schreie ich!«

Habeler drehte jetzt seinen Radioapparat auf. Im Nu erfüllte ein orchestrales Klanggewitter die Stube, laut und unerbittlich. Es klang nach einer Symphonie von Tschaikowsky. Habeler gefiel es offenbar. Seine Augen blitzten. »So schreien Sie doch«, krächzte er triumphierend. »Meine Nachbarn werden Sie nicht hören, wenn sie überhaupt da sind. Ich mag laute Musik. Ich höre nämlich schon ein bisschen schlecht, wissen Sie? Die Nachbarn sind das gewohnt und beschweren sich nicht, wenn ich beizeiten wieder damit aufhöre. Also los, schreien Sie! Aber ich warne Sie: Es wird Sie nur ermüden.«

Die Musik spornte Habeler zusätzlich an. Er lauerte auf sein Opfer wie ein aufrecht gehender gefräßiger Käfer. Elisabeth Dorfer stolperte nach hinten, taumelte gegen den Kasten. Sie spürte mit einem Mal eine große Leere in sich, was auch daher kommen mochte, dass sie in den letzten Stunden nichts gegessen und kaum etwas getrunken hatte. Sie hätte sich gegen den kleinen, alten Mann vermutlich wehren können, aber sie tat nichts dergleichen. Sie stand nur an den Kasten gelehnt da und spürte, wie ihre Kräfte schwanden. Das Letzte, was sie bewusst wahrnahm, war eine verzerrte Grimasse, die ihr aus dem Mund schlechten Atem entgegenspie. Dann geschah mit ihr etwas, das sie vielleicht herbeigesehnt hatte, um dieser unerträglichen Situation zu entfliehen: Sie fiel in Ohnmacht.

*

Elisabeth Dorfer versuchte, sich zu orientieren. Sie lag im Bett eines kleinen nüchtern eingerichteten Zimmers, das nicht ihr Zimmer war. Die Mutter, die neben dem Bett saß, merkte wohl die unruhigen Bewegungen des erwachenden Körpers und das neugierige Suchen der Augen. »Du bist im Krankenhaus«, sagte sie. »Du musst noch ein bisschen hierbleiben. Deine Nerven haben viel gelitten.« Dann streichelte sie Elisabeth, die von einem heftigen Weinkrampf geschüttelt wurde, als die Erinnerung in ihr hochstieg, zärtlich. »Es ist schon gut, es kann dir nichts mehr geschehen«, versuchte sie, ihre Tochter zu beruhigen.

»Hat er …? Ich meine, bin ich …?«, fragte Elisabeth stockend.

»Nein«, versicherte ihr die Mutter sofort. »Es ist nichts passiert. Niemand hat dir Gewalt angetan. Gott sei Dank haben sich ein paar Herren Sorgen um dich gemacht: Professor Korber vom Gymnasium, ein Polizeiinspektor und ein Oberkellner. Sie haben dich gefunden und befreit. Es war ein ganz übler Plan, aber jetzt ist alles vorbei.«

»Dann hat Papa also nichts mit der Sache zu tun?«

Wieder war es die vertraute, umsorgende Stimme der Mutter, die sie besänftigte: »Nein, das war alles gelogen. Von hinten bis vorne erstunken und erlogen.«

»Es war also Dolores!« In dem Augenblick, wo es aus ihr herausplatzte, wusste Elisabeth, dass ihre Mutter ihr Geheimnis mittlerweile kannte. Sie hatte ihr nie etwas von Oliver Christ erzählt. Sie würde demnächst mit ihr über ihn reden müssen. Aber das war momentan unwichtig. »Ja, es war Dolores. Sie hat es aus Eifersucht getan«, bestätigte die Mutter nur.

»Aber wieso ...?« In einem neuen Ausbruch von Tränen wurde die Frage erstickt. Elisabeth Dorfer zuckte mit den Achseln zum Zeichen, dass ihr die Zusammenhänge völlig unklar waren.

»Ein andermal, nicht jetzt. Du musst schlafen. Der Schlaf macht dich wieder ganz gesund«, redete die Mutter zärtlich auf sie ein. Sie streichelte dabei nach wie vor behutsam ihre Hand.

Elisabeth wollte noch etwas sagen. Sie wollte wahrscheinlich noch sehr viel sagen, jetzt, da ihr immer deutlicher bewusst wurde, dass alles vorüber war. Doch vielleicht hatte die Mutter recht, vielleicht war es ein andermal besser. Sie war ohnehin schon wieder müde. Ein bisschen wunderte sie sich noch darüber, dass ein Oberkellner an ihrer Rettung beteiligt gewesen war, dann fiel sie schon in einen tiefen und ruhigen Schlaf.

*

Seit dem Wochenende in der Pension Vogelsang geht mir so ziemlich alles daneben. Obwohl es ein sehr schönes Wochenende war. Das lass ich mir nicht nehmen, trotz dem Tod von der Klara. Im Grunde war alles heiter und ausgelassen, so wie es sich gehört. Ich hab getrunken, ich hab die Weiber gepackt, eine nach der andern, und an den Rest kann ich mich nicht mehr erinnern. Das ist jetzt sozusagen mein Pech, das wird schamlos ausgenützt –

von meinen ehemaligen Mitschülern, und zuletzt vom Leopold auch.

Das hätt ich mir nämlich gleich denken können, dass er mir nicht hilft, sondern mich für seine Zwecke missbraucht. Speist mich mit ein paar Allgemeinplätzen ab, und lässt mich dann gegen drei Ahnungslose Karten spielen … Also wenn mir einer sagt, man braucht sechs Farben für den Farbensolo, dann hab ich den schon g'fressen … Das ist gegen jede Regel und gegen den guten Geschmack. Wir sind ja nicht bei ›Wünsch dir was‹. Das soll die legendäre Tarockpartie sein? Das sind Dilettanten, die nur einen großen Spruch führen und die Leut' ausnehmen … Einen Schnaps haben sie immerhin ausgegeben, das war aber auch schon alles. Kein Wunder, dass man sich da ein bisschen aufregt … Randaliert soll ich haben? So ein Blödsinn! Die glauben, weil ich in Schwierigkeiten bin, können s' hintreten auch noch auf mich. Am besten, ich vergess das ganz schnell und zieh meine Lehren daraus …

Da ist aber jetzt noch was: die Sache mit meiner Tochter, der Ursula … Eins muss ich sagen, außer dass sie fesch ist, ist sie wirklich der einzige Mensch, der noch zu mir hält … Ich les ihr auch jeden Wunsch von den Augen ab … Wie sie gekommen ist und g'sagt hat, Papa, ich brauch was von dir, es ist nur eine Kleinigkeit, aber für einen guten Zweck, und wie sie mich dazu noch so lieb ang'schaut hat dabei, da hab ich ihr die Bitte nicht abschlagen können. Welcher Vater bringt so etwas schon übers Herz? … Es war ja nur, weil ich immer noch gut in der Rechtschreibung bin. Schon bei der Post haben sie mich damals wegen meiner guten Rechtschreibkenntnisse genommen, denn wenn einer weiß, wie man eine Adresse richtig schreibt, dann kann er sie auch entziffern, wenn sie falsch geschrieben ist … Heutzutag kann ja keiner mehr richtig schreiben. Ein Hauptschüler hat früher sicher weniger Fehler g'macht als die heute im Gymnasium. Wir brauchen das nicht mehr so, sagt die Ursula. Wir haben den Computer und das Internet. Die leben ja alle schon in dieser virtuellen Welt, und da brauchen sie's wirklich nicht, glaube ich … Aber mich haben s' braucht. Jemanden, der einen Brief richtig schreiben kann und in einem guten Stil. Stil, das liegt mir ja auch. Überhaupt, weil es ein pikanter Brief war. Die Ursula hat nämlich eine Freundin in der Klasse, der ist von einer anderen übel mitgespielt worden. Die wollten s' ein bisserl eintunken. Mir auch recht, hab ich mir gedacht und den Brief gleich bei mir auf dem Postamt aufgegeben, wie ich ihn g'schrieben hab.

Nach ein paar Tagen ist die Ursula dann noch einmal gekommen, und ich hab noch so einen Brief geschrieben. Nicht direkt anstößig, wie sie mir jetzt vorwerfen, aber pikant. Also, mir hat er g'falln! Es hat allerdings nicht viel genützt. Diese Mitschülerin – Elisabeth hat sie geheißen – hätt sich schrecken sollen, aber sie hat sich nicht geschreckt. Da hat die Ursula noch was von mir wollen. Mein Gott, was tut man nicht alles für seine Tochter. Das war grad, wie meine Frau nix mehr mit mir g'redet hat.

Zu so einem alten Heini haben s' mich g'schickt, sie und ihre Freundin, die Dolores, einem pensionierten Lehrer. Angeblich war der irrsinnig geil auf junge Mädchen. Er soll die Dolores schon einmal während einer Nachhilfestunde unsittlich berührt haben. Daran hat sie sich erinnert, und da ist ihr die Idee gekommen. Also, ich mach's kurz. Ich bin dorthin gegangen und hab g'sagt, ich bin der Vater von der Elisabeth, und ich würde meine Toch-

ter einmal vorbeischicken, und wenn er was zahlt, dann darf er sie sich in Ruhe anschauen, so wie sie halt ausschaut ohne G'wand, und sie ist ganz natürlich, und so hat sie noch keiner gesehen. Der Alte war sofort Feuer und Flamme. Der hat keinen Verdacht geschöpft, der hat keine Fragen gestellt, der hat gleich das Geld geholt, 250 Euro … War halt schon leicht senil, der alte Depp. Nicht dement, aber senil, das ist ein kleiner Unterschied … Ich mein, alt werden wir ja alle. Ob ich dann auch einmal so deppert bin? … Ist ja egal, ich hab die 250 Euro eingesteckt, und damit war die Sache für mich erledigt.

Jetzt soll ich an allem schuld sein. Angeblich hat die Elisabeth einen Nervenzusammenbruch erlitten, so eine Art Trauma. Was kann da ich dafür? Zart besaitet darf man bei dem Herrn halt nicht sein, hat die Ursula g'sagt. Ihre Freundin, die Dolores, hat auch am Anfang den Fehler g'macht, dass sie gschamig war. Das hat der alte Heini nur als Einladung aufgefasst. Da hat sie ihn angeplärrt: »Wenn Sie mich angreifen, wird Ihnen gleich ein wichtiges Organ für den Stoffwechsel fehlen, das beiß ich Ihnen dann nämlich ab!« Das hat er verstanden … Normalerweise wissen sich die Madln schon zu wehren. Er ist ja wirklich nicht mehr der Jüngste …

Aber natürlich bleibt wieder alles an mir hängen. Wenn ich Pech hab, steh ich heuer zweimal vor Gericht: einmal beim Scheidungsrichter und einmal bei dem anderen, dem normalen Richter halt … Hoffentlich begehrt die Elfriede nicht weiter auf, sondern lässt noch mit sich reden. Schön wär's! … Ob mich die bei der Post noch behalten? Ich glaub schon. Dort hab ich mir ja nie was zuschulden kommen lassen …

Wenigstens bei dem Mord schaut es so aus, als ob bald

eine Ruh wär. Der Pensionsbesitzer soll's g'wesen sein. Ein kleiner Hoffnungsschimmer ist es, nicht viel, aber immerhin. Das und meine Ursula. Sie ist ja so ein liebes Töchterl. Ob ich bereue, dass ich ihr g'holfen hab? Nie im Leben …

KAPITEL 16

»Und da kommt so ein Tintenfisch daher, der sein Lebtag nichts getan hat, als hinter den Büchern gesessen, und erlaubt sich eine freche Bemerkung! … Ah, wart' nur, mein Lieber – bis zur Kampfunfähigkeit … jawohl, du sollst so kampfunfähig werden …« (Schnitzler: Leutnant Gustl)

Alles war gerade noch einmal gut gegangen. Rückblickend war Leopold froh, dass er so schnell reagiert hatte. Als er in Erika Hallers Papiergeschäft das Foto des Mädchens neben Dolores Wilczek im Computer sah und den Namen Ursula Holub darunter las, wusste er, dass ein Zufall so gut wie ausgeschlossen war. Es musste sich um Emmerich Holubs Tochter handeln, und das hieß, dass der Vater selbst seine Hände im Spiel hatte.

Leopold alarmierte Thomas Korber und Inspektor Bollek. Ursula Holub hielt ihr Schweigen nicht lang durch und rückte bald mit dem durchtriebenen Plan der beiden Mädchen heraus. Das war auch höchste Zeit, denn Gerry Scheit hatte mittlerweile Elisabeths Spur beim Kostümhaus verloren. Es sprach nicht gerade für die Intelligenz des Privatdetektivs, dass ihn Elisabeth bemerkt und relativ einfach ausgetrickst hatte. Wahrscheinlich stünde er noch heute vor dem Eingang zum Geschäft, hätte Leopold ihn nicht angerufen.

Elisabeth tappte natürlich geradewegs in die Falle. Wenn ihr auch kein körperliches Leid geschah, so wurde doch ihr Gemüt stark in Mitleidenschaft gezogen. Unmittelbar, nachdem sie in Ohnmacht gefallen war, stürmten Leopold, Korber und Bollek an der verdatterten Martha vorbei in die Wohnung des pensionierten Professors. Der Lustmolch beteuerte zwar, dass er sie in Ruhe gelassen und nur die 250 Euro von ihr zurückgefordert hätte. Doch was er im Taumel seiner Erregung wirklich getan hätte, wusste Leopold nicht zu sagen. Auf keinen Fall wäre es förderlich für Elisabeths Seelenzustand gewesen, wenn sie nach ihrem Erwachen in des Professors geiles Gesicht hätte schauen müssen. Im Spital erholte sie sich Gott sei Dank rasch. Jetzt war sie schon wieder zu Hause und wollte unter allen Umständen an der Lateinschularbeit am Montag teilnehmen.

Die Affäre mit den Briefen war also ausgestanden. Was die unrühmlich daran Beteiligten erwartete, war eine Sache der Gerichtsbarkeit. Die Rolle, die Emmerich Holub dabei gespielt hatte, ließ freilich auch für den Mord an Klara Gassner neue Aspekte auftauchen. Leopold musste sich jedenfalls fragen, ob es sich bei ihm tatsächlich nur um einen triebgesteuerten, jähzornigen Menschen handelte, der mitunter zu viel trank und dann Gedächtnislücken hatte.

Er hörte in die Ruhe des nachmittäglichen Kaffeehausbetriebs hinein. Es war die Ruhe vor dem Sturm. Er war gespannt, ob ihn sein kleiner Plan im Mordfall weiterbringen würde. Frau Heller, das erste Mal seit Tagen wieder besserer Laune, hatte versprochen, ihn dabei zu unterstützen, indem sie für ihn mit dem Servieren einsprang. »Ich brauche ohnehin eine Arbeit«, versicherte sie ihm. »Sonst werde ich hier noch ganz trübsinnig.«

Er brauchte also nur mehr zu warten und zu hoffen, dass die Leute, die er verständigt hatte, in den richtigen Zeitabständen eintrafen. Es dauerte tatsächlich nicht lange, bis sich die Tür öffnete und eine verstörte, gehetzt wirkende Sophie Kuril hereinkam. Ihre Augen zuckten unruhig wie die eines Reptils. Grußlos wandte sie sich an Leopold: »Wo ist Thomas?«

»Noch nicht da«, antwortete er mit stoischer Ruhe. »Wenn man ihn genauer kennt, so wie ich, weiß man, dass Pünktlichkeit nicht gerade zu seinen Stärken zählt.«

Sophie blickte nervös auf ihre Uhr. »Wissen Sie was, Leopold? Wenn er nicht bald kommt, können Sie ihm ausrichten, ich sei wieder gegangen. Es war ohnedies eine Schnapsidee, sich hier mit ihm zu treffen. Außerdem bin ich müde, schrecklich müde. Der heutige Schultag hat es in sich gehabt.«

»Müde?« Ein leichtes Anheben seiner Mundwinkel deutete an, wie sehr Leopold innerlich frohlockte. »Dann darf ich Sie zum Glanzstück unseres Hauses bitten, Fräulein Scholz – verzeihen Sie, Frau Kuril. Ich bin den Mädchennamen noch so von früher gewohnt. Also wir haben da ein neues Möbel, eine Couch, die wirkt in solchen Fällen Wunder. Da können Sie sich ein paar Minuten so richtig entspannen.«

Sophie Kuril wirkte eher skeptisch. »Meinen Sie? Na wenigstens ist da hinten niemand, der einen angafft. Ich setze mich also kurz hin. Haben Sie gehört? Kurz! Sie bringen mir in der Zwischenzeit bitte einen Kräutertee.«

»Bitte sehr, bitte gleich!« Leopold drehte sich zur Theke um, während Sophie auf die Couch zusteuerte. Ihre Beine wirkten tatsächlich schwer. Auf ihnen schien mehr zu lasten als ein harter Arbeitstag. Sie setzte sich, befühlte das Leder, machte es sich gemütlich.

Leopold kam mit zwei Gläsern Sekt zurück. Sophie

schaute ihn entgeistert an. »Das mit dem heißen Wasser funktioniert bei der Kaffeemaschine gerade nicht«, erklärte er ihr. »Da habe ich mir gedacht, wir nehmen etwas gegen den Stress, das uns die Wartezeit ein wenig verkürzt. Ich erlaube mir, Sie darauf einzuladen und Ihnen ein wenig Gesellschaft zu leisten, wenn's genehm ist.«

Sophie musste lachen. »Der gute alte Leopold, ein Charmeur wie früher und so neugierig wie früher. Sie wollen etwas von mir wissen, stimmt's? Sie wollen mich beschwipst machen!«

»Sagen wir so: Ich würde gern ein bisschen mit Ihnen plaudern, wo wir uns doch bis auf die unerfreuliche Begegnung im Garten der Pension Vogelsang so lange nicht gesehen haben.«

»Das war wirklich unerfreulich, da haben Sie recht«, bestätigte Sophie. Sie trank dabei gierig von ihrem Sekt, ohne mit Leopold anzustoßen.

Leopold machte auch einen Schluck. Hauptsache, sie bleibt locker, dachte er. Er sagte: »Eigentlich wollte ich schon die ganze Zeit über wissen, warum man an so einer – Sie verzeihen den Ausdruck – Orgie teilnimmt.«

»Damit man endlich weiß, wie es sich anfühlt, eine Hure zu sein, wenn man ständig als Flittchen und Hure bezeichnet wird«, antwortete Sophie prompt. »Es ist kein Geheimnis, dass mir mein Mann solche Dinge in regelmäßigen Abständen an den Kopf wirft.«

»Er ist also sehr eifersüchtig.«

»Auch das ist kein Geheimnis«, stellte sie lakonisch fest. »Das Unerträgliche besteht in der Kombination aus krankhafter Eifersucht und Liebesentzug.«

Leopold überlegte, welche Worte er für seine nächste Frage wählen sollte. »Das heißt …«

Doch Sophie unterbrach ihn sofort: »Das heißt, dass Theo mich schon lange nicht mehr anrührt. Zuerst war es eine Art Bestrafung für meine angebliche Untreue. Mittlerweile hat, glaube ich, auch seine Manneskraft stark nachgelassen. Der Effekt ist derselbe: Man hat etwas nötig, und man bekommt es nicht.«

Leopold war überrascht, wie offen sie mit ihm sprach. Auch ihren Sekt hatte sie mittlerweile ausgetrunken. »Noch eins, bitte«, verlangte sie ohne Umschweife. »Was tun denn Sie, wenn Sie einen Notstand haben?«, rief sie ihm dann entgegen, als er mit dem zweiten Glas zu ihr zurückkam.

Leopold errötete. »Derzeit habe ich Gott sei Dank keinen, Gnädigste«, war die beste Replik, die ihm einfiel. Er hatte auf die Wirkung des Alkohols gehofft, aber jetzt ging doch alles ein wenig schnell.

»Keine Angst, ich möchte Sie nicht so ausfratscheln wie Sie mich«, beruhigte sie ihn dann. »Was ich meine, ist, dass es die Männer in solchen Situationen immer leichter haben. Sie zahlen ein bisschen Geld und lassen sich professionell verwöhnen. Dabei meinen sie auch noch, sie hätten noch gar keinen richtigen Ehebruch begangen. Was bleibt uns Frauen denn wirklich? Wir müssen nehmen, was in unserer Nähe ist.«

»Sie haben also genommen?«, erkundigte Leopold sich neugierig.

»Bitte erwarten Sie jetzt nicht, dass ich Ihnen darauf antwortete«, gab Sophie entschieden zurück. »Und versuchen Sie auch nicht, mir irgendein Schuldgefühl einzureden. Man trägt sein Leben lang die Schuld an etwas und wird dafür gehasst, geliebt, gehasst.« Sie räkelte sich ein wenig, aber so gut entspannen wie Trixi Stoisits oder Frau Heller konnte sie sich nicht.

»So sehr gehasst, dass jemand am vergangenen Wochenende den Vorsatz hatte, Sie zu töten?«, wechselte Leopold blitzschnell das Thema.

»Wie meinen Sie das?« Sophie blinzelte irritiert.

»Ich meine, dass die Tote Ihr Nachthemd anhatte. Sie selbst haben behauptet, es könnte eine Verwechslung gegeben haben, und Sie hätten das eigentliche Opfer sein sollen.«

Sophie schüttelte den Kopf. »Ich war damals in höchstem Maß erschrocken und aufgeregt«, erklärte sie. »Natürlich kommt man da im ersten Moment auch auf solche Gedanken. Aber ich habe es mir niemals wirklich vorstellen können.«

»Nein? Wenn wir einmal von Ihrem Mann absehen, gibt es da einen gewissen Eugen Probst, mit dem Sie in der Nacht, als Klara Gassner ermordet wurde, eine Zeitlang allein im Aufenthaltsraum gesessen sind. Probst hat, so habe ich mir sagen lassen, an diesem Wochenende wieder starke Gefühle für Sie entwickelt. Gefühle, die Sie enttäuschen mussten.«

»Sie wissen ja erstaunlich gut Bescheid«, versuchte Sophie, die Sache von der heiteren Seite zu sehen. »Wenn man jemandem sagt, dass man nicht mehr als Freundschaft für ihn empfindet, ist das für diese Person noch lange kein Grund, einen umzubringen. Wo kämen wir denn da hin? Außerdem weiß ich nicht, was Sie wollen. Der Mörder ist doch schon so gut wie überführt. Der ehemalige Pensionsbesitzer war's.«

»Das ist die Version, die ich am wenigsten glaube«, widersprach ihr Leopold. »Was wäre sein Motiv gewesen? Erpressung. Und erpressen konnte Klara Gassner jeden in der Pension Vogelsang, auch Sie. Wenn's bei Ihnen schon nicht zum Opfer reicht, dann vielleicht zum Täter?«

Sophie tat so, als hätte sie die letzten Worte überhört, und schaute auf ihre Uhr. »Ich glaube nicht, dass Thomas noch kommt«, stellte sie fest. »Wahrscheinlich hat er sich's überlegt. Theo dürfte ihn ganz schön eingeschüchtert haben.«

»Sind Sie nicht auch der Meinung, dass Sie ein wenig unfair zu Thomas waren?«, wollte Leopold wissen.

»Ach, daher weht der Wind. Wollten Sie deswegen etwa eine Aussprache herbeiführen?«, wurde Sophie hellhörig. »Sie sollten sich da nicht einmischen. Ich werde jetzt wieder gehen.« Sie überlegte kurz. »Aber vorher bringen Sie mir bitte noch ein Glas Sekt. Der perlt nämlich so schön.«

Leopold tat, wie ihm geheißen. Leider wirkte Sophie Kuril nicht so, als ob sie viel Nennenswertes ausplaudern würde. Sie zeigte ihm zwar ihre weniger kontrollierte Seite, verschanzte sich aber, wenn es darauf ankam, hinter Floskeln und reagierte kaum auf seine Fragen. Er hatte gehofft, dass sie mehr aus sich herausgehen würde. Wahrscheinlich war er da zu optimistisch gewesen.

Doch als er mit dem frisch eingeschenkten Glas kam, schien eine Änderung in ihr vorzugehen. »Sie meinen also, ich hätte Thomas verführt«, rief sie ihm entgegen. Diesmal hatte sie ihre Schuhe ausgezogen und hockte in lässiger, einladender Pose auf der Couch, ihre Hände auf den Knien und die linke Wange darauf. »Damit liegen Sie komplett falsch! Wissen Sie überhaupt, was es heißt, einen Mann verführen?«

»Wie meinen Sie das?«, fragte Leopold.

»Verführen! Anmachen! In Stimmung bringen! So

behandeln, dass es zum Unausweichlichen kommen muss. Verstehen Sie jetzt?« Sophies Lebensgeister waren tatsächlich neu erwacht.

»Ich bin noch immer nicht sicher, ob ich Ihnen ganz folgen kann, Gnädigste.«

Sie richtete den Kopf auf und legte zur Abwechslung das Kinn auf Hände und Knie. Ihre Augen waren auf einmal sehr groß. Sie biss sich auf die Lippen. »Ich hab's auch lange nicht gewusst, wie es ist«, gestand sie dann. »Zu lange. Aber wenn man das geeignete Opfer hat, ist es ganz einfach: jemanden, der keine Erfahrung hat, sich von selbst nicht traut, ein bisschen braucht, bis er auftaut, und einem dann aus der Hand frisst.«

Ihr Glas war schon wieder halbleer. »Vertrauen ist wichtig«, redete sie weiter, den Blick in eine imaginäre Ferne gerichtet. »Er muss Vertrauen haben, dass alles, was jetzt geschieht, richtig ist. Das heißt Berührungen, viele Berührungen. Streicheln, Zärtlichkeit. Er muss den Unterschied zwischen Zärtlichkeit und Zärtlichkeit merken. Er muss bereit sein, etwas zu tun, von dem er vorher nicht geglaubt hat, dass er es tun darf.« Leopold hatte sich auf einen Sessel neben Sophie gesetzt und hörte schweigend zu. Es war überhaupt sehr still geworden. Sie fuhr fort: »Dann, irgendwann, hast du ihn genau dort, wo du ihn haben willst. Du musst jetzt nur seine Hände nehmen und zu deinen Brüsten hinführen. Das steigert sein Verlangen. Du merkst es sofort, wenn der Griff fest wird. Ein bisschen schreckt er sich noch vor dem ersten Kuss. Aber es ist lächerlich. Deine Lippen sind ja schon offen, er braucht gar nichts weiter zu tun, als seinen Kopf ein wenig zu neigen und deinem Atem zu folgen.«

Leopold bemerkte, dass eine Träne ihr Auge füllte. »Am Anfang verkrampft er sich natürlich noch ein bisschen, aber du zeigst ihm alles ohne Worte«, redete sie mit leiserer Stimme weiter. »Er wird jetzt mutiger, selbstbewusster. Eigentlich kannst du dich schon entspannen. Du musst ihm nur noch die Angst vor der letzten Entscheidung nehmen, nach der es kein Zurück mehr gibt. Du lässt ihn fühlen, dass er gar keinen Fehler machen kann. Nur genießen soll er, du und er nur genießen. Zu Anfang fällt es ihm ein klein wenig schwer. Dann bricht das Eis. Es ist schön, wunderschön … Du hast es ja so gewollt … Du hast es ja so gewollt …«

Sophie Kuril lag jetzt ausgestreckt auf der Couch und weinte hemmungslos.

*

»Was haben Sie ihr getan?«

»Gar nichts! Die Dame ist offenbar nur ein bisschen sentimental geworden.«

»Beim Tête-à-tête mit Ihnen? Was erlauben Sie sich? Diese Dame ist meine Frau!«

Leopold stellte sich aufrecht und Einhalt gebietend vor den Mann hin, der mit energischem Schritt und kämpferischer Miene auf ihn und Sophie Kuril zukam. »Ich bin hier der Oberkellner«, stellte er klar. »Zu meinem Beruf gehört es nicht nur, den Gästen ihre Speisen und Getränke zu servieren, sondern auch, ihnen ein wenig zuzuhören, wenn sie etwas auf dem Herzen haben. Es zeugt von mangelnder Höflichkeit, wenn Sie hier einfach eindringen und uns stören.«

»Ein Oberkellner sollte vor allem arbeiten«, bemerkte

Theodor Kuril höhnisch. Er sah sich um. »Wo ist dieser Korber? Ich möchte endlich reinen Tisch machen.«

»Er ist nicht da«, schluchzte Sophie auf der Couch.

»Was wollte er? Wie kommt er dazu, sich schon wieder heimlich mit dir zu treffen?«, fuhr Kuril sie an.

»Vielleicht wollte er wissen, warum man auf offener Straße niedergeschlagen wird, nur weil er mit einer verheirateten Frau Gespräche führt«, erklärte Leopold an ihrer Stelle. »Gespräche, in denen es nicht um Sex oder Liebe, sondern um einen Mord gegangen ist. Aber offensichtlich hat er sich dann doch nicht getraut, weil er sich einen weiteren Denkzettel ersparen wollte. Das ist scheinbar Ihre Masche, Herr Kuril: Leute, die Ihrer Meinung nach zu viel reden, einzuschüchtern, oder sie vielleicht gar für immer zum Schweigen zu bringen. Es würde mich nicht wundern, wenn Sie Klara Gassners Mörder wären.«

»Was erlauben Sie sich?«, brauste Kuril auf.

»Ich erlaube mir, Sie darauf hinzuweisen, dass vieles dafür spricht, dass Sie in der Nacht von Samstag auf Sonntag bei der Pension Vogelsang waren und Frau Gassner erschlagen haben. Wollen Sie mich vielleicht jetzt auch schlagen?«, fragte Leopold provokant. »Nur zu! Die Leute sollen ruhig sehen, dass Sie zur Gewalt neigen. Oder wollen Sie es nicht vielleicht doch das Bürscherl erledigen lassen, das mit Ihnen gekommen ist und an der Theke lehnt? Ihr Sohn, wie ich annehme. Weshalb kommt er nicht her? Er ist doch sonst nicht so feig.« Leopold deutete nach vor in Richtung Willibald Kuril.

»Er kommt nicht, weil wir gleich wieder gehen«, schrie Kuril. »Und du gehst mit, Sophie.«

Nun betrat Eugen Probst das Heller. Er eilte sofort,

ohne sich weiter umzuschauen, auf die Couch zu, wo Sophie Kuril immer noch saß. »Was willst du von mir, Sophie?«, erkundigte er sich erregt. »Warum hast du mich herbestellt?«

»Lass mich in Frieden, ich will gar nichts von dir«, wehrte Sophie ihn ab.

Probst wurde misstrauisch. »Hast du irgendetwas gesagt? Haben sie dir dumme Fragen gestellt?«, wollte er wissen. Dabei hetzten seine Blicke zwischen Leopold und Theodor Kuril hin und her.

»Bitte geh! Du machst alles nur noch schlimmer«, flehte Sophie.

»Hör einmal: Du kannst mich nicht einfach so abschasseln, wenn ich schon da bin. Ich wollte sowieso mit dir reden«, machte Probst ihr klar.

»Komm!« Theodor Kuril wurde ungeduldig. Er fasste nach Sophies Hand.

»Nein, warte!« Sie stand auf und wandte sich an Probst. »Du willst doch nur, dass ich deine blöde Version dessen bestätige, was in der Mordnacht passiert ist. Ich soll mit dir und Klara zusammen nach oben gegangen sein. Nichts davon ist wahr. Ich bin als Erste hinauf und habe mich in das freie Zimmer am Ende des Ganges gelegt. Ich wollte endlich wieder allein sein, und am nächsten Tag nichts wie weg! Was du dann gemacht hast, weiß ich nicht. Als ich ging, warst du jedenfalls noch mit Klara beisammen.«

Man konnte förmlich sehen, wie in Probst die Wut aufstieg. »Du bleibst bei dieser Version?«, fragte er. »Dann …«

Doch er kam nicht dazu, den Satz zu formulieren. Theodor Kuril packte ihn sofort am Kragen und schnürte ihm die Luft ab. »Hören Sie zu, Sie Hanswurst! Merken Sie, dass die Atemluft ein wertvolles Gut ist, das man nicht sinnlos verschwenden darf? Man könnte sonst an der eigenen Dummheit ersticken. Stiege hinauf, Stiege hinunter, das interessiert mich nicht. So eine Debatte macht mich höchstens aggressiv. Das, was meine Frau gesagt hat, genügt. Es reicht, verstehen Sie? Ich möchte Ihre Meinung dazu nicht hören. Oder ist noch was?«

Probst schüttelte, nach Atem ringend, den Kopf. »So lassen Sie ihn doch los«, forderte Leopold.

Kuril stieß Probst beinahe gelangweilt von sich weg. Der stolperte und ging zu Boden. Hustend und keuchend rappelte er sich wieder auf. »Ich habe etwas gegen Besserwisser«, erklärte Kuril nur lapidar.

»Der Fall ist doch geklärt, Eugen«, teilte Sophie Probst mit. »Der Fink war's. Deshalb ist das jetzt alles sowieso egal.« Sie schnäuzte sich in ein Taschentuch. Dann bewegte sie sich langsam auf den Ausgang zu. Willibald Kuril war sich nicht sicher, was er tun sollte. Er stand einfach so lang untätig da, bis Sophie an ihm vorbei war. Sie würdigte ihn dabei keines Blickes.

»Sie haben Ihr Taschentuch verloren. Bitte lassen Sie doch nicht einfach Ihr angeschnäuztes Taschentuch auf meinem schönen Kaffeehausboden liegen«, rief Frau Heller ihr nach. Sophie Kuril hörte sie nicht mehr. Sie war schon draußen.

Theodor Kuril griff nicht ein. Er schaute seiner Frau nur zu, wie sie das Heller verließ. Aus seinem strengen Blick konnte man dabei erstmals so etwas wie Ratlosigkeit herauslesen.

*

»Dann gehe ich eben auch«, murmelte Eugen Probst. Dabei griff er sich an den Hals, als wollte er feststellen, ob noch alles da war.

»Tust du nicht!« Plötzlich hörte er die aufgekratzte Stimme von Trixi Stoisits und spürte ihre Hand auf seiner Schulter.

»Was machst du denn auf einmal da?«, fragte er verdattert.

Sie schmunzelte. »Ich dachte, du wolltest mich hier sprechen. Zumindest hat es mir Leopold am Telefon so gesagt.« Sie ließ sich auf die Couch fallen. »Also, worum geht es?«

»Ich wüsste nicht, was ich mit dir zu besprechen hätte«, protestierte Probst.

»So ungefähr habe ich mir das vorgestellt«, schmunzelte Trixi Stoisits noch immer. »Nun, dann gibt es hier eine andere neugierige Person, die von uns etwas wissen möchte.« Sie schaute zu Leopold hinüber. »Bringen Sie mir doch bitte ein Glas Sekt«, bat sie ihn. Als er ihr das Glas mit einer leichten Verbeugung überreichte, sagte sie: »Können Sie sich noch erinnern, wie Sie mich gefragt haben, ob ich am vorigen Wochenende bei der Pension Vogelsang vorbeigeschaut habe? Und wie ich geantwortet habe, das müssten Sie selbst herausfinden? Ich bin nun bereit, Ihnen ein wenig mehr darüber zu erzählen. Ja, ich war dort.«

»Trixi, bitte!« Probst bemühte sich sichtlich um Schadensbegrenzung.

»Was soll's? Ich war dort. Du hast mich ja gesehen. Wir haben sogar miteinander gesprochen. Erinnerst du dich nicht mehr?«, blieb Trixi hartnäckig. »Du bist mit Sophie in diesem Aufenthaltsraum gesessen.«

»Könnten Sie vielleicht präzisieren, wann das war?«, mischte Leopold sich ein.

»Ich habe nicht so genau auf die Uhr geschaut, aber es war auf jeden Fall nach Mitternacht.«

»Und weshalb sind Sie um diese Zeit noch dort aufgetaucht?«

»Können Sie sich das nicht denken?«, stellte Trixi die Gegenfrage. »Ich war neugierig. Stellen Sie sich doch vor, wie es ist, wenn man weiß, dass seine ehemaligen Klassenkameraden gerade ein geiles Wochenende miteinander verbringen. Da wird man schon ein wenig kribbelig. Außerdem war auch Stefanie, Eugens Frau, neugierig. Es war nicht leicht für sie, zu Hause mit der Gewissheit herumzusitzen, dass sich ihr Mann gerade ohne sie vergnügt.«

»Du hast ihr alles verraten«, reagierte Probst wütend. »Und ich dachte, es war diese besoffene Schlampe!«

»Ich gebe zu, dass ich Stefanie ein paar Vorinformationen gegeben habe. Ich fand es unfair, sie dumm sterben zu lassen«, erklärte Trixi. »Aber ich habe nicht gewusst, wo dieses Wochenende stattfinden sollte. Dazu bedurfte es einer SMS an Stefanie – von deinem Handy aus. Ich glaube, der Text lautete irgendwie so: ›Wenn du wissen willst, wo ich mich gerade blendend amüsiere, komm zur Pension Vogelsang am Karl-Benz-Weg. Eugen.‹«

»Also doch dieses Biest«, knurrte Probst. »Sie muss irgendwie an mein Handy gekommen sein.«

»Ich hatte natürlich große Mühe, Stefanie zu beruhigen. Sie hätte alles kurz und klein geschlagen, deshalb schlug ich ihr vor, die Situation ein wenig auszukundschaften und schnell einmal am Karl-Benz-Weg hallo zu sagen. Ihr könnt froh sein, dass es mir gelungen ist, sie fernzuhalten. Ich hoffe wenigstens, dass sie nicht noch auf eigene Faust hingekommen ist.« Prüfend schaute Trixi in Eugen Probsts Gesicht. Auf seiner Stirn standen Schweißperlen, und er rang immer noch nach Luft.

»Was hatte Sophie an, als Sie kamen?«, war Leopold wieder mit einer Frage zur Stelle.

»Ich denke, ursprünglich gar nichts«, versuchte Trixi, sich zu erinnern. »Als sie gemerkt hat, dass ich da war, hat sie offenbar schnell einen Morgenmantel übergestreift.«

»Was nehmen Sie sich schon wieder heraus? Was geht Sie das Negligé meiner Frau an?«, wies Theodor Kuril Leopold zurecht.

»Seien Sie nicht so zimperlich. Es könnte der Wahrheitsfindung dienen«, entgegnete Leopold. »Sie oder Ihr Sohn haben nicht zufällig einen mitternächtlichen Spaziergang zur Pension Vogelsang gemacht?«

»Wo denken Sie hin? Wir waren beide zu Hause«, verteidigte Kuril sich. »Das ist ja alles lächerlich!«

»Für so lächerlich halte ich das nicht«, behauptete Leopold. »Ich vermute nämlich stark, Sie haben an diesem Wochenende ebenfalls eine Mitteilung erhalten, dass Ihre Frau sich mit Klassenkameraden zu Lustbarkeiten trifft.«

»Sie täuschen sich«, antwortete Kuril schroff. »Ich bin außerdem nicht bereit, noch irgendwelche Fragen in diese Richtung zu beantworten. Erstens scheint der Mörder überführt zu sein, und zweitens glaube ich, Sie machen sich einen unverschämten Spaß mit meinem Sohn und mir. Wir wurden unter fadenscheinigen Vorwänden hergelockt, und es würde mich nicht wundern, wenn Sie dabei Ihre Finger im Spiel hatten. Man hat uns glauben gemacht, dass meine Frau hier von einem aufdringlichen

Liebhaber erwartet wird, aber das hat sich nun doch wohl als übles Täuschungsmanöver erwiesen.«

»Der Liebhaber könnte es sich überlegt haben, weil es ihm zu riskant war«, gab Leopold zu bedenken. »Man muss ja aus lauter Verliebtheit nicht gleich ins offene Messer oder die geballte Faust laufen.«

»Ich glaube immer noch, dass Sie ganz einfach ein neugieriges Kerlchen sind, Leopold«, brachte es Trixi Stoisits auf den Punkt. »Sie suchen und suchen in unseren unergründlichen seelischen Tiefen nach einem Mörder. Eine Frau, die außer unserem Emmerich niemand so richtig kennt, ist umgebracht worden. Das liefert uns ein weites Feld für Spekulationen. Hui, war's die? Hui, war's der?« Sie unterstützte ihre Rede mit ausladenden Handbewegungen. »Ich sage Ihnen, der da war's, der da und kein anderer!« Dabei zeigte sie auf Eugen Probst. »Er hat sich an dieser Klara gerächt, weil sie zuerst mit ihm geschlafen und ihn dann bei seiner Frau verpfiffen hat. Ich habe beim Hereinkommen gehört, wie Sophie erwähnt hat, dass er alle belogen und kein Alibi hat. Das ist doch deutlich genug, oder? Da braucht man nicht mehr viel Fantasie, um ihn zu überführen.«

Probst hatte sich so weit erholt, dass er genug Kraft für einen weiteren Wutanfall besaß. »Hast du nicht gehört? Der Mörder heißt Fink«, tobte er. »Wieso hätte ich mich an Klara rächen sollen? Dass ich fremdgehe, hat meine Frau ja schon von dir gewusst. Und was das Alibi angeht: Wenn ich keins habe, hat Sophie auch keins. Du kannst es drehen, wie du willst: Deine Verleumdungen sind nichts weiter als persönliche Antipathie.«

»Lassen Sie meine Frau in Ruhe«, herrschte Kuril ihn noch einmal an. Sein Blick wurde unruhig, als er nach vor zur Theke sah, denn jetzt war auch Sohn Willibald nicht mehr da. »Es ist wirklich Zeit, zu gehen«, konstatierte er. »Ich habe wahrlich anderes zu tun, als mich hier provozieren zu lassen.«

»Ein humorloser Mensch«, stellte Trixi nach Kurils Abgang fest. Probst wollte etwas ergänzen, als sich Emmerich Holubs imposante Gestalt zur Tür hereinschob. »Du kommst spät! Das Beste hast du schon versäumt«, begrüßte Trixi ihn.

Holub stutzte. Er hatte offenbar nicht damit gerechnet, seine ehemaligen Klassenkameraden zu treffen. »Keine Tricks, Leopold«, warnte er. »Versuch ja nicht, mich wieder hereinzulegen.«

»Niemand versucht, dich hereinzulegen«, beruhigte Trixi ihn. »Wir haben hier nur ein gutes altmodisches Kaffeekränzchen. Ich trinke allerdings Sekt.«

»Also das ist es«, nickte Holub plötzlich wissend. »Du möchtest mich auf die Probe stellen, Leopold. Gut, wie du willst. Ich erinnere mich. Es war Trixis Stimme, die ich am vorigen Samstagabend aus dem Aufenthaltsraum der Pension Vogelsang gehört habe. Darauf könnte ich jetzt schwören.«

KAPITEL 17

»FRITZ: Komm daher, zu mir. (Sie ist bei ihm.) Du weißt ja doch nur eins, wie ich – dass du mich in **diesem** *Augenblicke liebst … (Wie sie reden will.) Sprich nicht von Ewigkeit. (Mehr für sich.) Es gibt ja vielleicht Augenblicke, die einen Duft von Ewigkeit um sich sprühen. - … Das ist die einzige, die wir verstehen können, die einzige, die uns gehört …« (Schnitzler: Liebelei)*

»Es ergibt alles keinen Sinn! Ich kann es drehen und wenden, wie ich will, es ergibt keinen Sinn«, sagte Leopold mehr zu sich selbst, während er zwei leere Kaffeeschalen mit dem dazugehörigen Glas Wasser auf ihren Silbertabletts zurück zur Theke brachte.

»Sie sind also noch immer nicht dahintergekommen, wer der eigentliche Mörder ist?«, zeigte sich Frau Heller wenig erfreut. »Wozu hab ich dann die ganze Zeit für Sie gearbeitet?«

»Es war alles sehr wichtig, und es ist sicher nur eine Kleinigkeit, die fehlt«, deutete Leopold an. »Ich muss mir halt noch einmal sämtliche Einzelteile logisch zusammensetzen.«

»Na dann wünsche ich Ihnen viel Glück dabei«, ging Frau Heller daran, sich zu verabschieden. »Ich gehe inzwischen ein wenig nach oben mich ausruhen und auf meinen Mann warten.«

Leopold horchte auf. Ein Lächeln huschte über sein Gesicht. »Vertragen Sie sich beide denn wieder?«, wollte er wissen.

»Er hat vorhin am Telefon um Gnade gefleht«, führte Frau Heller aus. »Angeblich ist alles nur ein großes Missverständnis wegen der Couch. Ich nehme hingegen an, ihm ist fad und ihm gehen die Vorräte aus. Aber da mir ohne ihn auch schön langsam langweilig wird, höre ich mir einmal an, was er zu sagen hat.«

»Das wird auch das G'scheiteste sein, Frau Chefin«, bestärkte Leopold sie und schaute ihr nach, wie sie gedankenverloren durch ihre kleine Küche trippelte. Wahrscheinlich ist es doch nicht so schlimm, dachte er bei sich, wahrscheinlich ist es nur so schlimm geworden, weil sie miteinander nichts mehr geredet haben. Wie oft die Menschen doch lieber eine private Katastrophe in Kauf nahmen, als dass sie einander mitteilten, was sie auf dem Herzen hatten.

Dann hing er seinen Gedanken nach. Er versuchte wieder einmal, den Ablauf der Ereignisse in der Mordnacht zu verstehen. Dabei gewann das Statement von Emmerich Holub für ihn besondere Bedeutung. Es bestätigte sozusagen, dass er damals die Stimme von Trixi Stoisits gehört hatte. Da Trixi ihre Anwesenheit zugab, hatte er sich also nichts eingebildet. Aber hatte er auch noch eine zweite fremde Stimme gehört? Oder hatte es nur zwischen Trixi, Eugen und Sophie Streit gegeben? Was war später gesprochen worden, als Klara dazukam?

Plötzlich stand Thomas Korber vor Leopold. »Na, ist die Versammlung schon vorüber?«, erkundigte er sich und bestellte ein Mineralwasser.

»Schon seit einiger Zeit«, ließ Leopold ihn wissen. »Sie haben alle früher oder später geschnallt, dass du nicht kommst und sie sich auch untereinander nicht herbestellt haben. Wahrscheinlich werden sie mir meine kleine

Aktion übel nehmen und das Heller in nächster Zeit meiden. Dafür habe ich wieder einiges erfahren. Ich muss nur noch auswerten, welche Informationen mir weiterhelfen und welche nicht.«

»Was war mit den Kurils?«

»Dein Freund und Watschenausteiler Willibald hat sich nur bei der Theke aufgehalten und nicht in unsere Nähe getraut. Dafür war sein Vater Theodor ziemlich aktiv. Das leidtragende Opfer, Eugen Probst, musste sich ein bisschen würgen lassen.«

»Und Sophie?«

»Sie hat einiges erzählt, aus dem ich nicht ganz klug werde. Dich hat sie übrigens, nachdem sie sich kurz nach dir erkundigt hatte, mit keiner Silbe erwähnt.«

»Gott sei Dank!« Korber nippte an seinem Glas. »Geli nimmt sich an diesem Wochenende wieder Zeit für mich.«

»Das ist doch schön, oder?«, sprach Leopold ihm Mut zu.

»Ich weiß nicht, je näher unser Wiedersehen kommt, desto flauer wird mein Gefühl«, wurde Korber nachdenklich. »Einerseits freue ich mich, andererseits bin ich total verunsichert. Was, wenn sie sich mit mir nach ihrem Liebesabenteuer mit diesem Bernd nur ein wenig bei einem Spaziergang auslüftet?«

»Von dieser Seite kenne ich dich ja noch gar nicht«, ätzte Leopold. »Was ist nur von deiner Idealvorstellung von der freien Liebe geblieben?«

»Komm, lass mir meine Ruhe«, bat Korber. »Du hast jetzt sicher genügend andere Dinge, über die du dir den Kopf zerbrechen kannst.«

»Da liegst du richtig«, bekannte Leopold. »Ich weiß jetzt nämlich, dass Klara Gassner eine SMS an Eugen

Probsts Frau Stefanie geschrieben hat, und zwar mit Eugens Handy. Es handelt sich um denselben Trick, den der alte Kuril bei dir angewandt hat, und auf den du ihm so grandios hereingefallen bist.«

Korber griff in seine Jackentasche, nahm einen zusammengefalteten Zettel heraus und studierte ihn kurz. »Das muss irgendwann tagsüber am Samstag gewesen sein«, stellte er fest.

»Was hast du da?«

»Eine Aufstellung. Ich habe sie von Bollek abgeschrieben. Es ist die Abfolge bei dieser Orgie. Das Wochenende war richtiggehend geplant. Ein netter Reigen!«

»Zeig her!« Leopold riss ihm das Papier förmlich aus der Hand und überflog es. »Das ergibt durchaus einen logischen Sinn«, räumte er ein. »Irgendwann während oder unmittelbar nach dem Stelldichein mit ihm nimmt Klara Eugens Handy und schreibt an seine Frau, so als ob es Eugen selbst wäre. Die Nummer zu finden ist nicht schwer, sie ist ja eingespeichert. Stefanie weiß daraufhin nicht, was sie tun soll. Sie fragt ihre Freundin Trixi um Rat. Wahrscheinlich trinken sie etwas. Danach beschließt Trixi, neugierig, wie sie ist, einmal bei der Pension nach dem Rechten zu sehen. Angeblich hat Trixi Stefanie davon abhalten können, sie zu begleiten. Aber wer weiß!«

»Und dann haben sie mit Klara Streit angefangen und sie umgebracht.«

»Das ist nicht gesagt. Klara kam erst zu Sophie und Eugen dazu, und außerdem ist mir das alles noch viel zu früh. Der Mord wurde später begangen, gegen zwei Uhr. Klara hat auf jeden Fall noch mit Fink telefoniert. Gehen wir doch einmal davon aus, dass sie vorher noch eine

SMS verschickt hat, und zwar wieder mit einem Handy, das griffbereit dalag – nämlich mit dem ihres Liebhabers Samstagnacht.«

»Das war Heribert Garger«, informierte Korber Leopold, nachdem er die Liste noch einmal kurz geprüft hatte.

*

»Wie konnte mir so etwas passieren. Auf den habe ich ja vollständig vergessen«, ärgerte Leopold sich.

»Niemand ist vollkommen«, tröstete Korber ihn. Endlich einmal unterlief auch seinem Freund ein Fehler. Das war wie Balsam auf seine Wunden.

»Es gibt in diesem Fall einfach zu viele Verdächtige«, suchte Leopold nach einer Entschuldigung. »Einige davon habe ich nur kurz gesehen, einige gar nicht. Was ist etwa mit Klaras Verwandten oder Freunden? Ich habe mich auf diejenigen konzentriert, die auffällig waren und meiner Meinung nach neben der Gelegenheit ein Motiv hatten. Heribert Garger und Adele Kraus erschienen mir einfach zu normal. Aber vielleicht habe ich mich getäuscht.«

»Das heißt, dass es Gargers Frau war, und zwar aus Eifersucht«, folgerte Korber.

»Nicht unbedingt. Ich bin furchtbar verunsichert. Kaum habe ich einen Anhaltspunkt, erweist sich alles schon wieder als äußerst zweifelhaft.«

»Es ist schon witzig«, warf Korber ein. »Momentan haben wir in der Schule ja dieses Schnitzler-Projekt. Dadurch fällt mir auf, wie triebgesteuert viele Menschen sind. Die Leute in der Pension Vogelsang haben allesamt nicht an die Folgen ihres Handelns gedacht. Ihre Moralvorstellungen weichen eigentlich nicht von denen der Figuren im ›Reigen‹ ab. Sie haben es als völlig normal angesehen, ihre Gatten bzw. Gattinnen zu betrügen. Das Erwachen muss für manche furchtbar gewesen sein.« Das klare Mineralwasser schien Korber zu läutern. Kein Wort mehr von der freien Sexualität und dem Lebensabschnittspartner.

Leopold ging gar nicht auf seine Ausführungen ein. Er dachte über Sophie Kuril nach. Sie war auf der Couch verschlossener und zurückhaltender als die Damen vor ihr gewesen. Gegen Ende ihrer Ausführungen hatte sie dann einen Gefühlsausbruch bekommen, den er sich nur schwer erklären konnte. Er suchte nach dem möglichen Grund. Vielleicht hatte sie einfach schon zu viel getrunken. »Wie hat sich Sophie denn dir gegenüber verhalten?«, wollte er von Korber wissen. »Eher distanziert, oder hat sie wirklich deine Nähe gesucht?«

»Jetzt fängst du schon wieder damit an«, ärgerte Korber sich.

»Es hat nichts mit deinen Gefühlen zu tun, sondern mit meinen Ermittlungen«, beruhigte Leopold ihn.

»Na gut! Sie war leider eher distanziert«, gab Korber zu. »Manchmal hat sie mir dann wieder eine gewisse Nähe suggeriert. Darauf bin ich offensichtlich hereingefallen. Jetzt bin ich klüger. Zärtlichkeit bedeutet eben nicht Zärtlichkeit. Was sie tut, ist hauptsächlich gegen ihren Mann gerichtet.«

Dasselbe konnte man vermutlich von Trixi Stoisits sagen und von Stefanie Probst auch. Trixi war wenigstens während ihrer Gespräche mit Leopold stets locker geblieben und hatte ihm auch so pikante Dinge anvertraut wie die gefährlich ans Sexuelle streifende Anbetung ihres Vaters in jungen Jahren.

Plötzlich ging in Leopolds Hirn eine große Tür auf. »Sag es noch einmal«, drängte er Korber.

»Was?«

»Das mit der Zärtlichkeit!«

»Warum?«

»Weil ich so etwas heute schon einmal gehört habe, und zwar von Sophie, als sie vorhin hier auf der Couch saß. Sie wollte mir erklären, wie sie einen unerfahrenen Liebhaber verführt. Ich glaube, sie hat sich dabei an etwas Persönliches erinnert, aber ich weiß nicht, woran, und seither denke ich immerzu darüber nach. Jedenfalls hat es in ihr starke Gefühle hervorgerufen, sie hat sogar geweint. Sie war ganz anders als Trixi Stoisits, die mir ganz entspannt erzählt hat, wie sie als Kind in ihren Vater verliebt war. Und das ging damals schon beinahe ins Sexuelle. Trotzdem hat sie so getan, als sei es die selbstverständlichste Sache der Welt.« Leopold stutzte. »Um Gottes Willen! Kann das sein?«, fragte er dann.

*

»Was?« Korber verstand überhaupt nichts mehr.

»Aus Sophies Andeutungen ging hervor, sie habe dem Mann den Unterschied zwischen Zärtlichkeit und Zärtlichkeit zeigen müssen. Jetzt frage ich dich zwei Dinge. Erstens: Sophie Kuril war vor dem Wochenende mit ihren Klassenkameraden sicher nicht die Frau, die auf Affären mit Männern aus war. Wenn sie auf eine wirkliche Begebenheit angespielt hat, wer war dann also der unerfahrene Mann? Und zweitens: Welche Zärtlichkeit, außer der zu einem Liebhaber, kann sie gemeint haben? Zu wem sind Frauen noch besonders zärtlich, wenn auch auf andere Weise?«

»Zu ihren Kindern. Ist doch logisch«, antwortete Korber kopfschüttelnd.

»Danke, lieber Thomas! Mit dieser Antwort hast du mir einen großen Dienst erwiesen. Es ist alles ganz einfach, so einfach, dass ich selbst nicht daran gedacht habe«, begann Leopold zu dozieren. »Jetzt fügt sich plötzlich ein Rädchen ins andere. Klara war zwar in diesem Liebesreigen zuletzt mit Heribert Garger zusammen, aber das war ja noch nicht das Ende der Geschichte. Sie ist dann mit ihm eine rauchen gegangen und war anschließend im Aufenthaltsraum. Sophie hat sich, wenn wir ihr Glauben schenken, als Erste nach oben begeben und sich allein in das hinterste Zimmer gelegt, dann folgte Eugen, und Klara zog es dorthin, wo sie auch alle vermuteten – zu Emmerich Holub. Das erscheint aus zwei Gründen logisch: Erstens kannte sie Emmerich besser als die anderen und wollte vielleicht noch einmal Sex mit ihm haben. Zweitens war sie bereits angeheitert. Sie könnte gewusst haben, dass er Schnaps bei sich hatte, und einen Saufkumpanen gesucht haben. Wie dem auch sei, dürfte sie gewusst haben, dass Sophie auf keinen Fall mehr zu Emmerich zurück wollte. Also hatte sie eine sturmfreie Bude.«

»Wie hängt denn das alles damit zusammen, wonach du mich vorhin gefragt hast?«, rätselte Korber ratlos.

»Hör mir einfach weiter zu und versuch, mitzudenken. Wer hatte als Letzte ihr Schäferstündchen bei Holub?«

»Sophie«, antwortete Korber nach Durchsicht seiner Aufzeichnungen.

»Na siehst du«, bestätigte Leopold. »Daher ist es

logisch, dass ein Großteil von Sophies Sachen in Holubs Zimmer war, auch ihr Handy. Klara muss es bemerkt haben und auf die Idee mit der SMS an die Kurils gekommen sein. Ich vermute, dass die beiden Frauen vorher Streit miteinander hatten, also fällt es ihr nicht schwer. Dann bekommt Holub seinen Anfall und brüllt durchs ganze Haus. Klara sucht entweder aus Angst vor seiner Unbeherrschtheit das Weite oder weil sie schauen möchte, ob Kuril oder Fink kommen. Sie ist mittlerweile wieder nackt. Kurz entschlossen zieht sie Sophies Nachthemd an, das ebenfalls im Zimmer herumliegt. Na, was sagst du zu meiner Theorie?«

»Reichlich diffus! Und vor der Pension wird Klara dann mit einem Stein erschlagen?«

»Du hast es erfasst! Genauso ist es.«

»Aber wer ist jetzt der Mörder? Und kannst du es überhaupt beweisen?«

Leopold seufzte und versuchte, Korber so überzeugend wie möglich anzuschauen: »Beweisen kann ich vorläufig noch gar nichts. Das ist ja mein Problem. Deshalb musst du Sophie noch einmal anrufen.«

*

»Es geht unmöglich. Morgen treffe ich mich mit Geli. Da kann ich doch nicht am Abend vorher …«

»Du kannst! Es ist im Dienst einer guten Sache! Und nahezu ungefährlich. Also bitte tu mir den Gefallen!«

Korber war unschlüssig. Einerseits hatte er das Kapitel Sophie Kuril für sich abgeschlossen und wollte sich auf keinen Fall mehr mit ihr einlassen. Außerdem klangen die Drohungen des alten Kuril immer noch deutlich genug in seinen Ohren. Andererseits sah er ein, dass man auch an Sebastian Fink denken musste, der derzeit unter Umständen unschuldig im Gefängnis saß.

Nachdem ihn Leopold kurz instruiert hatte, griff er zum Handy und wählte die altbekannte Nummer. »Hallo?«, meldete sich jemand am anderen Ende der Leitung. Es war nicht Sophie.

»Wer spricht?«, fragte Korber.

»Theodor Kuril! Und wer sind Sie?«

Korber versetzte es einen Schock. »Es ist der alte Kuril«, flüsterte er Leopold zu. Der bedeutete ihm sofort, dass er weitermachen solle.

Korber bemühte sich um eine halbwegs feste Stimme. »Hier Thomas Korber. Ich würde gern mit Sophie sprechen.«

Er hörte ein verkrampftes Lachen. »Sie geben wohl niemals auf, was? Sie sind der Bumerang, der immer zurückkommt, egal, wo man ihn auch hinwirft. Sie wollten sich hinter meinem Rücken schon wieder etwas mit Sophie ausmachen, wie? Hab ich mir's doch gedacht. Sophies Handy ist jetzt bei mir, damit sie keine Dummheiten macht. Sie hat Handyverbot, merken Sie sich das!«

»Es ist dringend und wichtig für sie, und es hat auch nicht im Entferntesten etwas mit dem zu tun, was Sie mir vorwerfen. Bitte lassen Sie mich kurz mit ihr reden.«

»Selbst wenn ich es wollte, könnte ich das nicht«, teilte Kuril ihm mit. »Sophie ist nicht zu Hause. Wo sie sich derzeit aufhält, weiß ich nicht. Da ich ihr Handy habe, kann ich sie auch nicht anrufen. Ich hatte schon den Verdacht, sie wäre bei Ihnen.«

»Es ist wirklich wichtig!«

»Und sie ist wirklich nicht da, Sie Quälgeist!«

Damit beendete Kuril das Gespräch. »Im Augenblick können wir nicht an sie ran«, informierte Korber Leopold. »Es sieht so aus, als sei sie vom Kaffeehaus noch woanders hingegangen. Damit erübrigt sich dein Plan wohl fürs Erste.«

»Mitnichten«, widersprach Leopold ihm. »Der kluge Mann baut vor.« Dann wählte er eine Nummer und wartete, bis Gerry Scheit sich meldete. »Wie schaut es denn aus?«, erkundigte er sich.

»Ich wollte Sie ohnehin gerade anrufen«, gab Scheit Auskunft. »Frau Kuril hat sich mit ihrem Sohn Willibald beim Floridsdorfer Bahnhof getroffen. Die beiden haben in einem Lokal etwas getrunken. Und wissen Sie, was sie jetzt tun? Sie bewegen sich auf die Pension Vogelsang zu.«

*

Sophie Kuril ließ ihren Blick durch den Aufenthaltsraum schweifen. Unangenehme Erinnerungen stiegen in ihr hoch. »Wir hätten hier nicht herkommen sollen«, brachte sie ihre Sorge zum Ausdruck.

»Im Gegenteil! Es ist gut, dass du vergessen hast, deinen Schlüssel zurückzugeben, und dass in dem Chaos nach dem Mord noch niemand draufgekommen ist, dass er fehlt«, entgegnete ihr Sohn Willibald. »Ich möchte mir das Haus von innen anschauen, in dem meine Mutter von einem Bett ins andere und von einem Liebhaber zum nächsten gehüpft ist.«

»Das wirst du mir wohl niemals verzeihen«, klagte Sophie. »Dabei hast du selbst erlebt, was ich bei deinem Vater mitmache.«

»Lass Papa aus dem Spiel! Es geht nicht um ihn«, stellte Willibald klar. »Es geht allein um mich, darum, in welche Situation du mich gebracht hast.«

»Du willst es nicht verstehen. Ich verlange es auch nicht von dir. Ich bitte dich nur, es zu akzeptieren.«

»Akzeptieren? Ha!« Ein grimmiges Lachen stieg in Willibald Kuril hoch. »Dass du dich einfach weggeworfen hast? An andere?«

»Es ist manchmal nicht wichtig, wer es ist, sondern nur, dass es geschieht«, verteidigte sich Sophie.

Willibald packte sie unsanft am Arm. »Los, komm hinauf«, forderte er. Sophie versuchte, sich zu wehren, folgte ihm aber dann widerwillig. Während er sie nach oben zerrte, wurde sein Atem schneller.

»Ich will sehen, wo es war«, keuchte er. »Wo du dich verschenkt hast, egal an wen. Hast du denn überhaupt nicht an mich gedacht?«

»Lass mich los, Willi, bitte«, flehte Sophie.

»Es war dir nicht wichtig, mit wem du es getrieben hast. Dabei hattest du doch mich! Oder ist es dir bei mir auch nur darum gegangen, dass es geschieht?« Er stieß sie in das erste Zimmer nach dem Treppenabsatz rechts und auf das Bett.

»Du bist mein Sohn, Willi, vergiss das nicht!«

»Ach so? Was war ich denn damals? Dein Liebhaber? Oder nur ein Spielzeug, das man dazu verwendet, sich zu befriedigen, wenn einem danach ist?«

Sophie Kuril saß bleich auf dem Bett. »Wir sind Mutter und Sohn«, stieß sie hervor. »Ich habe dir damals gesagt, dass du unser … Zusammensein ganz schnell vergessen musst.«

»Ich habe es aber nicht vergessen können. Wäre ich

sonst ausgezogen? Nach einiger Zeit dachte ich, ich könnte wieder zurück. Ich wollte nicht immer getrennt von dir leben. Und kaum war ich daheim, musste ich erfahren, wie verkommen du geworden bist.«

»Mein Gott, wenn du nur begreifen würdest. So etwas geht nicht auf Dauer. Es ist gegen die Natur. Ich kann nicht deine Geliebte sein.«

»Und was du hier getan hast, war nicht gegen die Natur?«, höhnte Willibald. »Das war hochanständig und wahrscheinlich sogar noch tiefenpsychologisch motiviert. Ich war dir egal. Vielleicht wäre ich auch nie draufgekommen, wenn ich nicht die SMS erhalten hätte.«

Sophies Gesicht erstarrte. Eine furchtbare Ahnung ergriff Besitz von ihr. »Welche SMS?«, fragte sie tonlos.

»›Habe gerade super Sex, komm zuschauen!‹, oder so ähnlich mit Adresse und allem Drumherum. Ich bin darauf hereingefallen, ha, ha, ha!« Das Lachen klang nun verzweifelt.

»Das kann nur Klara gewesen sein.«

»Jetzt weiß ich das auch. Aber die Botschaft kam von deinem Handy direkt an mich, mitten in der Nacht! Ich war natürlich nahe am Durchdrehen. Wolltest du deinen Sohn denn ganz unglücklich machen? Bedeutete ich dir gar nichts mehr?«

»Klara muss irgendwie an mein Handy gekommen sein«, begriff Sophie. »Oh Gott, ich hatte ja meine Sachen bei Emmerich liegen lassen. Sie war also noch einmal in seinem Zimmer. Von dort muss sie auch mein Nachthemd gehabt haben. Jetzt wird mir einiges klar.«

»Ich hatte keine Ahnung, was dahinter steckte, ich hatte nur eine Mordswut im Bauch. Ich wollte dich finden und zur Rede stellen, verstehst du mich?«

»Sag, dass du in der unseligen Nacht nicht hier warst«, bat Sophie Kuril ihren Sohn sehr leise.

»Oh doch, ich war da, Mutter«, zerstörte er all ihre Hoffnungen. »Ich war da, und du musst dir das jetzt anhören. Du bist nämlich schuld, dass es mich hierher getrieben hat, weil du in deiner Geilheit vergessen hast, dass es mich gibt, und dass ich dich liebe.« Er atmete nach wie vor hastig wie bei einer großen Anstrengung. Seine Augen flackerten.

»Du hast sie umgebracht«, kam es kaum hörbar aus Sophie Kurils Mund.

»Ich weiß nicht, habe ich sie umgebracht oder dich? Vater schlief bereits. Ich schnappte mir seine Autoschlüssel und fuhr los. Ich war wie von Sinnen. Die ganze Zeit versuchte ich, eine Erklärung für dein Handeln zu finden. Dass du mich wegen Vater auf Distanz halten wolltest, konnte ich verstehen. Aber was war das jetzt? Was war in dich gefahren?

Ich ließ das Auto vor der Siedlung stehen und ging zu Fuß in den Karl Benz-Weg, um das Haus zu suchen. Die Nachtluft beruhigte mich nicht, im Gegenteil. Die Hände in meiner Jackentasche waren zu Fäusten geballt. Als ich die Pension gefunden hatte, lag sie still da. Es kam nur aus einem Fenster Licht. Einen Augenblick dachte ich, es handle sich um einen dummen Scherz. Da sah ich sie. Oder dich? Eine Frau stand in deinem Nachthemd vor dem Haus, rauchte und winkte mir zu. Sie war betrunken. Trotzdem verstand ich deutlich, was sie sagte: ›Du bist also gekommen. Nur zu, du kannst es noch schnell mit deiner Mama machen.‹

Sie drehte sich um. Was dann geschah, weiß ich nicht mehr genau. Ich weiß nur, dass ich einen Stein nahm und zuschlug, einmal und dann noch einmal. Das Nächste, woran ich mich erinnere, ist erst, dass ich im Auto saß, mich nicht rühren konnte und mir die Tränen über die Wangen liefen. Sie kommen jetzt jeden Augenblick und holen mich, dachte ich. Aber niemand kam. Als ich mich wieder gefangen hatte, fuhr ich nach Hause.«

»Hast du überhaupt mitbekommen, dass es Klara war, die du erschlagen hast?«

»Ich wusste, dass es nicht du warst. Wahrscheinlich habe ich ihr totes Gesicht noch kurz aus der Nähe betrachtet, bevor ich zu laufen begann.«

»Du müsstest doch schon vorher an der Stimme erkannt haben, dass das nicht ich sein konnte.«

»Ich bildete mir ein, dass du es bist, die vor mir steht. Außerdem war die Frau betrunken. Da klingt eben alles anders. Mein Fehler war, dass ich in meiner Fassungslosigkeit und Wut gleich zugeschlagen habe.«

»Du wirst zur Polizei gehen und alles gestehen«, trug Sophie Kuril ihrem Sohn auf.

»Warum?«, fragte Willibald entgeistert.

»Weil sonst ein anderer für etwas verurteilt wird, das er nicht getan hat.«

»Bist du von Sinnen, Mutter? Was kann ich dafür, dass dieser Kerl die Frau hinunter zu dem Baum geschleift und sich verdächtig gemacht hat? Wäre er zu Hause geblieben, würde ihn jetzt niemand der Tat beschuldigen. Weil ein anderer einen Fehler gemacht hat, soll ich dafür einstehen? Das kommt überhaupt nicht infrage. Außerdem bist du meine Mutter und solltest zu mir halten.«

»Du hast bisher wahnsinniges Glück gehabt, Willi«, redete Sophie auf ihn ein. »Du hast einen Mord begangen, bist nach der Tat in Panik weggelaufen, und niemand hat etwas bemerkt. Du bist auch diesem Fink nicht über den Weg gerannt, der unmittelbar nach dir gekommen sein muss. Aber irgendwann ist einmal Schluss. Es ist besser, du stehst für das ein, was du getan hast.«

Willibalds Blick wurde misstrauisch. Er kniff seine Augen zusammen. »Willst du mich etwa verraten, Mutter?«

»Nein«, antwortete Sophie, das Gesicht in ihren Händen vergraben. »Aber denk doch bitte einmal nach! Können wir beide auf Dauer mit dieser Schuld leben? Warum bist du denn mit mir hierher gekommen? Nicht nur, weil du sehen wolltest, wo sich deine Mutter vergnügt hat, sondern auch weil es dich an den Ort deiner Tat zurück gezogen hat. Und warum hast du mir jetzt alles gestanden? Weil du es nicht mehr ertragen kannst, darüber zu schweigen. Weil du es loswerden wolltest. Ich habe dir zugehört, aber weiter kann ich dir nicht helfen.«

Willibald Kuril begann, seine Mutter am Hals zu kraulen. »Ich möchte jetzt mit dir schlafen«, sagte er bestimmt.

»Bist du verrückt?«

»Du hast dich den anderen hier auch hingegeben. Los, komm! Der Ort wirkt anregend auf mich.«

»Lass mich in Ruhe! Ich werde jetzt gehen.«

»Nein, warte! Ich mache dir einen Vorschlag: Wir lieben uns noch einmal ganz lang und zärtlich, dann stelle ich mich der Polizei.«

»Willst du mich erpressen? Siehst du nicht, was du angerichtet hast? Kannst du nicht begreifen, dass es Dinge gibt, die einmal passieren, die sich jedoch nicht wiederholen lassen? Weshalb klammerst du dich so an mich?«

»Schau dir doch an, was *du* angerichtet hast«, plärrte Willi. »Du hast mich verführt, sodass ich nicht mehr von dir losgekommen bin. Du hast es geschafft, dass ich auf Vater eifersüchtig war, und kaum habe ich das überwunden, erfahre ich von dieser … Orgie mit deinen früheren Klassenkameraden. Einem Lehrer hast du auch noch schön getan. Für alle warst du die Geliebte. Ist es da ein Wunder, dass ich ständig durchdrehe? Mich willst du ja überhaupt nicht mehr. Aber du hast eine Verpflichtung mir gegenüber! Komm her!« Er fasste nach ihr, aber Sophie wich ihm aus. »Lauf ja nicht weg«, schrie er. »Wenn ich dich nicht haben kann, soll dich auch kein anderer haben.«

»Lass mich gehen«, versuchte Sophie, ihm gut zuzureden. »Du machst alles nur noch schlimmer. Ich werde nichts sagen. Aber du musst jetzt vernünftig sein.«

»Vernünftig? Was heißt das?« Willibald stutzte für einen Augenblick. »Zuerst treibst du mich in den Wahnsinn, dann soll ich vernünftig sein? Ich habe versucht, zu vergessen und zu euch zurückzukommen, als ob nichts gewesen wäre. Aber meine Gefühle sind einfach zu stark. Ich kann nicht mit ansehen, was aus dir geworden ist. Und jetzt hast du mich auch noch in der Hand. Du wirst mich preisgeben. Du wirst mich an die Polizei verraten und damit endgültig ruinieren. Warum hast du mich verführt? Doch nur aus Langeweile, du … du …« Er schlug mit der Faust aufs Bett, einmal, zweimal, immer wieder.

Dabei merkte er nicht, dass sich Sophie nicht mehr im Zimmer befand. Sie lief die Treppe hinunter, am Aufenthaltsraum vorbei, zur Tür hinaus – direkt in die Arme von Oberinspektor Juricek. »Wo ist Ihr Sohn?«, fragte er sie.

Sophie Kuril sah die Einsatzwagen, die Beamten, die

Uniformen, weiter hinten auf der Straße auch Thomas Korber und Leopold. »Oben«, antwortete sie mit schwacher, weinerlicher Stimme. »Er ist nicht bewaffnet. Bitte tun Sie ihm nichts.«

KAPITEL 18

»Nach wenigen Sekunden fühlte er eine weiche Hand über seine Haare streichen. Da erhob er sein Haupt, und aus der Tiefe seines Herzens entrang sich's ihm: ›Ich will dir alles erzählen.‹« (Schnitzler: Traumnovelle)

»Hast du Fink eigentlich wirklich für den Täter gehalten?«, wollte Leopold von Richard Juricek wissen, der noch spät auf einen Kaffee ins Heller gekommen war.

Juricek machte einen zufriedenen Eindruck. »Du musst zugeben, dass die Beweislage gegen ihn ziemlich eindeutig war«, brummte er behäbig. »Deshalb hielt ich es für das Beste, ihn zunächst einmal festzunehmen. Ganz überzeugt war ich allerdings auch nicht.«

Leopold ahnte Juriceks Hintergedanken. »Das ist unfair«, beschwerte er sich. »Du hast gewusst, dass ich mich der Sache annehmen würde. Darum hast du mich auch gebeten, mich ja nicht mehr in den Fall einzumischen, weil du dir sicher warst, dass ich es dann erst recht tun würde. Du hast dich nur zurückgelehnt und gewartet.«

»Sagen wir so: Ich bin davon ausgegangen, dass du alle Beteiligten noch einmal gehörig durcheinanderbringen würdest. Das hast du ja erfolgreich getan. Mir waren großteils bereits die Hände gebunden.«

Leopold lächelte: »Dann müsstest du mir ja richtig dankbar sein!«

»Ich wusste, dass du gut organisiert bist«, gab Juricek anerkennend zu. »Dein Privatdetektiv hat mir geholfen, Personal zu sparen. Ich hätte mir aufgrund unserer angespannten finanziellen Situation ausgesprochen schwergetan, durchzusetzen, dass aus ideellen Gründen ein Fall weiterverfolgt wird, den alle bereits für abgeschlossen halten.«

»Gib's zu, du hattest auch die Kurils in Verdacht.«

»Vielleicht, aber die Indizien reichten nicht aus. Von Anfang an waren alle Beteiligten vorsichtig, was sie gegenüber der Polizei, aber auch untereinander sagten. Sie hatten sich gegenseitig in Verdacht und mussten gleichzeitig trachten, nicht selbst zu tief in die Angelegenheit hineingezogen zu werden. Das hat die Sache verkompliziert. Dann kam Finks Verhaftung, die auf alle wie ein Befreiungsschlag wirken musste.«

»Und dann hast du gewartet, ob sich einer von ihnen mit meiner Hilfe verrät. Ich verstehe. Da ist eine Sache, die ich wissen möchte«, war Leopold gespannt. »Wusstest du, dass Sophie Kuril noch einen Schlüssel zur Villa Vogelsang hatte?«

»Natürlich«, nickte Juricek. »Da sind wir schnell draufgekommen. Dadurch hielt ich es für möglich, dass sich nach Finks Verhaftung dort noch etwas tut, und selbstverständlich war ich darauf vorbereitet. Den Mörder zieht es ja, wie man sagt, an den Ort des Verbrechens zurück.«

»Was in dem Fall gestimmt hat«, meinte Leopold anerkennend. »Ich wollte Sophie Kuril zu einem Fehler zwingen, indem ich Thomas noch einmal auf sie ansetzte. Er hätte Druck auf sie machen sollen, indem er ihr mitteilt, dass wir von ihr und Willibald sowie von Klaras SMS wussten. Aber sie war nicht erreichbar. Ich hatte eine Vermutung, dass sie sich heimlich mit ihrem Sohn getroffen haben könnte, weil sie beim Weggehen aus dem Heller ein Taschentuch vor ihm fallen hat lassen wie ein Zeichen. Schließlich war ich erleichtert, als Gerry Scheit mir mitteilte, dass sie mit Willibald zur Pension Vogelsang unterwegs war.«

»Gott sei Dank hast du die Sache dann in unsere Hände übergeben. Aber sag, wie bist du eigentlich hinter ihre inzestuöse Affäre mit Willibald gekommen?«

»Mein größtes Hilfsmittel war diesmal die Couch hinter den Billardtischen«, erklärte Leopold stolz.

»Ach so?« Juricek warf einen ungläubigen Blick auf das Möbel.

»Ja! Der Herr Professor Siegmund Freud hätte seine wahre Freud daran gehabt. Es war unglaublich, wie gesprächig manche Damen geworden sind, wenn sie es sich einmal gemütlich auf ihr gemacht hatten.«

»Und dadurch bist du auf den entscheidenden Hinweis gestoßen?«

»Ich hatte gehofft, dass ich den Damen, wenn sie einmal guter Stimmung sind, etwas über das betreffende Wochenende oder etwas im Zusammenhang damit herauslocken könnte«, erörterte Leopold. »Das war jedoch zunächst nicht der Fall. Dafür erfuhr ich von Trixi Stoisits etwas über gewisse Neigungen zu ihrem Vater im Kindesalter. Ich nahm zur Kenntnis, dass es eine Liebe zwischen Vater und Tochter geben kann, die Gefahr läuft, über den Rahmen der Normalität hinauszulaufen. Ich ahnte es damals nicht, aber es half mir später enorm weiter, als ich von Sophie Kuril Anleitungen hörte, wie man als Frau einen Mann verführt. Sie verwendete dabei die Phrase, man müsse ihm ›den Unterschied zwischen Zärtlichkeit und Zärtlichkeit‹ zeigen und wurde dabei ziemlich emotional. Ich verstand den Sinn dieser Worte zunächst nicht. Sie wollte damit irgendetwas ausdrücken, aber was? Schließlich begann ich dahinterzukommen, was es bedeutete: Sie redete offensichtlich von sich und ihrem Sohn Willibald! Er sollte sie nicht nur als Mutter, sondern auch als Frau kennenlernen, zwischen zwei Arten der Zuneigung zu unterscheiden wissen. Sie hat ihn in ein inzestuöses Liebesspiel hineingedrängt, dem er psychisch nicht gewachsen war. Wahrscheinlich hat sie ihn mehr oder minder vergewaltigt. Willibald hat daraufhin weder zu ihr noch zu anderen Frauen ein normales Verhältnis entwickelt. Er war traumatisiert. Und heute ist daraus eine Hassliebe, ein gleichzeitiges Begehren und Verachten seiner Mutter, geworden.«

»Klara Gassners SMS hat dann die Katastrophe ausgelöst«, brummte Juricek in seinen Kaffee hinein.

»Genau! Und ich glaube, dass sie tatsächlich an Willi, nicht an Theodor Kuril gerichtet war«, fuhr Leopold fort. »Klara, Eugen und Sophie haben einen Streit angefangen, nachdem Trixi Stoisits gegangen war. Das muss auch die Auseinandersetzung gewesen sein, die Holub gehört hat. Vermutlich ging es darum, dass Klara Eugens Frau von den Vorgängen in der Pension Vogelsang informiert hatte. Sophie war in diesem Fall natürlich auf Eugens Seite. Eugen ging dann nach oben. Sophie wird Klara noch einige Grobheiten ins Gesicht gesagt haben, sodass sie beschloss, sich dafür zu revanchieren, als sie Sophies Handy bei Holub sah. Willi muss noch auf gewesen sein und die SMS gleich gelesen haben.«

»War Willi deiner Meinung nach auch der von Klara vorgesehene Adressat?«, fragte Juricek.

»Das werden wir wohl nie erfahren«, mutmaßte Leopold. »Sie wird die Namen Theo und Willi für Ehemann und Sohn gewusst haben. Ob sie die beiden in ihrem fortgeschrittenen Stadium der Alkoholisierung verwechselt oder Willi bewusst im Verzeichnis gesucht hat, um Sophies Kind wehzutun, ist schwer zu sagen. Auf jeden Fall war es die falsche Entscheidung, denn sie hat zu ihrer Ermordung geführt.«

»Willibald Kuril war nach Erhalt ihrer Nachricht so außer sich, dass er nicht mehr rational dachte«, spann Juricek den Faden weiter. »All seine negativen Gefühle richteten sich gegen seine Mutter. Er war deshalb auch überzeugt, dass es sich bei der Frau, die in Sophie Kurils Nachthemd vor ihm stand, um sie handelte. Eine provokante, im Rausch ausgesprochene Bemerkung Klara Gassners genügte, damit er zuschlug.«

»Die beiden haben wahrscheinlich ein paar Worte miteinander geredet. Komisch, dass das niemand gehört hat«, wunderte Leopold sich.

»Du vergisst unseren Emmerich Holub«, klärte Juricek ihn auf. »Es muss die Zeit gewesen sein, als er auf seinem Zimmer herumbrüllte und die Aufmerksamkeit auf sich lenkte. Was könnte der Grund für seine Aufregung gewesen sein? Ursprünglich dachten wir, dass er mit Klara Gassner Streit gehabt hatte, und sie dann vor ihm geflohen war. Aber wahrscheinlich ist sie einfach rauchen gegangen, hat gewartet, ob ihre Anrufe und Botschaften erfolgreich waren, und bei der Gelegenheit hat sie auch seinen Schnaps mitgenommen. Darüber ist Holub in Wut geraten. Wir haben vor dem Haus Spuren von hochprozentigem Alkohol gefunden. Die Flasche wird Fink später entsorgt haben.«

»Der arme Fink«, zeigte Leopold sein Bedauern.

»Ach was! Mein Mitleid mit ihm hält sich in Grenzen. Er hätte sich darum kümmern müssen, worauf er sich da einlässt, ganz abgesehen davon, dass er schwarz eine schöne Summe Geld kassieren wollte«, äußerte Juricek gleichgültig. Dabei fiel ihm auf, wie ruhig es auf einmal im Heller geworden war. Außer ihm befand sich kein weiterer Gast mehr im Lokal. Bei den Kartentischen war es bereits ganz dunkel, nur beim Billard brannte noch die Leuchte über dem mittleren der drei Tische. Das Kaffeehaus machte ganz den Eindruck, als wolle es sich ein wenig von den Anstrengungen des vergangenen Tages erholen.

»Ich bitte um Entschuldigung, aber wir würden dann gern schließen«, machte Frau Heller jetzt auch einen schüchternen Versuch, das Gespräch der beiden Männer zu beenden. »Wir sind rechtschaffen müde. Und den Mörder haben Sie ja mittlerweile zur Strecke gebracht.« Herr Heller und sie standen nun wieder in trauter Zweisamkeit nebeneinander, als hätte es nie auch nur den Anflug einer ehelichen Krise gegeben. Herr Heller gähnte ein bisschen, nahm seine Frau dann aber liebevoll um die Taille.

»Für mich wird es ohnedies Zeit«, befand Juricek nach einem kurzen Blick auf seine Uhr. »Es ist spät geworden. Aber den Kaffee habe ich noch gebraucht, und mit Leopold wollte ich mich auch noch über ein paar Einzelheiten unterhalten. Er hat es ja wieder einmal nicht lassen können, uns ins Handwerk zu pfuschen – was mir diesmal sogar sehr recht war.« Er zahlte, gab dabei reichlich Trinkgeld, tippte mit den Fingern zum Gruß an den Rand seines Sombreros und machte sich dann auf den Heimweg.

»Schön, dass wir beim Zusperren jetzt wieder zu dritt sind«, konnte Leopold sich nicht verkneifen zu sagen.

»Mein Gott, wenn du nur manchmal deinen Mund aufmachen würdest«, beschwor Frau Heller ihren Gatten mit vorwurfsvollem Blick. »Dann hätten sich die Dinge früher in Wohlgefallen aufgelöst.«

»Wie konnte ich ahnen, dass du gleich so eingeschnappt bist«, rechtfertigte sich Herr Heller.

»Bitte nicht wieder streiten«, ersuchte Leopold.

»Wer wird denn streiten? Wir haben eine Aussprache gehabt, und jetzt ist wieder alles eitel Wonne«, erklärte Frau Heller.

»Die ganze Aufregung ist nur entstanden, weil ich meiner Sidonie eine Freude machen wollte«, betonte Herr Heller. »Sie hat sich ja schon immer eine schöne Couch für unser Kaffeehaus gewünscht. Wie Karoline – ich meine Frau Kühn – mir von einer solchen Couch aus dem Besitz ihres Onkels erzählt hat, bin ich sofort hellhörig geworden. Natürlich wollte ich den Preis drücken. Darum habe ich mich ein wenig mit ihr angefreundet, habe sie zum Essen eingeladen, ihr unser Lokal gezeigt, damit sie sieht, dass es sich um ein schönes altes Kaffeehaus handelt – und kaum hatte ich erreicht, dass sie uns das Möbelstück schenkt, bist du mir schon eifersüchtig geworden.«

»Kein Wunder! Du hast dich eben zu sehr mit ihr angefreundet. Das ist so ein Möbel nicht wert. Jetzt muss ich jedes Mal an unsere Auseinandersetzung denken, wenn ich die Couch sehe. Da auch du keinen rechten Gefallen an ihr findest, wird es das Beste sein, das gute Stück an Frau Kühn zurückzugeben«, entschied Frau Heller.

Leopold schaute ganz verdattert drein. »Die Couch … muss weg?«, stammelte er fassungslos.

»Jawohl! Ich halte die ständige Erinnerung an unser Zerwürfnis auf Dauer nicht aus«, verteidigte Frau Heller ihren Entschluss.

»Wenn du keine Freude daran hast, wird uns wohl nichts anderes übrigbleiben«, stimmte Herr Heller zu.

»Unsere Gäste beginnen gerade, sich auf der Couch wohlzufühlen«, wandte Leopold ein.

»*Sie* beginnen gerade, neue auf die Couch abgestimmte kriminalistische Befragungsmethoden zu entwickeln«, schalt Frau Heller ihn. »Ich habe Sie genau beobachtet. Außerdem haben Sie's auch an mir ausprobiert. Es mag bei diesem Mord eine wertvolle Hilfe gewesen sein. Aber in einem Bereich, wo die Leute Billard und Karten spielen, ist nun einmal kein Platz für intime Geständnisse.«

Leopold musste sich also wieder von seiner Couch trennen, gerade als er sie ob ihrer befreienden Wirkung liebgewonnen hatte. Sie hatte Sophie Kuril den entscheidenden Hinweis herausgelockt, hatte in ihr die Erinnerung an die inzestuöse Vereinigung mit ihrem Sohn Willibald wieder aufleben lassen. Wahrscheinlich hätte sie immer wieder mitgeholfen, ein kleines verdrängtes Geheimnis an die Oberfläche zu bringen. Doch war es gut, wenn solche Dinge verstärkt ans Licht der Öffentlichkeit kamen? Wahrscheinlich nicht. Mit der Seele war es wie mit einem Schatzkästlein, das sich im Verborgenen sehr wohlfühlt, und das man nur dann öffnen sollte, wenn man etwas Wichtiges herausnimmt oder hineingibt.

Kurz tauchte in Leopold das Bild eines weiblichen Rocks auf, der immer höher die Schenkel hinaufrutschte, wie die Tür zu einem Versteck, die langsam aufging. Er schloss verschämt die Augen. Als er sie wieder öffnete, war das Kapitel Couch für ihn abgeschlossen.

*

Jetzt soll noch einer sagen, dass ich mir was einbild. Besonders meine Frau, die Elfriede, hat immer wieder abfällige Bemerkungen gemacht über das Kratzen in meinem Hals. Als ob so was vom Saufen kommen würd. Nein, nein, das ist ein heimtückischer Virus, der mich da überfallen hat. Er hat zwar lang zum Zuschlagen gebraucht, aber jetzt hat er mich voll in seiner Gewalt. Mit einem Wort, ich lieg darnieder, und am Wochenende auch noch dazu! Mein Kopf tut weh, meine Nase rinnt, und ich fühl mich beängstigend schwach. Wenn ich ein paar Schritte mach, weil ich ja ab und zu aufstehen muss, weil's die Natur so verlangt, glaub ich schon, ich brech zusammen. Gut, dass es bei uns in der Wohnung überall Stellen gibt, wo man sich anhalten kann. Im Bett lieg ich dann schweißgebadet und schlaf gleich wieder ein.

Der Doktor sagt, ich muss mich schonen. Wahrscheinlich hätt ich mich schon vorher schonen müssen. Man wird durch das viele Arbeiten ja so anfällig für Krankheiten. Aber mein Job macht sich halt auch nicht von allein, und es soll nur ja keiner behaupten, dass wir nix tun bei der Post. Wir kommen ganz schön dran, überhaupt seit der letzten Personalkürzung. Und natürlich war ich Depp die ganze Woche im Dienst, obwohl ich schon g'spürt hab, wie's um mich steht.

Dann ist da noch die Polizei. Sie belästigt mich nach wie vor wegen der Geschichte mit den Briefen. Nimmt denn das nie ein Ende? Das ist sicher auch dran schuld, dass es mich so zusammengebeutelt hat. Wenigstens bin ich aus der Sache mit der Klara draußen. Was behaupten sie? Ich hab so laut g'schrien, weil s' mir den Schnaps wegg'nommen hat? Davon weiß ich wirklich nix mehr. Sie hat's jedenfalls teuer bezahlt, sogar mit ihrem Leben. Wär's ned so neidig g'wesn und bei mir geblieben und noch ein bisserl lieb zu mir g'wesn, wär's wahrscheinlich heute noch quietschfidel. So ist sie halt tot. Ich will nicht sagen, es hat so kommen müssen, denn sie hat sich das nicht verdient. Aber das sind halt die Fügungen des Schicksals.

Na ja, und wegen dem Mörder: Ich hab nur so g'schaut, wie ich das erfahren hab. Der junge Kuril! Da wär ich nie draufgekommen! Den kenn ich ja noch als kleinen Buben! Der hat immer von den Eislutschkern abgebissen, statt dass er sie ordentlich g'lutscht hat, daran kann ich mich gut erinnern. Und sonst? Ein Muttersöhnchen, immer hat die Sophie ihn vor seinem Vater in Schutz genommen. Er soll ja … Aber bitte, das sind nur Gerüchte, und auf so was halt ich nicht viel … Er soll die Sophie … Also, das hätt ich der auch nicht ang'sehn, dass sie so etwas macht! Und in der war ich drinnen! Unglaublich! Ohrfeigen könnt ich mich im Nachhinein dafür. Man kann halt noch so sehr glauben, dass man einen Menschen gut kennt, trotzdem tun sich Abgründe auf …

Eines ist klar: In Zukunft werde ich mich hüten, etwas zu organisieren, damit meine Freunde ein schönes Wochenende haben. Denn was hat mir die Sache gebracht? Nix wie Schwierigkeiten! Sogar unter Mordverdacht bin ich g'standen. Und was haben meine feinen früheren Kollegen und Kolleginnen g'macht? Für blöd haben s' mich herg'stellt, für blöd und versoffen. Die

Worte im Mund haben sie mir umgedreht. Das werd ich denen lang nicht vergessen. Die sollen jetzt selber schaun, wo sie noch einmal so eine Gelegenheit herbekommen, wenn s' ein bisserl Abwechslung von zu Hause brauchen. Ich halt mich da raus!

Schließlich wollte ja meine Elfriede eine Zeit lang nix mehr von mir wissen. Bös war sie auf mich, von Scheidung hat sie geredet, und von Tisch und Bett hat sie mich auch getrennt. Das wär ja die Krönung gewesen, wenn wegen einem solchen Blödsinn meine Ehe draufgegangen wär! Aber es wird schon wieder. Sie kann's ja doch nicht mit ansehen, wenn ich so daliege und leide. Sie kocht für mich, bringt mir alles ans Bett, und grad vorhin hat sie mir die Hand g'halten und mich ein bisserl aufgemuntert. Jetzt macht sie mir einen Tee. Ich hab ihr g'sagt, dass sie mir ruhig einen Rum hineintun kann, nur wegen dem Geschmack natürlich. Da hat sie mich kurz vorwurfsvoll ang'schaut, aber sie wird mir schon folgen, sie ist ja ein braves Weiberl. Unsere Ehe läuft wieder beinahe tadellos. Wir halten halt zusammen, in guten wie in schlechten Zeiten. Das soll mir von den anderen erst einer nachmachen. Die Ursula freut sich auch, wenn sie sieht, dass bei uns langsam wieder alles harmonisch wird.

Ich sag's ja immer: Die Familie ist das Wichtigste …

*

In die Wachau waren Thomas Korber und Geli Bauer nicht gefahren, aber nach Orth, wo man ein wenig stromabwärts von Wien auch schön die Donau entlang spazieren und sich danach im Uferhaus an einer der vielen Fischspezialitäten erfreuen konnte. Sie waren froh, einander wiederzusehen, dennoch merkte man ihnen noch eine gewisse Vorsicht und Zurückhaltung an. Sie redeten nicht viel miteinander. Keiner wollte vorerst auf den kleinen Keil zu sprechen kommen, der ihre Beziehung gespalten hatte.

»Ich finde es großartig, dass wir wieder etwas gemeinsam unternehmen«, nahm sich Korber schließlich ein Herz. »Das ist mir schon richtig abgegangen.«

Geli musste lachen: »Wirklich? Ich habe geglaubt, du brauchst Abwechslung.«

»Manchmal weiß ich nicht, was ich brauche«, gab Korber zu. »Aber vor allem brauche ich wohl dich.«

»Da wäre ich mir nicht so sicher«, konterte Geli.

»Ich habe vergangene Woche genug Zeit zum Nachdenken gehabt. Dabei werden einem viele Dinge bewusster. Glaub mir, ich bin von manchen meiner Sünden geheilt.«

»Ich will dir ja glauben. Aber was ist, wenn du in ein paar Wochen wieder das Gefühl hast, dass dir etwas fehlt? Dass du deine Freiheit aufgeben musst, wenn du bei mir bleibst?«

»Solltest du auf meine Begegnung mit Sophie Kuril anspielen – es war ein rein zufälliges Zusammentreffen«, rechtfertigte Korber sich. »Dazu kam dieser ganze Mordfall, und jetzt ist sie ohnehin gestraft genug. Ich habe mit ihr nicht einmal im Entferntesten etwas gehabt.« Er zog sie zu sich und nahm sie liebevoll an der Schulter.

»Du musst mir darüber gar nichts erzählen«, sagte sie nur.

»Warum nicht? Ich habe kein schlechtes Gewissen!«

»Glaubst du nicht, dass es trotzdem besser ist, wenn du mir nicht alles verrätst?«, fragte Geli. »Ich halte nicht viel von Beichten und Erklärungsversuchen. Sie verkomplizieren die Dinge nur.«

»Geli, bitte …«, versuchte Korber einen Einwand.

»Ich weiß ja genau, was du willst«, unterbrach Geli ihn sofort. »Du möchtest dich vor mir reinwaschen, und ich soll dann dasselbe vor dir tun. Aber da muss ich dich enttäuschen. Von mir wirst du nichts über mein Privatleben in den vergangenen Tagen erfahren. Denn selbst wenn ich jetzt beteuern würde, dass ich dich nicht betrogen habe – würdest du mir es auch glauben?«

»Natürlich«, antwortete Korber sofort.

»Thomas, ich kenne dich! Du bestehst nur aus Zweifeln. Du suchst so lang den Haken an einer Sache, bis du ihn gefunden hast. Wenn du also suchen willst, bitte! Aber erspare es mir, dich dabei zu unterstützen, indem ich dir alles des Langen und Breiten auseinandersetze. Manchmal ist es besser, nicht viel zu reden, sondern nur zu überlegen, ob man neu anfangen möchte.«

Korber schaute Geli ins Gesicht. Sie wich seinem Blick nicht aus, sondern sah auch ihn an. Ihre Lippen berührten sich zu einem vorsichtigen Kuss. »Wir sollten einander einfach vertrauen«, schlug Geli vor. »Wieder mehr Zeit miteinander verbringen. Ohne Zwang leben. Dann wird es vielleicht so, wie wir das schon einmal gehofft haben. Dann werden wir auch klarer sehen, wie wir wirklich zueinander stehen. Ich möchte nicht so in einer Beziehung enden, wie ein paar von diesen kaputten Existenzen, von denen du mir erzählt hast.«

Korber lag so viel auf der Seele. Am liebsten hätte er sein ganzes Herz vor Geli ausgeschüttet. Aber er nahm ihre Worte ernst. Langsam breitete sich eine wunderbare Gleichmut in ihm aus. Wahrscheinlich war es wirklich besser, nicht alles zu bereden, zu bezweifeln und zu begründen. Wahrscheinlich genügte es, wieder ein Gefühl für Nähe zu entwickeln, gegenseitig zu spüren, was der andere wollte, kleine Zeichen auszusenden und in sich zu empfangen. Das hatte Geli wohl gemeint.

Geli? Wo war sie auf einmal?

Sie stand gute zehn Meter vor ihm. »Du denkst schon wieder«, rief sie ihm zu. Dann drehte sie sich um und begann zu laufen. Er rannte ihr nach, so schnell er konnte. Schon nach wenigen Sekunden hatte er sie eingeholt. Als sie daraufhin ausrutschte und hinfiel, begannen sie miteinander zu balgen wie junge Katzen.

*

»Geschafft! Nun, ich denke, die Aufführungen sind wirklich gut gelaufen, und Gott sei Dank ist nichts passiert.« Erleichtert stieß Margarethe Vollnhofer an der Theke des Café Heller ihr Sektglas gegen das von Korber.

»Wir können den Schülern gratulieren – und uns beiden natürlich auch«, versuchte Korber ein Kompliment.

»Ein Großteil der künstlerischen Leitung oblag Ihnen«, blieb die Vollnhofer bescheiden. »Meine Aufgabe war es in erster Linie, darauf zu achten, dass alles im Rahmen bleibt. Und Sie müssen zugeben, dass ein paar dezente Andeutungen und Bewegungen oft mehr sinnliches Knistern erzeugen als allzu plakative Darstellungen, wie es unsere Schüler gern hätten.«

Damit spielte Margarethe Vollnhofer auf jene Szene aus dem ›Reigen‹ an, die Lilo, Gitte, Johnny und Robert am liebsten durch eine Reihe von Zungenküssen aufgewertet hätten. Hier war sie eingeschritten und hatte zurückhaltenderes Agieren gefordert – nicht ganz zu Unrecht, wie Korber im Nachhinein feststellte. Sonst hatte sie sich aus der Inszenierung weitgehend herausgehalten. Eigentlich ist sie gar nicht so übel, musste Korber innerlich zugeben.

Am meisten freute ihn natürlich die Leistung Elisabeth Dorfers. Nur wenige im Publikum wussten, was sie in den vorhergehenden Tagen durchgemacht hatte. Ihren Monolog als Fräulein Else, den sie selbst gekürzt und bearbeitet hatte, spielte sie grandios und als ob nichts gewesen wäre. Der begeisterte Applaus des Publikums war eine verdiente Belohnung dafür.

Während Korber, an seinem Sektglas nippend, das allgemeine Lob genoss und hoffte, dass Geli ihn bald vom Small Talk mit Margarethe Vollnhofer erlösen würde, versuchte Oliver Christ, sich unauffällig Elisabeth Dorfer zu nähern. »Er hat ganz schön geschaut, als er mich vor der Aufführung gesehen hat«, erzählte Erika Haller lachend ihrem Leopold. »Und als ich ihm vorhin zu seiner talentierten Kusine gratuliert und gestanden habe, dass ich mir die Schuhe woanders ohne Privatbetreuung gekauft habe, wäre er am liebsten im Erdboden versunken und hat das Weite gesucht.«

»Immerhin darf er sich mit seiner kleinen Freundin jetzt ganz offiziell abgeben«, stellte Leopold fest. »Da war ja nichts mehr zu verheimlichen. Vielleicht wird's sogar was mit den beiden, wenn sie einmal mit der Schule fertig ist …«

»Dann wäre das schon wieder eine dieser komischen Liaisonen«, zeigte sich Erika Haller besorgt. »Ach Schnuckilein, schön langsam glaube ich, unsere Beziehung ist die einzige normale weit und breit. Du hintergehst mich zwar auch, aber gottlob nur mit deinem Hang zum Kriminalistischen.«

»Und das nur phasenweise«, entschuldigte Leopold sich.

»Es sei dir verziehen, Schnucki«, sagte Erika und drückte ihm einen Kuss auf den Mund.

Frau Heller war bester Laune. Sie ließ die Gläser der Gäste immer wieder nachschenken und feierte neben dem künstlerischen Ereignis die Versöhnung mit ihrem Heinrich. »Leopold, trinken Sie jetzt auch etwas«, bat sie. »Haben Sie den Schock mit der Couch schon überwunden?«

Leopold schaute nach hinten. Trotz der vielen Menschen konnte er sehen, dass das Möbelstück nicht mehr da war. Ein bisschen ging es ihm schon ab, aber er würde sich daran gewöhnen. »So halbwegs«, antwortete er.

»Kommen Sie«, nahm Frau Heller ihn bei der Hand und ging mit ihm ein paar Schritte vom Rummel um die Theke weg. »Ich muss Ihnen etwas gestehen. Eigentlich ist es gar nicht so sehr die Erinnerung an das Zerwürfnis mit meinem Mann, was mich dazu bewogen hat, mich von der Couch zu trennen.«

»Sondern?« Leopold lauerte.

»Ich habe gemerkt, wie meine Hemmungen plötzlich gefallen sind, als ich darauf gesessen bin. Ich habe Dinge ausgeplaudert, die ich sonst niemandem erzählen würde. Und es gibt leider ein Geheimnis, das nie, ich schwöre es, nie ans Licht der Öffentlichkeit dringen darf. Andererseits muss ich es wenigstens einem Menschen mitteilen, um mit mir ins Reine zu kommen. Versprechen Sie mir, dass Sie schweigen werden?«

»Wie ein Grab!«

»Während der Auseinandersetzung mit meinem Mann wollte ich nicht mit ihm beisammen sein, sondern fort – zumindest über Nacht. Aber glauben Sie, da wäre eine Freundin gewesen, die mich bei sich aufgenommen hätte? Jede hat wohl Angst gehabt, ich schnappe ihr ihren Mann oder Freund weg, wenn ich ein paar Tage bleibe, wohl, weil es in letzter Zeit überall so unzüchtig zugeht. Na ja, und ein Hotelzimmer wäre teuer gewesen. Da habe ich …«

»Ja?« Leopold hielt es vor lauter innerer Spannung gar nicht mehr aus.

Frau Heller lief jetzt rot im Gesicht an und flüsterte so leise, dass selbst sein geschultes Ohr Schwierigkeiten hatte, ihre Worte zu verstehen: »Ich hab beim Wondratschek geschlafen. Er hat mich bei sich aufgenommen. Ganz lieb war er zu mir.«

»Wie lieb?«

»Leopold, unterstehen Sie sich! Was Sie schon wieder denken! Er war wie ein guter Freund, jemand, der einen unterstützt, wenn man ein Problem hat. Nicht mehr. Aber der Wondratschek ist ein alleinstehender Herr, und wenn da etwas bekannt wird, geht die Krise mit meinem Heinrich von Neuem an!«

Leopold spürte Frau Hellers Hand auf der seinen. Sie fühlte sich ganz kalt an. Soso, der Wondratschek, dachte er. Der Herr, der für die künstlerischen Veranstaltungen im Café Heller mitverantwortlich zeichnete, hatte sich seiner Chefin in weit über das Künstlerische hinausgehendem Maß angenommen. Wie sehr, das wollte er nicht weiter hinterfragen. Er fürchtete nur, dass es, auch wenn alles keusch und rein freundschaftlich abgelaufen war, wie sie beteuerte, zu Problemen führen würde, die noch nicht abzusehen waren. Denn dem Wondratschek traute er nicht über den Weg.

»Ist schon gut«, beruhigte er Frau Heller. »Kein Wort davon wird über meine Lippen kommen.« Dann schaute er noch einmal dorthin, wo die Couch gestanden war, und wo die Besucher der Aufführung jetzt gemütlich beisammensaßen, plauderten und tranken. Eigentlich ist dieser Freud ein Genie gewesen, befand er bei sich. Mit einem Möbel und ein paar einfachen Fragen hat er auf dem Gebiet der Psychoanalyse unzählige Fälle gelöst. Aber immer dieselbe Methode, tagaus, tagein? War das wirklich wünschenswert? Nein! Deshalb kam Leopold zu dem Schluss, dass das Fehlen der Couch für ihn kein wirkliches Hindernis darstellte, im Gegenteil! Ihm taten sich ungeahnte Möglichkeiten auf!

An der Vielfalt hat's schon ein bisschen gehapert beim Herrn Professor, überlegte er. Ich hingegen werde mir so viele neue Befragungsmethoden zulegen, wie sie in der gesamten Psychoanalyse nicht vorkommen. Es wäre doch gelacht, wenn ich Siegmund Freud in dieser Hinsicht nicht schon demnächst übertreffe!

ENDE

Weitere Romane finden Sie auf den folgenden Seiten und im Internet: www.gmeiner-verlag.de

Hermann Bauer
Lenauwahn
978-3-8392-1414-5

»Stürmische Zeiten für das Café Heller und seinen Oberkellner Leopold: Wieder einmal wird gemordet. Ein Wiener Kaffeehauskrimi voll Witz und Charme.«

Nach dem Begräbnis eines pensionierten Gymnasiallehrers ereignen sich merkwürdige Dinge: Ein Schüler wird vor dem Jedleseer Friedhof niedergeschlagen, aus dem frischen Grab verschwindet ein Anzug und Stefan, der Neffe des bestohlenen Toten, ist plötzlich unauffindbar. Dessen Mutter Brigitte bittet Chefober Leopold um Hilfe. Lebt Stefan noch? Als ein grausamer Mord geschieht, führt die Spur zunächst zu dem seltsamen Absolventenverein »Lenaubrüder« in Stockerau. Leopold hat alle Hände voll zu tun …

Hermann Bauer
Nestroy-Jux
978-3-8392-1301-8

»Ein neuer Fall für den neugierigen Ober Leopold, atmosphärisch und mit viel Wiener Schmäh.«

Eine Floridsdorfer Amateurschauspieltruppe soll Nestroys »Einen Jux will er sich machen« aufführen. Regisseur ist der ehemalige Profi Herwig Walters, der sich den Unmut der Schauspieler zuzieht, als er den jungen Haslinger wegen einer Lappalie ausschließt. Man beschließt nicht zur nächsten Probe zu kommen. Doch auch Walters verschwindet spurlos. Ein schwieriger Fall für Chefober Leopold, dem diesmal nur Nestroy helfen kann.

GMEINER
Wir machen's spannend

Hermann Bauer
Philosophenpunsch
978-3-8392-1192-2

»Ein ebenso stimmungsvoller wie spannender Kaffeehauskrimi – präzise Beschreibungen der kleinbürgerlichen Wiener Gesellschaft inklusive.«

Weihnachtszeit in Wien. Im Café Heller finden zeitgleich die Weihnachtsfeier der Bekleidungsfirma Frick und die Debatte eines Philosophenzirkels statt. Die ganze Aufmerksamkeit gilt der offenherzigen Veronika Plank, die mit mehreren Männern auf die eine oder andere Weise verbandelt zu sein scheint. Nach einigen Gläsern Punsch kommt es zum Streit und Veronika verlässt das Kaffeehaus. Kurz darauf wird ihre Leiche im frischen Schnee entdeckt, offenbar wurde sie mit einem Schal erwürgt. Ganz klar, dass dieser delikate Fall auch Chefober Leopold nicht kalt lässt …

GMEINER

Wir machen's spannend

Andreas Pittler
Wiener Bagage
978-3-8392-1625-5

»14 nur teilweise fiktive Kriminalgeschichten rund um die Sehenswürdigkeiten Wiens. Spannung und Ratespaß.«

Wien, die Stadt von Stephansdom, Hofburg und Schloss Schönbrunn. Bei Pittler sind die Sehenswürdigkeiten der Donaumetropole Schauplatz kniffliger Kriminalfälle. Und die Leser sollten Pittlers Inspektor genau über die Schulter sehen – denn die Hälfte der 14 Geschichten ist wahr, die andere Hälfte erfunden. Bloß welche?